小学館文庫

しょったれ半蔵

谷津矢車

小学館

目次

しょったれ半蔵

第一話

胸に覚える一抹の重苦しさと共に、咳が出た。

喉のひりつきを飲み込んで、踵で馬の腹を叩く。軽くいなないて駆け出した馬の鬣に顔を沈めつつ、正成は吼えた。

「松平家家臣渡辺守綱陣借り、服部正成、いざ参る！」

先陣の来到に気づいたのか、門に寄りかかるようにして眠っていた雑兵たちが目をこすりつつ顔を上げた。慌てて弓を手に取ったものの、正成を単騎と見たか、嘲るような目を向けてきた。功に逸った若武者の夜駆けと思ったのであろう。

門前の足軽兵たちの半数、十人ほどがそれぞれの得物を手に飛び出してきた。太刀や槍、薙刀を背負い、腹巻一つ、あるいは小具足程度の軽い装いをしている。

舌を打った正成は息を思い切り吸って、槍を頭上で振り回し、足軽たちに突進していった。力任せに横薙ぎにすると、敵兵二人が宙を舞い、頭から地面に落ちた。しかしそれでは終わらない。返す刀でもう一薙ぎしてやると、したたかに頭を打たれた足軽が二、三人、地面に崩れ落ちた。

敵陣から悲鳴が上がると共に、ひそひそ話が聞こえてくる。

服部正成って言ってなかったか。確か松平の服部と言えば、忍びの？　道理で強いわけだ……。

馬上の正成は思わず怒鳴った。

「おい！　聞き捨てならないな。俺は忍びじゃない、武士だ。よく見ろ、槍を使ってるだろうが！」

手の大身槍を掲げながら敵を睨む。敵はと言えば、そんな正成の言葉を聞かず、忍び、忍び、と馬鹿の一つ覚えのように繰り返している。

「話を聞けェ！」

正成は大身槍を力一杯に振るった。残る五人も地面を舐めた。

正成の腹の虫は収まらない。見ればまだ門前に足軽が十人余りたむろしている。馬に鞭をくれて迫ると、敵足軽は弓をそれぞれに構えて放ってきた。正成は槍を棄て、腰の太刀を引き抜くと襲い掛かってくる矢の悉くを打ち落とした。

さすがは忍び……。敵足軽兵から上ずった声が上がるたび、正成は大音声を発した。

「だから！　忍びじゃないって言ってるだろうが！」

全力で馬を走らせつつ、正成は右の鐙に体重をかけて大きく旋回させた。馬の速力と遠心力が掛かった太刀の横薙ぎが闇に閃き、遅れて十人余りの敵足軽が音もなくその場に崩れ落ちた。

「峰打ちだ、安心しろ」

月を背に、太刀を鞘に納めた。見上げると、城門は影を背負ったまま立ち尽くしている。

馬から降りた正成は、兜を脱ぎ、鎧を外して小具足姿になった。門の脇、高さ三間（約五・四メートル）はあろうという壁に近づく。手足をひっかけることができるようなくぼみがところどころにある。瞬時にそれを見て取った正成は、手近なくぼみをとっかかりに壁を登り始めた。手の指の力だけで登り切ると門の裏手に回って門を外し、首にかけていた呼子を吹いた。

手筈通り、手の者が闇の中から駆け出してきた。

忍び、か……。

正成のついた溜息は、闇の中に溶けた。

◇

七つの時分のこと――。

「伊賀の子が武士のまねごとをしてるぞ」

「しょったれの伊賀者のくせに刀なんか差して生意気だ」

城下の表通りは昼間だというのに閑散とし、夏の日差しがさんさんと降り注いでいる。そんな苛烈な日の下にいる正成はぼろの長着に地味な拵の脇差を一本差しているだけだった。対して、前に立つ二人は、揃って蒼の絹織りの着物をまとい螺鈿細工の見事な脇差を差している。三河の国衆の子、稲葉兄弟だ。

正成は目の前の兄弟に反駁する。

「伊賀じゃない！　おれは服部正成だ」

稲葉兄弟の弟、小さいなりをした早丸が鼻で笑う。素早く首を振るしぐさは鼠を思わせた。

「父上が言ってたぞ。〝伊賀者は武士の矜持を持たぬ、人を裏切ったり物を盗んだり騙したりして人の勲功を掠め取る〟って」

正成の家は忍びの家系である。

詳しいことは知らない。数十年前まで一族は伊賀で暮らしていたようだが、松平の殿様――現当主の元康公の祖父に当たる清康公――、と正成の父が意気投合したことでここ三河に移ったらしい。

伊賀といえば忍びである。服部家は松平に移ってからも忍びの術で仕えている。事実、服部家の家人は爆薬の扱いに長けていたり、薬草に通じていたり、はたまた手裏剣術や隠密術に優れていたりと異能の者ばかりだ。

「やーいやーい伊賀者」

「卑怯の伊賀、泥棒伊賀、不忠の伊賀、しょったれ伊賀」

何も言い返せなくなった正成を煽るように、兄弟が言いたい放題口にし始めた。その間、正成は血が滲むほど拳を握り締め、軋むほど歯噛みした。そうでもしないと涙が溢れてしまいそうだった。

やめんか、そんな声が辺りに響いた。

やってきたのは、萌黄の染め着物をまとう少年だった。年の頃は正成とほぼ一緒だが大人びて見える。顔のいかつさや鋭い眼光がそう見せているのだろうが、それ以上に、まとっている気が子供離れしている。

「な、なんだよお前」

少したじろいだ兄の軍兵衛を前に、その少年は名乗った。

「渡辺守綱」

さきほどまで正成のことを囃していた早丸が顔を青くした。

「あれ、渡辺のところの若総領じゃないか？　や、やべえ……」

が、軍兵衛は思い切り目を吊り上げ、だしぬけに守綱と正成の頭を叩いた。

守綱はそんな目に遭ったことがないのだろう。不思議そうな顔をして軍兵衛を見据えている。一方の正成はといえば、再び涙が滲みそうになるのを必死でこらえていた。ずんぐりむっくりで、熊を思わせるなりの軍兵衛は、はんと鼻を鳴らした。

「腹が立ってしょうがないんだよ。忍者のくせに大きな顔をしているお前も、親が偉いからって偉そうにしているお前も。本当にくだらねえ」

「く、くだらないとはどういう意味だ。返答次第では」

「どうするってんだよ。俺相手に勝てると思ってるのかよ」

軍兵衛も正成と年が近いはずだが、体格には雲泥の差がある。正成などよりも一回り大きく腕には力こぶもあって、喧嘩をしても勝ち目はなさそうだ。

二人して黙りこくっていると、軍兵衛は勝ち誇った表情を浮かべた。

「喧嘩を買う根性もねえのか」

吐き捨てて、軍兵衛は早丸の小さな手を取るや踵を返した。

守綱は困ったように首をかしげる。思いは正成も一緒だった。いろんな悪口をさんざん吐き捨てたあげく、勝手に怒って行ってしまったのだ。

守綱は稲葉兄弟の背中を目で追いつつ息をついた。

「許してやれ。あれらの父は先の戦で死んだと聞いている。寂しいのだろう」

本当なら、同情するのが正しいのだろう。だが、正成はぽつりと言った。

「許せないよ。許せるわけがない」

守綱にも分かるはずはない、と正成は心中で毒づいた。守綱は三河土着の国衆、渡辺家の嫡男だ。そんな奴に、よそ者の忍び一族の苦衷など推し測ることはできまい。

守綱と知り合ったのは、年賀挨拶で上がった主君の城、岡崎城でのことだった。もっとも、子供である正成に殿様への目通りが叶うはずもなく別室に通された。そこで出会ったのが、手持ち無沙汰そうに座っていた守綱だった。一目見て家格が高いことは察しがついたから、あえて上座を譲ったのだが、守綱はそんな遠慮に構いもせず部屋の隅にいた正成に声をかけてきた。以来守綱とは親しい付き合いが続いていた。

守綱はいい奴だ、とは思う。あの時も所在なげにしていた自分を不憫に思ったのだろうし、先程の喧嘩も弱い者いじめを見るのが不快だったのだろう。恩を売っているつもりではない。単純にそうしたいからしている。邪気のない人間なのだ。

下を向いていると、守綱は正成の手を取った。

「ほら、行くぞ。こんなところで突っ立っていると火照る。家まで送っていこう」

「いや、いいよ。守綱に来られたら、家が大騒ぎになるから」

「そうなのか?」

守綱は自分の立場を弁えていない節がある。少し腹立たしくなって、つっけんどんに別れの言葉を発してしまった。

「じゃあな」

「おう、またな」

守綱はいつもと変わらぬ調子で別れを告げた。

短くため息をついて腹の底の怒りを追い出してから、正成は家路を急いだ。

すると――。

「若、また泣かされたのか」

正成と年の頃の近い少女が、夕陽を背に立っていた。髪を後ろで束ね、無表情のまま冷ややかに視線をくれるその少女は、正成の幼なじみであった。

「霧(きり)」

正成のお目付け役、霧だ。丈の短い粗末な小袖を纏(まと)っているが、その涼しげな目とどこか超然とした表情のおかげで気品を感じる。服部家の客人格で、〝志能備(しのび)〟なる一族の一人だという。霧は、桃色の唇をわずかに動かした。

「帰るぞ。今日も忍びの修練だ」

「えっ」

「嫌とは言わせぬ」

そうして、霧に引っ張られるがまま屋敷に連行された。

岡崎城下の端にある小さな武家屋敷は、今日も妖気を放っていた。草ぶきの門、何気なく建つ屋敷、そのそこかしこから人の視線を感じてならない。

「自分の家なのに、気後れしておるのか」

霧に手を引かれて屋敷の中に踏み込み、郎党たちが修行に精を出す庭を横目に母屋へと上がった。つややかに磨き上げられた縁側を歩いていた正成であったが、唐突に後ろ襟を取られた。

「若、危ない」

霧が虎の木鈴を落とすと何の変哲もない床板が二つに割れ、真っ暗な穴の中に落ちていった。そうだった、ここには落とし穴があったと思い出す。さっきも毒矢の罠や逆さ吊の仕掛けを躱したが……、底の見えぬ穴の中を覗き込みながら正成が生唾を飲んでいると――。

「まあまあだな」

天井から声が届くや、辺りに煙幕が満ちた。すぐに白い煙は消え、代わりに目の前に一人の男が現れた。

年のころは四十ほど、野良着と区別のつかぬようななりをしているが襟から覗く首は太く、ぴったりとした筒袖は腕の筋肉を隠さない。後に思い出すことも難しい、ありふれた顔を歪ませ自信たっぷりに笑うのは――。

「父上」

正成の父、服部保長であった。

その保長は、太い腕を組み、値踏みするように正成を見据えた。

「詰めが甘い。本陣に近いほど罠は多いと心得よ」

父親に会うのさえこの通り一大事なのだ。服部家では、〝子供の修行〟と称してこんな無茶がまかり通っている。

「まだまだ甘いが、そろそろ頃合か。まあいい、正成、入れ」

障子を開き、保長は部屋の中を示した。日の光も届かぬ板敷きの狭い部屋だが、特に仕掛けはないようだ。正成は一応周囲を見渡しながら先に入った。正成が下座に腰を下ろしたのを見計らうかのように、保長が障子を閉める気配があった。

上座に座った保長は、膝を叩いた。

「ところで正成、お前は今年でいくつになる」

父の声音が変わったことに気づき、正成は気を張った。平素の保長は好人物な笑みを顔に貼り付けているが、忍びとしての己を語るときには無表情になる。このときもそうであった。正成は言葉を選びながら、己の年齢を伝えた。

「そうか……そのくらいの歳の頃には、わしは人を斬っていたな」

「ち、父上？」

冗談とは思えぬ威圧を、保長の言葉から感じる。

保長は表情一つ変えずに続けた。

「そなたは忍びの子。忍びに生まれたからには忍びとして生きねばならぬ」

口を開きかけたものの、保長の据わった目に阻まれた。まさに蛇に睨まれた蛙だ。

「お前には、殺しをしてもらう——」

保長の瞳孔が、正成の怯えた表情を映じていた。

その日の夜、正成は屋敷を抜け出した。

夜の闇に身を溶かし、当て所なく辻を駆けながら正成は叫んでいた。

保長が命じたのは、ある人物の暗殺であった。

『本来ならば斬るべきだが、そなたにそこまで求めぬ。毒を盛れ』

現実味のない命令だったが、夕闇が迫り、夜の帳が屋敷を包み込んだ頃になって、ようやくその言葉が胸に迫ってきた。空の落ちてくるが如き恐れに苛まれ、厠に行くふりをして、夜着のまま屋敷を抜け出したのであった。

どこにいけばいい？　どこに？

誰もいない夜の岡崎城下を駆けながら正成はひたすらに怯えていた。

忍びになんてなりたくない。

稲葉兄弟の嘲りの言葉が蘇る。忍びなんて。三河武士たちから浴びせられる視線が異物を見るが如きものであることに気づかないほど正成は子供ではなかった。どうせ戦うならば武士として、どうせ死ぬなら武士らしく、というのが正成の思いだった。

腰の脇差を強く握り、正成はある家の門の前に立った。

そこは守綱の家であった。大門の戸を叩き、通用門から出てきた者に至急の用があると言いつけると母屋に面した庭に回った。地虫鳴く宵の中をしばらく待っていると、やはり夜着姿で眠そうにあくびをしている守綱が廊下の奥から現れた。

「どうした、こんな夜に」

のんびりとした口調で述べる守綱に、正成は叫んだ。

「果たし合いだ、守綱」

正成は手にした脇差を守綱に投げやると、やけっぱちに腰の脇差を抜き、縁側に立つ守綱に迫った。先ほどまで眠たげにしていた守綱も事を理解したらしく、正成の投げたものを取るや一気に引き抜き、一撃をいなした。

「なんだというんだ」距離を置きながら守綱は叫んだ。「お前に恨まれる覚えはないぞ」

「問答無用!」

涙が出てきそうになるのをこらえながら、正成は斬りかかる。とはいっても、腰も入っていなければ覇気もない。しっちゃかめっちゃかに振り回しているに過ぎなかった。目の前の守綱も、困惑しながら白刃を躱し、ついには隙に割って入り正成の刀を弾（はじ）き飛ばした。

転がる脇差に思わず目が行ったその時、正成の首筋に守綱の切っ先が突き付けられた。

「どうしたのだ」

守綱の顔は困惑に満ちていた。友がなぜ俺を斬ろうというのか、俺は知らず知らずに恨まれていたのか、そんな絶望がほの見えた。

友垣の表情が、何よりも堪（こた）えた。

目の前の友はどこまでも善良だ。奮い立たせていた気力もついに尽き、正成はその場にへたり込んでしまった。

「正成」

「……お前を斬れと命じられたのだ」

「なんだと？　誰に」

「父上に」

「なぜそなたの父上がさようなことを」

理由は知らされていない。教えてくれと頼んでも答えはなかった。『忍びの任に理由はない、ただ果たすものである』と。

人を殺すことにも抵抗があった。だがなにより、殺す相手が守綱だと知らされた時の衝撃といったらなかった。

「まさか、お前、わしに斬られるつもりだったのか」

守綱の言葉に、正成は正直に頷(うなず)いた。

父の命令を聞かないわけにはいかない。さりとて、友を斬ることもできない。ならば、任をしくじり、友に斬られるのが一番ましな道と思った。

そう述べると守綱は薄く笑った。

「もっと良い手がある」

「え?」

「渡辺家へ来い。渡辺家がお前を守る」

渡辺家は今、郎党が次々に戦死して手が足りなくなっており、新たな者を加えるべく算段している。親が戦死して難儀している稲葉軍兵衛も己の郎党に加える算段をしているという。

「あいつも?」

「わしはこれから武士として身を立てる。渡辺家隆盛のために力が要るのだ。軍兵衛は乱暴者だが、きっと渡辺の力になってくれるさ。正成、お前も、仲間になってくれぬか」

「いいのか？　おれはお前を殺そうと」

「していないことくらい、お前の剣の振りでわかる。いくらしょったれとはいえ、戦場であんな無様な戦い方はせぬだろう」

思わず正成は笑ってしまった。ひとりでに涙も出てきて、視界も歪む。

「……しょったれは余計だ。でも――」

正成はこの時に決めた。守綱の下で武士になろう、と。

◇

「おい、おいったら」

己を呼ぶ声に気づき、思い出に沈んでいた正成は顔を上げた。そこには馬上からしかめ面で正成を見下ろす胴丸姿の堂々たる武士と、顎に手をやる当世具足姿の武士の顔があった。

胴丸具足のほうが声を上げた。

「戦場の真ん中でぼうっとするなよ。これだからしょったれは」

「しょったれ言うなよ。俺は武士だ」

しょったれ、とは、三河で未熟者、半端者の謂である。

馬上で顔をしかめる男は稲葉軍兵衛だ。古いなじみのゆえか、大きくなっても正成のことをしょったれと小馬鹿にする。

「いいかげんにしないか」正成と軍兵衛の言い争いに、横から当世具足姿の武者が割って入った。「ここは戦場だ。喧嘩をするところではあるまい」

正成たちは渋々ながら頷いた。渡辺守綱は、二人にとっては一応主筋だが、あまり偉ぶるところもなく、昔と変わらず友として遇してくれる。

いい友に出会った、としみじみと頷いたものの、ここは戦場だ。わずかな感傷を追い払い、正成は声を上げた。

「これからどうするか、だな」

「殊勲第一を狙うならば、本丸を狙うべきだろう。それに、任のこともある」

軍兵衛は守綱の言葉に頷きながらも、納得いかない、と言わんばかりの顔だ。

「変な命だよなあ。敵の大将を生け捕りにしろ、なんてな」

夜襲隊に選抜されたその時、しつこいほどに下知された。此度の戦、城主一族を生け捕りにした者が軍功第一である、と。

「ここの城主は――」

正成が声を上げると、

「鵜殿だよ」

軍兵衛の声が返ってきた。

これほど瞬く間に立場が変わった人間もいないだろう。同情を禁じ得なかった。

東三河の国衆、鵜殿一族。本貫地が遠江に近いこともあって今川との関係も深く、松平と今川の間の取次を務めていた。今川もこの国衆を粗略には扱わず、息子に一族の娘をあてがい縁戚としたほどだ。

しかし、今川との関係が深いことが、鵜殿の立場を難しいものとした。

桶狭間の戦いによって今川当主である義元が弱小大名であった織田信長に討ち取られた。このことによって、今川の器量は大いに疑われ、各地で国衆や傘下大名の離反が起こった。事ここに至り動き始めたのが、今川のもとで雌伏していた松平元康だった。今川家中の混乱を突いて三河に帰還するや、妻の築山殿や嫡男竹千代を今川方に残しているにも拘らず、近隣国衆たちを自らの側に組み込むべく動き始めたのだった。

これを以て、松平と今川は敵対関係となった。

三河情勢の変化に振り回された格好となったのが鵜殿だった。連枝となっている以上、今川からの離脱はありえない。一方で周囲は松平の勢力と化している。白い碁石で囲まれ、あと一手で取り上げられる黒石の如くになっているのが、鵜殿が拠るこの上ノ郷（かみのごう）城だ。長引くかもしれないが、この城はいつか必ず落ちる。にも拘らず、こうも力攻めをしようという理由はない。

いち武士に過ぎない正成がこの戦の意味を考える必要はなく、ただ、『鵜殿を連れて帰ってこい』と命じられたからには、死んでも連れ帰る。それが武士の道というものだ。

本丸を睨んでいた守綱が咳払いをした。

「我らも本丸に行こう。そして、何が何でも鵜殿を捕らえるのだ」

「合点」

正成と軍兵衛が頷いた、ちょうどその時だった。

足元に、何かが落ちる気配があった。

思わず目を見張る。音もなく転がっていたのは、虎の木鈴だった。

あたりを見回す。すると、どこからともなくひとりの忍びの女が姿を現した。

ほのかな梅花の香りが鼻をくすぐる。紺の袖なし長着にやはり紺の伊賀袴（いがばかま）は女特有の柔らかな体型を隠さない。お団子に髪をまとめ、黒い首巻を風になびかせる。何より、冷ややかに光るその眼（め）、そして鮮やかな桃色の唇に見覚えがあった。

「お前、霧か」

正成が訊（き）く。女はかすかに頷いた。

見違えた。子供の頃の記憶しかないだけに、目の前の、大人びて透き通るような肌をした女があの霧だとは信じられない思いがした。かつての霧の面影がところどころに残っているだけに、その困惑の程は深い。

久方ぶりの再会も束の間、肩をいからせた守綱が割って入った。

「何者だ、敵か味方か。そもそもなぜ戦場に女がいる？」

「ああ、この者は霧。服部家の女忍びだ」

とはいっても、今でもそうなのかは知らない。出奔した日から服部家の内情は耳に入ってこなくなった。調べたところで忍びの家の内情など知れるはずもないし、そもそも知りたいとも思わなかった。だが、忍びは死ぬまで忍びというのが、かの道を歩む者どもの生き方だ。

何の用だ？　今さら服部に戻れというのか？　いや、そんなわけはない。裏切り者を見つけたから斬る？　その割には、目の前の女忍びから殺気を見出すことはできない。どういうことだ――？

と、次の瞬間、霧は予想だにしないことを口にした。

「手を貸せ」

「ど、どういうことだ」

「邪魔が入った」

霧が言うには——この日、服部家の忍びは、甲賀衆とともに上ノ郷城襲撃の任に当たっていた。門を攻める武士たちを囮にして城の中にもぐり込み、各所に火薬を仕掛けるというものだ。そして建物を爆破して火事を起こし、敵兵をいぶり出す。

「成功しているようじゃないか」

小さな窓からもうもうと煙が立ち昇る櫓を指す。しかし、霧は首を横に振った。

「本来は、櫓という櫓、門という門、長屋という長屋に爆薬を仕込み、一斉に爆発させる手筈だったのだ。しかし、甲賀衆百名、我ら服部二十名が加わっておる中、半分の行方が知れぬ」

「半分？　六十人も？」

「ああ。甲賀はともかく、我ら服部衆も五名が姿を現さぬ。ということは——」

ほんの少しだけ、霧の顔が曇った。

武士の一軍なら、〝総崩れ〟と言い表す事態だ。兵の三割が失われただけで軍はその体を失う、と軍学者は謂う。霧の顔に浮かんだ焦りの色は、確かに緊迫する事態を雄弁に物語っていた。

だが、話を聞いていた守綱が槍を手許に引き寄せ、冷徹な声を発した。

「ところで、それが一体当家の服部正成と何の関係があるのかお教え願いたい」

守綱は、当家の、というところに険を籠めた。しかし、霧は守綱の言を黙殺して正成に向き、頭を下げた。

「若、一緒に来てほしい。敵は十中八九忍び。今は一人でも忍びの目を持つ人間が必要だ。さもなくば、総領が危ない」

心が揺れないといえば嘘になる。服部家総領、保長。自ら縁を切ったとはいえ、父親は父親だ。反発が未だにないではない。だが——。

逡巡している間に、行動を起こしたのは守綱だった。馬から飛び降りて槍を構えるや、その切っ先を霧へと向けた。

「服部正成は、当家の人間ぞ。本人が望むなら考えぬでもないが、そうでないというのなら、拙者はそなたを阻む」

軍兵衛も前に立ちはだかり、長巻を上段に構えた。

守綱の槍先、軍兵衛の長巻の刀身が、方々から上がりはじめた炎に照らされて妖しく光る。

霧は退かない。それどころか、せせら笑いすらしている。

「志能備が力を見てもらうとしようか」

「やる気か！　ならば手加減は、しないッ！」

守綱は踏み出すとともに一撃を繰り出した。守綱の槍捌きは松平家中でも随一だ。稲妻のごとき一撃がうねりを上げて霧に迫る。

だが——。

槍先が、ぴたりと止まった。守綱は金縛りに遭ったかのように動けない。

「な、なんぞこれは……」

「なにをしやがった……？」

守綱のみならず、軍兵衛までも肩を震わせ始めた。そんな二人を無感動に見据えながら、霧はこともなげに言う。

「曼陀羅葉（まんだらは）の毒。鼻の利かぬ者たちだ。木鈴に仕込んでおいたというに気楽なものよ。多く吸えば死に至る薬だが、この量ならば死にはせぬ。せいぜい体が痺（しび）れ、しばしの間昏倒するだけ」

「忍びめ。なんと卑怯な。〝忍びの力を見ろ〟と言ったではないか……」

「下らぬ」霧は冷ややかに吐き捨てた。「己が本分をないがしろにし、〝卑怯〟の言葉の名のもとにやるべきことから目を背ける輩（やから）に、そもそも負ける志能備ではない」

「お……の……れ……」

守綱と軍兵衛は次々と地面に崩れ落ちた。得物が転がる音と、鎧の札（さね）がぶつかり合う音が短く響き、止（や）んだ。

「な、なんてことを」

「問答無用」

短く答えた霧はまっすぐ正成に突進してきた。目では追えたものの体が追い付かなかった。腹に肩をぶつけられた正成は丹田を揺さぶられ、なすすべなく霧に身動きを封じられた。

霧はずっと忍びとして研鑽(けんさん)を積んでいたのだ……。霧の肩の上で火の手が上がりはじめた城を見遣(みや)りながら、正成は舌を巻いた。霧は、大の男である正成を担ぎ上げながら、息すら弾ませずに言い放った。

「修行を怠ったな、若」

「なんだと」

「今こうして志能備にかどわかされているのがその証(あかし)だ。地に足をつけ、鈍重に得物を振り回す武士のぬるま湯で過ごしていたからだ」

「な……?」

「が、忍びの目は生きている。ゆえに良しとする。忍びとしての体も最低限は残って居るしな」

「忍びの体?」

霧は続ける。

「先ほど、辺(かわ)りに曼陀羅葉の毒を撒(ま)いたことにより、若の仲間は倒れた。しかし、若には何の異常もない。かつてやっておられた毒慣れの修行が実を結んでおるのだろう」

「そんなことやった覚えは」

「服部の家におられたころ、毎日の食事に少しずつ毒が混じっていた。少なからず慣らされていたということぞ」

今さら聞かされたくない事実を聞いて頭が痛くなった。だが、危急の事態の中、己にもできることがあるかもしれない、ということは理解できた。

正成は、いい加減覚悟を決めた。

「で、結局何をすればいいのだ」

霧は答える。

「邪魔者を見つけ、斬る。手伝ってほしい。でなくば、この戦、負ける」

なら、と正成は嘴を挟んだ。

「さっきの……曼陀羅葉の毒を嗅がせれば」

霧は首を振る。

「ならぬ。忍びに忍びの術は通じぬ。忍びの術は種が知れれば破ることもできる。忍びを術に嵌めることは難しい」

ゆえに、と霧は言葉を継ぐ。

「術を弄さず、ただただ相手を上回る力で破りにかからねばならぬ。それが忍びを斬るということ」

「それほどの相手なのか」

霧は何も答えなかった。だが、闇の中で揺らぐその目の色が霧なりの答えなのだろう。

なすがままに肩の上で揺られていた正成だったが、突然足を止めた霧の手によって、屋根上に下ろされた。

そこは二の丸の長屋屋根の上だった。ほかの郭(くるわ)が轟々(ごうごう)と音を立てて焼ける中、ここだけは一切火が回っておらず、周囲に敵兵の姿はなかった。

と、長屋屋根の端に、一つの影を見つけた。

星辰の空を背後に腕を組んで立つ忍び装束の男。以前は黒々としていた髪もすっかり白くなり、顔の皺(しわ)は深くなっている。底の見えない濁った眼が正成を捉える。

立っていたのは、父、半蔵(はんぞう)保長であった。

保長は眉一つ動かさず、吐き捨てるように言った。

「霧。そなたは〝策がある〟と申したな。その策とは、この若造のことか」

地獄の底から響く地鳴りのような声に射竦(いすく)められてしまったのは正成だけではなかった。霧もまた肩を震わせ、年相応の憂い顔を覗かせた。

「はっ。若は忍びとしての目と、侍としての目を持っております。あるいは」

「若ではない。こやつは服部家から逃げ出した半端者だ。もはや服部家とは――、忍びとは何の関係もない。早う失せろ」

　保長の言いっぷりに腹が立った。

「そっちの都合で呼び出して、そっちの都合で失せろとはどういう料簡だ」

　しかし、保長はにべもなかった。

「そこな霧の独断だ。わしはお前に用はない」

　はらわたが煮えくり返りそうだった。呼び出されたのにつれない対応をされた、というような、底の浅いものではない。もっと深い、体の奥底から湧き上がるような怒りだった。

　だが、正成の思いに、保長は付き合うつもりはないらしい。

　保長は突然笑みを浮かべると、懐から手裏剣を取り出しそのまま一息に三枚、正成に投げつけた。まっすぐ飛んでくるかに見えた手裏剣は途中で軌道を大きく変え、凍りつく正成のはるか後ろ、長屋裏にこびりつくように広がる影に吸い込まれていった。

　影の中から金属がかち合う高い音が響いた。

　星辰を背に、保長の目が昏く光る。

「ようやく姿を現したな。わしが誰かと話すくらいで気を逸らすと思うたか」

「舐めておった、すまなんだ、怨敵」

　ぬう、と影の中から姿を現したのは、まさに異形というべき男だった。忍び装束の上に獣皮を背負い、手には血で赤黒く汚れた鉤爪をつけている。だが、何より梟を模した面が目を引く。遠目には、闇夜に舞う梟が降り立ったかのように見える。

　その異形の忍びは、呵々と笑った。

「何が可笑しい？」

　保長が問う。すると梟面が地の底で響くうねりのごとく応じた。

「聞こえるぞ。お前の心に波紋が立っておる。すなわち――」

　梟面が苦無を虚空から取り出すや、滑るように迫ってきた。

「こやつが穴と見た」

　速い。が、霧の突進ほどではない。少なくとも体で追える速さだ。槍を構えて繰り出した。

　槍先が梟面を貫かんというまさにその時、突如として捉えていたはずの姿が消えた。否、男の体捌きが数段速くなった。霧と同等、いや、それ以上。繰り出した槍先は掠りもせずに空を切る。

　梟面が迫り鉤爪を繰り出す。獲物を前にした蛇のように、首筋めがけ腕が伸びる。

　が、鉤爪は正成には届かなかった。

　大きな背が、正成の眼前にあった。

遅れ、鉤爪と正成の間に保長が割って入っていたことに気づく。忍び刀で血に濡れた鉤爪を受け止めるや、棒手裏剣を取り出して梟面に打つ。

手裏剣を躱して間合いをとる梟面は、化け物じみた笑い声を上げた。

「見事なり。が、心は思いのほか乱れておるようだな、怨敵」

梟面は、保長の腰のあたりを顎でしゃくった。正成は声を失った。保長の右腰に、苦無が深々と刺さっていた。傷からは鮮血がしたたり落ち、瓦に血の飛沫を作る。だのに、保長は顔色一つ変えることはなかった。

なんで、俺を助けた。正成は無表情の父親に心中で問うた。あんたからしたら、俺は出奔した人間、無関係なんだろう？　なのに。どうして。一つの疑問が種となって様々な心中の声に火がつき、渦を巻きながら大きくなっていく。

無反応な保長に飽いたかのように、梟面は霧に指を向けた。

「小娘、お前に感謝せねばな。お前が保長の心底に波紋を作った。おかげでわしは今、こうして怨敵に傷を与えることが叶った。お前の浅はかなるがゆえだ。そういえば見ない顔だ。そうかそうか、初陣だったか」

髪が逆立ったと同時に、霧は駆け出した。だが、先程のような切れはない。

「上々、上々」

背中の毛皮から匕首を取り出した梟面は、まるで子犬を扱うがごとくに突進を躱し、すれ違いざまに匕首を合わせた。血霞（ちがすみ）が舞い、霧が倒れる。

「霧！」

正成は声を上げた。

服部家に対しては恩讐様々な思いが渦を巻いている。それでも身内だった者たちが傷ついているのをそのままにしてはおけない。

だが、走り出した正成を止めたのは——。

「やめい！」

保長の一喝だった。

保長は刺さった苦無を抜くことなく、忍び刀を構え直していた。

「怨敵、まだやる気か。わしの苦無はそなたの命数に届いた。遠からず死ぬぞ」

「分かっておる。それゆえに逃がすわけにはいかぬ。天に誓った役目を投げ出すは忍びに非（あら）ず」

「敵ながら見事ぞ、怨敵」

保長がこちらを見据えている。

合わせよ。

そう目で言っている。

頷き返す。保長は一瞬だけ顔を緩め、忍び刀を構えた。

躱すにもいなすにも難い、保長の突き。しかし、梟面には通用しない。保長の突きを苦無で払いながら手裏剣を投げつける余裕まで見せた。

血を吐いて保長はその場に崩れ落ちた。そして、梟面は動き始めた正成に向いた。

「殺気が漏れておるぞ、未熟者」

読まれている！　梟面の悪意が正成を覆い、総毛立つ。それでも退くわけにはいかなかった。

が、苦無を取り出そうとしていたはずの梟面の動きが、ぴたりと止まった。

転がっていた保長が、梟面の足の甲に苦無を深々と刺した——それに気づくのに時を要した。

正成は渾身（こんしん）の力を込めて槍先を繰り出した。

だが、梟面の方が上手（うわて）だった。

動きが止まったのは一瞬のこと。影縫いされていた足を無理やり引き抜き、後ろに退いて槍を躱した。

正成は心中で歎じる。千載一遇の機だった、はずだった。

だが。

梟の面が、不意に音もなく割れた。槍先が掠めていたのだと悟る。

ああああああ！

突然、梟面が獣じみた悲鳴を上げて顔を手で覆った。足に刺さった苦無など意にも介さず、顔を隠すことだけに専心している。ぶるぶると体を震わせ、背中を丸め、大きな手の間からこちらを睨む。わなわなと震える指の間から覗く目は血走っており、焦点が定まっていない。怖気（おぞけ）を覚える正成を前に、梟面は震えた声を発した。

「見たな？　わしの顔を見たな？」

ちっとも見えなかった。この暗がり、しかも手で顔を隠している。表情はおろか造作さえはっきりしなかった。

だが、向こうは早合点しているらしい。殺す殺す殺す……うわごとのように繰り返すと、ようやく焦点の合った目をこちらに向けた。

「殺す。お前のことは地の果てまで追ってでも斬る。首を洗って待っていろ」

ありったけの殺気をこちらにぶつけるや、敵は闇に消えた。

槍を捨てて正成はうつ伏せで倒れている父親の元へと走った。

「父上！」

封印していたはずの呼びかけが口をついて出た。

いくらさすっても、反応がない。抱き起こすと、瞳孔は開き切り、瞳が白濁し始めている。胸や腹に手裏剣が深々と刺さり、気づけば正成の手は真っ赤に染まっていた。

「父上……」

保長の体を仰向けにし、血塗られ苦相の残る顔を手ぬぐいで拭いてやると、瞼を閉じさせた。傷だらけの無残な姿の父親の顔からようやく苦悶が消えた。

ふと視線を動かすと、血だまりの傍らに保長の血文字を見つけた。辞世の句のつもりだろうか。その言葉を、正成は無心で読み上げた。

「〝忍之極意ハ生間也〟」

生間、とは何があっても生きて帰り、味方に利する働きをする間者のことだ。

一体何が言いたかったのだろう。結局生間となれなかった自身への諧謔のつもりなのだろうか、それとも、後に続く者への相伝のつもりか。

父とは分かり合うことができなかった。きっとこれからもそうだろう。だが——、溢れ出る涙を押し止めることはどうしても叶わない。父への相反する思いを心中で転がしながら、正成は己に言い聞かせるように、あるいは父に語り掛けるように口を開いた。

「父上。俺は、忍びにはなりとうない。俺は、武士になりたい」

正成は父親に語り掛ける。けれど、父親はもう永遠に頷くことはない。

「その代わり、父上など話にならぬくらい武功を積んだ立派な武士になる。父上、それでよろしかろう?」

むろん返事はない。それでもよかった。

肚は決まった。

満天に星が瞬く。それはまるで、正成の決意に快哉を叫んでいるかのようだった。

「面を上げよ」

着慣れぬ直垂に辟易しながら、正成は顔を上げ、初めて拝謁する主君の姿を窺う。若いお方だとは聞いていた。確か正成と同い年のはずだから二十一歳だ。顎にはひげを蓄えているものの、顔に若さが漲っている。しかしながら張りのある表情のどこかに老境の憂いが滲んでいるようにも見える。

積み重ねた苦労のゆえだろうか。そう忖度していると、主君がこちらを見やる。

「此度の軍功、見事である。服部正成、であったな。そなたは渡辺守綱の預かりでありながら、あの堅城であった上ノ郷城の表門を開きたる功、抜群のものであったと聞いておる。見事であった」

「お言葉ながら」正成は頭を下げた。「某は門を開けただけにございまする。むしろ、賞されるべきは我が預かり人である渡辺守綱かと」

「ほう」

主君は顔を上気させた。気を害しているわけではなさそうだ。それどころか嬉しそうですらあった。

「安心せい。既に渡辺守綱とその一党には、十分な褒賞を与えておる」

この主君は信じるに足るお方だ。心中で、どこかほっとした。

目の前に座るのは、主君、松平元康である。三河国主の嫡男ではあったものの、その頃の松平は御家騒動により求心力を失っていたがために幼くして人質生活を送らざるを得ず、尾張の織田、のち遠江の今川に身を寄せていた。もっとも、ただただ人質の身に甘んじ今川の狗となるをよしとするお方ならば、今頃岡崎城などにはいない。

元康は、暑くもないのに扇を開き、顔を小刻みにあおいだ。

「さて、今日は他でもない。正成、そなたに相談したいことがあってな」

「相談にございますか？　殿が某に？　一体いかなることにて」

「そうだな――」

元康が何か言いかけたところで、奥の間の襖が開き一人の男が姿を現した。年の頃は三十ほど。口元にひげを生やし、柔和な笑みを浮かべている。が、秋水がごとき鋭い視線がこの男の優美な印象のすべてを吹っ飛ばしてしまっている。きっとあとでこの男の顔を思い出そうとしても、冷たく光る眼の記憶しか残っていないだろう。

元康と正成の間、二人を見渡せるように横を向いて座したその男は短く名乗った。

「石川与七郎数正ぞ」

石川数正。確か、元康公の遠江行にも同行した股肱の臣で、今は西の織田の抑えとして前線に立っているはず――。

そう口にすると、石川はこともなげに笑った。

「ああ、影武者を立ててこちらに参った次第。大事な用事ができたゆえ、な」

「大事な用事？」

「先ほど殿が仰せになっていたことにもかかる話ぞ」石川は続ける。「実はな、織田との同盟が成りそうなのだ」

織田といえば、これまで何度も国境を巡って争ってきて遺恨も深い。その相手と今さら同盟を？

「家中は織田憎しで凝り固まっている。一方のわしは特段織田に恨みはない。それゆえに物事を恩讐から離れて見ることができる」

織田は若き当主、信長のもと、美濃（みの）の大大名斎藤（さいとう）を飲み込まんと画策している。北に戦力を集中させたい信長にとっては、背後に武田（たけだ）や今川といった大勢力と領地を接するのは得策ではなかろう。一方、今川の圧迫を押し返して三河を鎮め、さらに弱った今川から領地を奪いたい松平からすれば、西の織田を刺激したくない。ここに利害の一致がある。織田と松平が背中を合わせ、それぞれの敵に専心できれば、双方にとって意味がある。

「というわけで」元康はいつの間にか閉じていた扇を開く。「与七郎に命じて織田との同盟を模索させていたのだが――」

「そう。ここで問題があった。織田より、〝同盟の暁にはわが娘を松平の嫡男に嫁がせたい〟と申し出があってな。しかし、嫡男竹千代様は遠江の今川の手にあった。そこで、ようやくそなたの父上が出てくる」

非公式ながら元康は保長を呼び出し、〝竹千代を手早く取り戻す策はないか〟と下問したという。そのとき保長が披露したのが、上ノ郷城攻めだった。

「保長の冴えは今思い返しても恐ろしい」元康は小さく唸る。「〝上ノ郷城の鵜殿は今川の一族から嫁を迎えております。息子たちには今川の血が流れておるということ。そうでなくとも鵜殿は今川の連枝格。見捨てたとあれば今川から人心が離れるは必定ゆえ、今川としては何がなんでも助け出したいはず。人質としての値は十分にあると存ずる〟と言うてな」

「ええと、それはつまり……?」

もどかしげに石川は続ける。

「竹千代君と交換するに足る人質を手に入れよ、というのが保長どのの献策の肝だったのだ。今川に竹千代君がおわす限り織田との婚儀はならず、いつまでも同盟は組めぬ。大方織田は竹千代君が今川の手にあることを知りながら、縁組を条件にしたのであろう。今川から竹千代君を取り戻せるだけの器量なくばそもそも同盟を組む意味なし、と鼎の軽重を問うたとすれば辻褄も合おう」

　そういう、ことだったのか。

　で——。

「首尾はどう……」

「鵜殿の息子どもは我らの手の中にある。案の定今川も人質交換に乗ってきたようだ。竹千代君は無傷でお戻り遊ばされることだろう」

「と、いうことは」

「ああ」石川は頷いた。「織田との同盟も成る」

　軍略に疎い正成にも、ことの重大さはわかる。織田が刈田狼藉をしてきたとなれば西に走り、今川が攻めてきたとなれば東に走り……というこれまでの右往左往がなくなり、国衆の負担も減る。

　と、元康公が困った顔をした。

「此度の戦、殊勲第一はどう考えても策を練った保長のもの。それに、鵜殿の子を捕らえたのも、やはり服部衆の者でな。だが、保長は死んでしもうた」

「そこで」石川が話の柄を引き継いだ。「出奔扱いのそなたを特別に嫡男として復帰させた上で、殊勲第一とすることに決したのだ。服部家総領の通り名である半蔵の名を継ぎ、殿の直臣、服部半蔵として生きてもらう」

一瞬、時が凍った。

正成は天井を仰いだ。初陣だというのに目立った功績はなく、死んだ父親の代わりに功賞されるなど屈辱でしかない。それに、父の挙げた功は忍びとしてのものだ。これを受ければ、出奔までした服部家を継がなくてはならなくなる。あれほど嫌った、服部家の、忍びの家風をも——。

「言うまでもないが、断ることはできぬぞ」石川は冷たく言い放った。「もしも異論あらば、ここで腹を切れ」

思いはすべて見透かされている。

無言を答えと取ったのだろう。元康が無邪気な声を発した。

「では服部正成、いや、服部半蔵。父にも負けぬそなたの忍び働き、期待しておるぞ」

某、忍者としてより武士として過ごしている時のほうが長いのですが！　そもそも忍びの家を継ぐつもりは一切ござらぬ……。顔を上げて言上しようとしたものの、元康のあまりに屈託のない笑みを前にして、すっかり意気を削がれてしまった。

喉の奥がざわめき始めた。なんとなくいがらっぽく、呼吸に笛のような音が混じり始めている。苦しい。絞めつけられるような苦しみに、御前で咳をついてしまった。空咳が止まらない。

なんだこれは。正成は困惑の中にあった。今まで体調を崩したことさえないだけに、呼吸も満足にできない症状に面食らっていた。

む、と元康が顔をしかめる。

「どうした？　もしや哮喘（ぜんそく）か？　あまり無理はせぬようにな」

息を吐く度に喉の奥から響く笛のような不気味な音、そして息苦しさに、正成は涙目になりながらも頭を下げた。


元康公の元を辞して廊下を歩いていると、さっきまで顔を合わせていた石川と行き合った。

「先ほどは……」

頭を下げると、石川は遮るように言った。

「せいぜい忍び働きに励むのだな。忍びの道から一度は逃げた服部半蔵」

「な、なぜそれを」

驚きというよりそれは恐怖だった。ほとんど三河にいなかったはずの男がなぜ。

数正は笑った。やけに鼻につく甲高い笑い声が、正成の問いをかき消す。

「忍びの道から逃げたお主が忍びの総領、か。伊賀者の堕落は免れ得まい。あるいは、三河に染まらぬ伊賀者の変わるきっかけになるやもしれぬな」

青白く光る眼でねめつけた石川は、廊下の角に消えた。

誰もいなくなったのを確認すると、正成は手を叩いた。と、天井から霧がするりと降りてきた。上ノ郷城の戦いで負傷し腕を吊ってはいるが、回復は早い。三日ほど臥せっただけで、それ以降は忍び働きに復帰している。無理をするなと言ってもその命令を聞くことはない。今では諦めて、本人のやりたいようにやらせている。

「あのお方は一体」

訊くと、床に跪いたまま霧は答えた。

「石川与七郎は先代総領の弟子。されど、忍術の体を修せず術理しか学ばぬ半可者」

平坦な口調に、忌々し気な色が載っている。

「そうか……で、頼んだことは調べてあるか」

「ああ。梟の男か。あれは、〝梟〟の名で通っておるはぐれ忍び。金で役目を請け負う。腕は立つ。今川に雇われて上ノ郷城に入っていた由。おかげであんな小城に時を要した」

「なぜ先代と戦っていたのだ？」

「浅からぬ因縁がある模様。何度も戦っておったようだが、詳しく知る者はない」

「素性は」

「これ以上のことは分からぬ。どうやら伊賀者ではあるようだが」

　されど、奴は志能備が斬る。そう霧は締めくくった。

　正成は頭を抱える。

　忍びになりたくなくて出奔したのに、気づけば忍びの総領に就くことになってしまった。しかも、父親の因縁のせいで、早々命を狙われる羽目になっている。

　脳裏に梟の姿が蘇る。思い出しただけで背中に怖気が走る。

「これだから忍びは嫌なんだ」

　そう独りごちたところで何が変わるでもなかった。それどころか、先行きの不安のせいで、胸のむかつきは止まらない。いがらっぽさに何度も空咳をしたものの、いつまで経(た)っても不快感はこびりついたままだった。

　服部正成、改め半蔵。二十一の若造にはあまりに勝ちすぎる荷を前に、ただただ呆(ぼう)然(ぜん)とするばかりなのであった。

第二話

「面（おもて）を上げよ」

しばし悩んだ。上段から届く声にありありと不機嫌が滲んでいたからだった。かといって主君に逆らうわけにもいかず、恐る恐る上段の間を窺った。半蔵の逡巡が吉と出たのか凶と出たのか分からない。主君である家康（いえやす）は眉を吊り上げ、小指の爪を噛んでいた。

ややあって、思慮を秘めたいつもの表情に戻った家康は、床の間に飾られている鏡餅を眺めてため息をついた。

「正月というに、何とも落ち着かぬものだ。――考え事をしておった」

「それはそうにございましょう……なにせ」

「まさかこんなことになるとはな」

家康は首を振った。

松平と織田の間で同盟が成ったことにより西の脅威は排除され、東の今川との全面対決が現実のものになった。今川義元の偏諱(へんき)である元康を捨てて家康と名乗り変えたのは、三河国主としての覚悟の表れであろう。そんな矢先、足元の三河で反乱が起こった。

障子戸が開いた。現れた石川与七郎は二人の間に座る。

石川は、感情のこもらぬ声で家康に報告をした。

「桜井(さくらい)、大草(おおくさ)、吉良(きら)の翻意はなりませぬな」

「吉良はまだしも桜井も大草も、か。覚悟しておったとはいえ、本気のようだ」

桜井松平家、大草松平家は数代前に枝分かれした分家だが、此度反旗を翻した。これは家康の器量にのみ帰する問題ではない。言うなれば、三河を掌握しきれなかった歴代当主の責任でもある。

「あ奴らは血の気が多くていかぬ」

家康の言が冗談であるかどうかも判別がつかない。

石川は目を光らせる。

「まったくですな。――されど、これはただでは済まぬ事態(こと)にござる。殿、ここは踏んばり所でございますぞ」

「分かっておるわ」

家康は声を荒らげた。

一方の半蔵は心中でげんなりとしていた。

本證寺という一向宗の寺がある。松平宗家の本貫地安城にあり、百姓や国衆から多大な尊崇を集めている。その権勢たるや国主に対してすら寺域への勝手な立ち入りを禁じていたほどだ。三河には、国主松平と、一向宗の本證寺という二つの権門が並び立っているともいえる。

詳しいことは分からない。ある者は「松平の代官が本證寺に逃げ込んだ無法者を寺の許しなしに捕らえた」という。またある者は「本證寺が突如砦を築いた」ともいうが、なりゆきで松平と本證寺の対立が深まり、本證寺は門徒に動員をかけた。これにより、西三河を舞台に、岡崎城に拠る松平と本證寺に陣を構える一揆勢との間に緊張が走り、小競り合いが始まった。松平勢は一揆を鎮圧にかかっていたが、ある寺を抑え込めば他の寺で鬨の声が上がり、その寺を降伏させればまた他の寺が兵を挙げる、絵に描いたようないたちごっこが続いている。

しかし、と石川は呆れ声を上げる。

「まさか、寺ごときの檄にこうも踊る者があろうとは思いませなんだな」

「何を言うか。そなたの一族など、皆が向こうに乗ったであろうが」

「時勢の読めぬ馬鹿しかおらぬのでしょうな」

石川は冷ややかに述べた。

本證寺から檄が飛んだとしても、誰も呼応しなければ実害はない。しかし、結果としてかなりの数の国衆が参集してしまった。熱心な門徒であり、松平の威光など屁にも思わぬ郎党衆も我先にと馳せ参じているという。

それだけにことは深刻だった。

「殿へ忠義を立てておるのはごくごく少数であることがわかりましたな。殿、今後はそういった武者たちを厚く遇さねばなりませぬ」

「今後があれば、な」

家康は小指から口を離し、今度は親指の爪を嚙んだ。深爪した指から血が滲み始めている。

狼狽の色が隠せない家康を前に息をついた石川は、半蔵に視線を投げかけた。

「さて半蔵。今日は他でもない。そなたの忠義を見込んで、頼みたいことがあってな」

「はっ」

服部家は一代前に三河に移り住んだ新参者で、一向宗との関わりはほとんどない。国を二つに割らんという騒擾にあっても本證寺から檄文が届かなかったのは、一揆勢が服部を家康の飼い犬と見做したからだろう。

石川は咳払いをした。

「此度の一揆、正面切って戦うが上策、というのがわしと殿の一致した意見ぞ」

家康はわずかに驚きを顔に浮かべたものの、眉一つ動かさぬ石川に気づいて口をつぐんだ。

「この戦はちと複雑でな。殿に忠誠を誓ってはおるが、一向宗への義理立てで向こうに参集しておる者も多い。また、逆もしかり。つまるところ、我ら松平と本證寺の振る舞い如何によって形勢は大きく傾ぐ。ここは断固たる姿を見せるべきぞ。一揆の首謀者連中を血祭りにあげ、悩める者たちをこちらに引き戻すべきであろう、とな」

「……と、いうことなのだ」

青い顔の家康は石川の言を飲んだ。

石川は目で半蔵を射竦めた。

「ここからがお前の仕事だ。市場殿を知っておるか」

「もちろんにございます」

吉良の分家である荒川家の嫁に出された、家康同腹の妹君である。御尊顔を拝んだことはないが、荒川家との婚儀の際、岡崎城の大手門から延びた長く壮麗な輿入れ行列は今でも瞼の裏に刻まれている。

「市場殿の嫁いだ荒川は一揆側の首謀者の一人。松平の連枝であるにも拘らず反旗を翻すとはなかなか思い切ったものだ。……それはさておき、実の妹君を殿が見殺しにする図は体裁がよくない。そなたに頼みたいのは――」

家康が割って入った。

「市場の救い出しぞ」

しかし、半蔵は頓狂な声を上げた。

「あのう、某、どうお救い申し上げたらよいものやら見当もつかぬのですが」

「そなたは忍びであろう。それを考えるがそなたの役目だ」

「いえ、某は……」

突然家康は頭を下げた。半蔵はその意味をにわかに理解できず、固まってしまった。

「そなただけが頼りなのだ」力のない言葉を放った家康はふらりと立ち上がった。

「あとを任せてもよいか」

「ええ、構いませぬ」

すまぬ、と言い残し、家康は奥の部屋へと消えた。

襖が閉まったところで、石川はこれ見よがしに肩をすくめた。

「あの通り、かなり参っておられる。味方と思っておった三河の侍衆が一向宗についてしまったのだからな。――殿はずっと遠江にいたゆえに、家臣の機微を掴めておらぬ。致し方ないことではあるが、殿の抱える問題が噴き出したとも言える」

本当のことなのだろう、と半蔵は思った。石川はずっと家康に従ってきて、主君の苦衷は誰よりも知悉している。

石川は目を細めた。

「せめて、少しでもお心を軽くして差し上げるが家臣の務めであろう」

「石川殿。某、殿のご命令、どう果たしたらよいか皆目見当がつきませぬ。まるで雲を摑むがごときことにて」

「お前自身が考えることぞ。忍びのお前がな」

「されど」

「少なくとも、お前の父上であらばその日のうちに片が付いたであろうな」

亡父保長の名を出されてしまっては、もはや黙るしかなかった。

「遺憾なことだが」そう前置きして石川は続ける。「この一揆の行く先は、市場殿の御身いかんによってさらに長引く。東の今川が介入してこないとも限らない。西の織田も同盟を棄てて攻めて来るやもしれぬ。三河の命運を握っておるとの自覚をもって任に当たれ」

なぜこの期に及んで重圧を与えてくるのだろう……、と心中で苦々しく呟いたその時、胸の奥から不快感がせりあがり、首が絞まるような感覚が襲い掛かってきた。

飛び出す咳を手で押さえる。

「大事ないか」

「だ、大丈夫、です……」

咳をこらえながら、涙目で半蔵は応じた。

上ノ郷城攻めの際に患った咳は、哮喘だった。いつまで経っても治まらず、家康が侍医である減敬なる人をつけてくれた。明の人であるらしく普段は言葉を選ぶようにたどたどしく話す減敬に、

『これは、間違いなく哮喘ですな』

と、いやにきっぱりと病名を宣告されてしまったのだった。

石川は顎に手をやった。

「まあ、無理はするな。が、死ぬ気で市場殿をお助け申し上げろ」

「どっちなのですか」

空咳の合間に、半蔵は弱々しい声を上げた。


岡崎城を辞した半蔵は、そのまま町外れまで戻ってきた。その間、何か名案がないものかと唸っていたものの、おいそれと浮かぶはずもない。愚にもつかない思いつきが泡のごとく弾けて消える。所詮はこの程度の頭だ、と己の出来の悪さを呪った頃、服部屋敷の門前に行き着いた。

小門から中に入る。蝶番の軋む音がやけに耳に残った。普段なら中には家人が控えているはずなのに、今日に限って誰もいない。

「おい、戻ったぞ」

　声をかけても屋敷の中はがらんとしている。いつもなら手裏剣の練習をしている者たちや、針を畳に落として耳の鍛錬に努める者たちが屯しているというのに、庭先には的ひとつ立てられておらず、縁側には猫一匹いない。

　何かあったのか、と身構えた半蔵の足元に小さく丸いものが落ちてきた。

　虎の木鈴だった。音もなく地面に転がったその木鈴から、突如として白い煙が勢いよく噴き出し始めた。もうもうと立ちのぼり、あたりを真っ白に染め上げる。何が起こったのか分からずにもがいていると、煙の向こうに人影が現れた。

「いつになく派手なお出ましだな」

　現れたのは霧だった。小袖姿という平服ながら、右手には小刀を逆手に構えている。

　霧は無表情のまま言った。

「曲者(くせもの)かと思うてな。斬るつもりだった」

「本気か、お前」

「志能備は嘘をつかぬ」

　霧の据わった目を見れば、冗談にあらざることは一目瞭然だった。

「他の連中はどうしたんだ？　まさか、一向宗についたなんてことはあるまいな」

「忍びは飼い主にしか懐(なつ)かぬ。仮に飼い主がとてつもない愚昧な馬鹿者であったとしてもだ」

　喜ぶべきか怒るべきか判断に困る。

「皆、勝手に動いている。否、新造殿の命で動いておるようだ」

　新造は服部家の家宰である。久々にこの家に戻った際に挨拶した半蔵に対して、新造は目礼すら返さなかった。それればかりか、

『先代の命ならば従うが、松平の命に従う必要はなし』

　と言い放ち、それからは姿を見ていない。

「主の言うことを聞かぬとは」

「言うたであろう、忍びは犬だとな」霧は続ける。「飼い主にしか懐かぬのが犬だ。されど、尻尾を振るかどうかは飼い主の度量次第ということぞ」

　むぅ……。また喉がいがらっぽくなってきた。思わず家康から拝領した紙包みの端を切り、口に流し込む。滅敬の手による哮喘の粉薬だ。だが、苦いし、そもそも水も用意せずに飲むものではない。案の定むせてしまった。もっともこの薬、毎日飲んでいるもののあまり効く気配もない。子供の頃の毒慣れの修行の弊害かもしれない。

　むせかえる半蔵を冷たい目で見据えながら、霧が切り出した。

「そういえば、客人が来ている」

「客人？　俺にか」

「若以外に誰がおるか」

霧が呆れ半分にそう述べたとき、母屋の縁側に一人の男の姿を認めた。

思わず半蔵は声を上げた。

「おお、お前、一揆についてなかったのか！　お前の実家は向こう側と聞いていたから心配していたのだぞ」

「当たり前だ」

にかりと笑うのは、稲葉軍兵衛だった。籠手（こて）に折り烏帽子（えぼし）という小具足姿ながら、表情からは張り詰めた気を窺うことができる。今からでも戦場に出て、得意の長巻片手に大暴れできそうなほどだった。

「いいのか？　ここに居て。実家はどうした」

「何言ってんだ。俺に家はない。あくまで俺は渡辺守綱家臣の稲葉軍兵衛だ」

「そうか」

「だから、今日は渡辺家家臣としてここに来た」

「守綱は一体どっちについたんだ」

渡辺守綱。ここのところすれ違いのまま、顔を合わす機を逸していた。

軍兵衛は顔をしかめて、ぽつりと口にした。

「一揆側だ」

霧が縁側に躍り上がり、白刃を翻して軍兵衛に迫った。

「待て!」

切っ先を向けんとする霧を制して、半蔵は軍兵衛に向いた。

「ということは、俺に一揆に加勢せよと伝えに来たのか?」

「違う」

「じゃあ、なぜここに」

軍兵衛は突然縁側に座り込み、額を床に叩きつけた。唖然（あぜん）としていると、軍兵衛は額をこすりつけたまま、声を上げた。

「守綱を止めてくれ」

軍兵衛が言うには——守綱自身は一向宗びいきではなく、松平家康についていくと心に期していた。そんな守綱が一揆衆に加わらざるを得なかったのは、渡辺家の郎党衆のせいだった。郎党衆は家康ではなく本證寺に加勢することと決し、半ば強訴の形で守綱に迫った。いくら領主といえども郎党衆を無視することはできない。長いこと板挟みになっていた様子であったが、結局守綱は一揆衆に参ずる道を選んだ。

郎党衆は概して松平への恩顧意識が弱く、戦場で命を的に働いているゆえか一向宗への帰依が深い。己の主君に『松平にかしずくならば、阿弥陀（あみだ）様のご加護にすがったほうがよい』と諫言（かんげん）する者もあっただろう。

「正直、俺は本證寺でも松平でもどっちでもいい。結局俺は渡辺の家人だからな。でも、いや、だからかね。俺は、守綱が板挟みに遭っているのを見るのが嫌なんだ」

「悩んでいるのか、あいつ」

「痛々しくっていけねえな」

苦い表情で軍兵衛は頷いた。

守綱は一度決めたことを曲げる人間ではない。割り切りがうまいのが身上だが、その守綱が悩んでいたということ自体、此度の一揆の難しさを示している。

「あいつはきっと、殿につきたいんだ。だが、家の中がいろいろとこんがらがっているせいで一揆側に加わってる。――俺の言うことは聞かない。でも、お前の言うことならもしかしたら――」

「聞くかもしれない、か」

軍兵衛は頷いた。

必死な顔を見据えながら、半蔵は心中の秤(はかり)に意識を向ける。速やかに市場殿を救い出せという命令が出ている。しかし半蔵には一揆衆側につてがなく、打つべき手はそうない。ならば、守綱を引き入れて突破口とすればよい。

そうと決まればあとは行動あるのみだ。

「霧」

「はっ」

霧が首(こうべ)を垂れ、跪いた。

「守綱をこちらに引き入れる。――先ほど殿より市場殿救出の命が下された。守綱がこちらにつけばやりやすくなるだろう。露払いを頼む」

「承知」

そう頷いた霧だったが、どうも不満げだ。

「なんだ、俺の顔に何かついているか」

霧は無感動な言葉を放った。

「守綱殿などおらずとも、志能備が調べれば市場殿の居場所など容易(たやす)く手に入るものを。――若はお人よしが過ぎる」

霧には意図が見透かされていたようだ。

だが、それでもいい。半蔵は軍兵衛の肩を強く叩いた。

「やろう。守綱を引き戻すんだ」

「やってくれるのか」

「もちろんだ」

いつの間にか目を赤くしていた軍兵衛に向かって半蔵は頷いた。

敵本陣、本證寺は熱気の中にあった。寺とは名ばかりで、周囲には土塁、その上に丸木の櫓まで組まれ、武者たちが弓を携えて岡崎城の方角を睨みつけている。普通の本陣では足軽や武者たちによる酒宴の車座が随所に見られるものだが、ここにあっては左様な連中はいない。代わりに、本堂に向かって座り、数珠を手に朗々と念仏を唱える武者の姿がそこかしこにある。

各国で起こっているという一向一揆の噂はよく耳にするが……。半蔵は背中に冷たいものが走るのを自覚していた。

誰しも戦は嫌なものだ。武者とて例外ではない。ゆえに戦を起こさんとする者は酒を山のように求め、皆に振る舞い、家臣たちの心根に巣食う怯懦の虫を追い払うべく腐心する。しかし、ここに集っている者たちに、斯様な薬は無用らしい。

それにしても……。半蔵は自らのいで立ちにため息をついた。

「なぜ俺がこんな格好をしなくてはならぬのだ」

横を歩く霧が、不満げな半蔵にぼそりと返す。

「似合っておいでだ、若」

「褒めておるのか」

「むろん。他の身分に化けるは忍びに欠かせぬ技量」

半蔵は、破れた野良袴に切れかけの草履姿、泥で汚れたほっかむりまでして百姓に身をやつしている。一方の霧は、大きめの着物で体格を隠して男の百姓姿に化けおおせ、半蔵と一緒に荷を背負っている。

「そのまま忍び込んではあまりに目立つ。若の顔を知っておる者もおろう。ならば、こうして顔を隠すが上々」

「露見せぬものか？」

「安心するがいい。人はなりでしか人を見ぬ。存外に顔では判断しておらぬ」

本職の忍びがそう太鼓判を押すからにはそうなのだろう。

事実、本陣に入るまでにいくつか関門はあったものの怪しまれることもなかった。

得心していると、前を歩く軍兵衛が小声で話しかけてきた。

「守綱はここ本證寺に詰めている。何せ渡辺の総領だからな。荒川殿もここにおられる。市場殿の居場所は分からぬが、な」

「守綱を引き込めばいいだけのこと、だな」

小さく頷いた軍兵衛だったが、やがて、呼び止められて向き直った。

「おお、本多殿でござるか」

その男は、身の丈が五尺（約百五十二センチ）に届くか届かないかという小兵だった。本多といえば何代にもわたり豪傑を生み松平を支える武張った家風で名高いだけに、この男の体軀の小ささ、全身から滲み出る智の気配は違和感として辺りに漂っている。しかし何よりも目を引くのは、左手にはめた韘に乗る大きな鷹であった。

鷹を空に放ったその男は短く笑った。顔全体を崩すような無遠慮な笑い方からして、それほど年嵩というわけでもないようだ。

「稲葉殿、お疲れのご様子だな」

「こう寒くては、ただ立っているだけで心の芯が折れる心地ゆえ」

「そうだのう」

暢気に頷きながら、こちらを値踏みするように半蔵を見やる。その開き切った眼は、すべてを見通しているようで不気味だった。

「それは何ぞ」

本多は半蔵たちが担ぐ荷を指した。どうやらあの男はこちらを見ていたわけではない、と気づいて半蔵はほっと息をついた。

軍兵衛が答えた。

「渡辺家の兵粮にござる。金を替えて参った次第にて」

「なるほど、お互い兵粮集めには苦労するな」

ほほ、と嘘くさい笑い声を発した本多であったが、ふいに鼻をつまみ、韘のはまった手をひらひらと振った。

「ときに軍兵衛殿、何やら臭わぬか」

「む？　いや、特に」

「いやいや、むんむんと臭うではないか。嫌ぁな嫌ぁな臭いぞ。忍びの、な」

半蔵が身構えたその時だった。

曇天の空から大鷹が急降下してきた。黒々と光る爪が半蔵の首筋めがけて迫りくる。一瞬反応が遅れたものの、霧が突き飛ばしてくれたおかげで躱（かわ）すことができた。半蔵たちが担いでいた荷は地面に落ち、中の米が辺りに散らばった。

「外したかえ」

本多は独りごち、刀をゆっくりと抜いた。鞢に鷹を止まらせ、青く光る刀身を向けてくる。

「稲葉軍兵衛。服部半蔵を引き入れたるは一向宗への反逆である。覚悟せよ」

また大鷹を空に放ったのと同時に突進してきた。小兵であるゆえに威圧はないが、何より身のこなしが鋭い。

されど、あの梟面の忍びよりははるかに遅い。

半蔵は隠し持っていた小刀を引き抜いて本多の一撃を受けた。火花が散るのを横目に半蔵は右足を強く踏み込んで敵の目へと砂を蹴り込む。効いたらしい。本多は刀を取り落とし、目を押さえて悶（もだ）える。

「逃げるぞ！」

軍兵衛の声に従い、半蔵は走り出した。

「あ奴らは間諜ぞ、追え！」

目をこすりながら、本多は声を上げる。辺りの武者たちが我先にと追いすがってきた。

必死で本陣を駆ける。そんな中、半蔵は軍兵衛に怒鳴る。

「俺たちを罠にはめたんじゃないだろうな」

「だったらなんで俺が一緒になって走ってるんだよ」

「そりゃそうか」

迫りくる武者たちに煙玉を投げつけた霧が、ふん、と鼻を鳴らした。

「鷹を操っていた男は何者だ」

軍兵衛は答える。

「本多正信殿だ。桶狭間の時に足を痛めたと聞いたが、あれは嘘か」

「何者だ、と訊いている」

「今は鷹匠らしいが、詳しいことは知らない」

「忍びか。いや、にしては同類の臭いがない……。忍びに非ずして忍びの道に肉薄した者と見える」

独りごちる霧のもとに鷹が急降下してきた。霧は爪を躱し手裏剣を打つ。しかし鷹はぎゃあと一鳴きしてよけ、曇天の空に消えた。

「さあ、これからどうする」

「決まっている。逃げる！　だがその前に」

半蔵は駆けながら一人の男を探していた。本当は隠密裏に接触したかったが、こうも大騒ぎになってしまってはもはや望むべくもない。

果たして、本堂から顔を覗かせる一団の中に目的の顔を認めた。男は本堂から飛び出してこちらへとやってくる。近づいてくるにつれ表情も明らかになる。なぜここに、という疑問と、何という馬鹿な真似を、という呆れが綾織り（あや）になって顔に表れている。四角い顔をこれ以上なくしかめているのは渡辺守綱だった。

半蔵は用意していた竹筒を思い切り投げた。昔から投擲（とうてき）は大の得意だ。竹筒は守綱の足元に落ちた。すると周りにいた武者たちは慌てふためきながら一人残らずその場から散った。爆薬だとでも早合点したのであろう。

守綱と目が合った。守綱は一回だけ小さく頷き、周囲を窺いながら竹筒を懐に押し込んだ。

半蔵は、霧と軍兵衛に目配せをした。頷いた二人とともに、そのまま本證寺の門を目指す。霧が煙の上がる虎の木鈴を投げつけると、兵たちは槍を捨ててその場から跳びのいた。守りがいなくなった表門をくぐり、ようやく半蔵たちは本證寺を後にしたのであった。

ほうほう、と遠くで木菟が鳴いている。月明かりは昼間からかかっている雲のせいで見えず、身を切るような寒気が肌を粟立たせていく。

大榎が一本だけ立つあぜ道。夏にはこの辺りは青々とした稲の海がうねっている。しかし今は乾いた裸土を冷たい風が薙いでいくだけだった。

腕を組んで岩に座る半蔵に、軍兵衛は半信半疑の体で訊いてきた。

「守綱はやってくるかね」

「どうだろう。分からない」

「分からねえのかよ。それじゃあ俺たちがあんな危ない橋を渡った意味が……」

焚火の中に枝を突っ込みかき回す霧が、ゆらゆら揺れる炎を睨んだまま続ける。

「詭計の九割は徒労。守綱殿があの竹筒の中身に気づいたかどうかすらも分からぬ」

当初軍兵衛に文を託そうともしたが霧に反対された。軍兵衛が寝返った時に大変なことになる、と。軍兵衛に限ってそんなことはあるまい、と反論したものの、では天地が引っくり返っても裏切らぬと言い切れるのか、せめてそれなりに周囲を納得させるだけの証はあるか、と詰問されてしまっては沈黙するしかなかった。そのため、半蔵自らが文を届けるという手段に出たのだった。もっとも、あんな大事にするつもりはなかったのだけれども。

竹筒には、子夜(しや)(午前零時頃)、この一本榎まで来るように、との文が入っている。一本榎というのは三人が子供の頃から使っていた符丁で、ここを選んだのは霧の進言だ。仮に守綱が軍勢を引き連れていたとしても、この開けた地ではすぐに察知できる、と。

しばらくすると強い風が吹いた。山の方角から吹いてくる風は一本榎の枝を騒々しく鳴らす。まるで蠟燭(ろうそく)を吹き消すかのように焚火の炎をも残らず薙ぎ払い、熾(おき)だけが残った。

冷気が戻ってきた。

その時だった。

全速で走る馬蹄(ばてい)の音が遠くから聞こえ、どんどんこちらに近づいてくる。

馬上にあったのは、太刀を佩(は)いただけ、しかも平服姿の守綱だった。

「来たぞ。半蔵」

半蔵は立ち上がった。守綱は馬から降り、手綱(たづな)を一本榎の枝に括(くく)り付けた。鼻息を荒くして何度も地面を蹴る馬の首元をしばし撫(な)でていた守綱は、やがて半蔵に視線を向けた。その顔に一切の疑念は見受けられなかった。

半蔵は喉の奥の息苦しさをこらえながら、努めて笑顔を作った。

「よく来てくれたな」

「こうするより他はあるまい。なにせ、我が家人である軍兵衛が忍びの服部半蔵を本陣に引き入れたとなれば、な」

「聞いてくれ。この戦は殿のもとに参集すべきだ。坊主が三河を獲ったとて治め切れるはずもない。織田、ないし今川に蹂躙されて終わりぞ」

「分かっては……いる」

「やはり、郎党のせいか」

「仕方あるまい。奴らがおらねば、国衆は身動きが取れぬ」

音もなく守綱は刀を抜き払った。闇の中、露わになった刀身が青く光る。

「やめろ、守綱。冗談じゃない。お前とは戦いたくない」

「すまぬ」

守綱が迫る。苦無を取り出そうとする霧を制止して半蔵も刀を抜き、横一文字に払った。守綱の放った切り落としとかち合い火花を上げる。

守綱は止まらない。そのまま鍔迫り合いに入った。

とてつもない力だった。こちらの刀ごと圧し斬ろうというつもりか。負けるわけにはいかない。膂力を込めて押し返す。昼間の本多某のように目潰しとはいかない。足を振り上げた瞬間に切り伏せられてしまうだろう。

膠着が続く。しかし。

不意に、守綱の口がわずかに動いた。

「逃げろ」

守綱は唇を動かさず、腹の底から声を発している。察して半蔵も同じように声を潜めた。

「何があった?」

「見るなよ」釘を刺し、守綱は言った。「俺の来た道の先に、正信殿が控えている。仲間でないというのならお前を斬れと息巻いておる」

「なんだと」

「一本榎の上に猛禽がいる。あれは正信殿が放ったものだ」

さりげなく上に視線をやる。その頂上に背伸びするように羽を伸ばした木菟の影があり、ほうほうと賢しらに鳴いている。鷹を操るのはそう珍しい術ではないが、木菟まで手懐けることができるのか、と場違いな感心が浮かぶ。

「俺も命が惜しい。適当に打ち合い、逃げろ」

早口に言い放つと守綱は力一杯に刀を振り払って半蔵を退かせ、構えを変じた。

「おい半蔵、助勢仕るぞ」

「要らぬ!」

軍兵衛の言葉を遮り、半蔵は打ちかかった。斬ってはならぬ。さりとて見られているのならばこちらの本気を疑われてはならない。猿芝居を見破られれば守綱にまでも危害が及ぶ。

いつだったか似たようなことがあったか、と口がほころびそうになるのをこらえ、努めてしかめ面を作った。

白刃を横一線に薙ぎながら、半蔵は声を潜めた。

「市場殿はどこにおるか知っているか」

「市場殿……？　ああ、荒川殿の」後ろに白刃を躱して守綱は切り返す。「それがどうした」

「救い出せと命が出た」守綱の一撃を受けて半蔵は低めの蹴りを合わせる。「どこにおるのか、確かな話が知りたい」

「少なくとも本證寺にはおられぬ」蹴りを受けて、守綱はそのまま迫り合う。「荒川殿の居城、荒川山だろう」

半蔵は三河の地図を思い浮かべる。市場殿が嫁ぐとなった際、「国主の妹君を与えるに、城持ちでなければ釣り合いが取れぬ」とばかりに与えられた西三河の城だった。

居場所は分かった。任を果たすだけならば、あとはこの場から逃げ出せばいい。

だが、それでは、目の前の男を一揆から引きはがすことができない。

「一揆から抜ける気はないのか。今抜ければまだ許される目はあるぞ」

半蔵は鍔迫り合いの最中に問いかける。

「ない」

言い切った。だが、言葉の端にかすかな震えがあった。

昔から一本気で嘘をつけない男だ。だからこそ、翻意することも叶わずこうして煩悶しているのだろう。

ならば。

半蔵は力任せに刀を打ち払い、体当たりで守綱に尻餅をつかせるや、守綱の顎を思い切り蹴り上げる。顎は急所の一つで、打たれると頭が揺さぶられて気を失う。果たして、守綱は白目を剝いて泡を吹いた。

い良し。

半蔵はすうと息を吸い、大音声で言い放った。

「敵将渡辺守綱、服部半蔵がかどわかした！」

守綱を背負うや、霧と軍兵衛に目配せをして駆け出した。

遠くから呼子の笛が聞こえる。

「おいおい、いくら何でも強引じゃないか？　それに、俺は守綱の説得をしてくれと……」

「しょうがないだろ。こいつに問答は通じない」

「とはいってもだな」

「あんなに話がこんがらがっておったら、自分の意思でなんて決められないだろ。それに――。此度の任には守綱が欠かせぬ気がするのだ」

黙りこくっていた霧が頷いた。

「確かに。若たち二人では、少々心もとないからな」

霧の暴言を背中に受け、半蔵たちは一本榎を後にした。闇の向こうで何かが蠢いている気配はあるものの追撃はない。

榎の上の木菟が、相槌を打つかのように鳴いていた。


次の日、半蔵たちは岡崎城の南西にある荒川山までやってきた。

絵図面と遠景とを見比べていると、横に立っていた軍兵衛が、ふむ、と声を上げた。

「おいおいおいおいおい、この絵図面とあの山、ずいぶんとなりが違うな。どうなってるんだ」

図面は岡崎城の書庫にあったものだ。一度収公された城については絵図面を残す内々の取り決めがあるらしい。しかし、見比べてみると明らかに実物の方が櫓の数も多く、記載のない道も見受けられる。絵図面に付された日付は一年前のものだ。最近になって増築されたと考えるべきだろう。

「備えのいいことだな。まるでこの戦が起こるのを予め知っておったかのようだ」

そうとしか思えない。西三河にあるこの城は、織田との攻守同盟成立によって軍略上の意義が低下している。内乱でもない限りこの城は硝煙の臭いから遠かった。それゆえに、家康は荒川に新しくこの城を下したともいえる。

憑き物が落ちたかのような表情を浮かべる守綱は、顎を撫でる。

「此度のことは本證寺による一向一揆という面もあるが、松平に不満を抱く西三河の国衆による乱という意味合いも強い。荒川も何か腹に含んだものがあったのであろう」

目を覚ましてからも、守綱は逡巡していた。もし郎党衆にこれが露見すれば渡辺家は立ち行かなくなってしまう。総領として、我が代で渡辺家を潰してしまうのは面目が立たない、そう首を振っていた。

が、軍兵衛の言葉が、守綱の頑なな心を溶かした。

『だったら最初からやり直せばいいだろうよ。言うことを聞かない郎党衆なんて追っ払っちまって、俺とまた、槍一本で始めればいい。俺とお前だ。きっと前より大きな身代になるぜ』

虚を突かれた様子の守綱だったが、やがて、目に光るものを溜め、頭を下げた。頬を伝うものを腕でぬぐって顔を上げたときにはもう躊躇(ためら)いの色は消えていた。そして、最初からこうすればよかったのだ、と守綱はばつ悪げに言ったのだった。

肚が決まったようだ。半蔵は敵城を睨む守綱に、うん、と頷いた。

忍び装束姿の霧が少し離れたところに立ち、首巻を揺らしながらこちらを一瞥(いちべつ)する。

「で、どう攻める」

「攻めるわけじゃない。忍び込んで、市場殿をお救い申し上げるだけ」

「先ほど調べに這入(はい)った」霧はしれっと言ってのけた。「あの城に男衆は少ない。戦場から離れているゆえ、わずかな城番を残して出払っているようだ」

「村の者どもはいなかったのか？」

「ああ。男たちは本證寺に向かったとの由。村の女たちはのんびりとしておった。ここまで戦がやってくるとはゆめにも思っておらぬ様子だ」

「市場殿はあの城におられるのか？」

「ああ。ほぼ確かだ。ただし、如何(いか)に男衆が少ないとはいえ本丸には入れなんだ。金蔵(かねぐら)もあるようでな」

霧の調べが正しいとすれば、ほとんど裸城同然だ。あとは、どう忍び込むかだけが問題となろう。

半蔵は言った。

「大手門からいこう。堂々と市場殿を返してもらう」

「馬鹿かお前は」軍兵衛は口元を曲げた。「猫の子じゃあるまいし、返せと怒鳴り込んだところでどうしようもないだろうよ。せいぜいが取り囲まれてなます斬りの目に遭うのが関の山、だ」

「俺も反対だな」守綱も軍兵衛に同意する。「騒ぎが大きくなれば事を操り切れなくなる。できる限り、小さく当たるべし」

「じゃあ、何か考えろよ」

しばらく腕を組んでいた軍兵衛だったが、やがて会心の笑みを浮かべて手を叩いた。

「策がある」

「策？　本当か？」

「この期に及んで嘘をつくか」

耳打ちされた策に、半蔵は頓狂な声を上げた。

「そんなものが通るか」

しかし意外にも、霧は、ふむと頷いた。

「悪くはない。本丸に忍び込むためには、いかに小城とはいえども奇手を打つべきか」

「本当か？」

褒められてまんざらでもなさそうに軍兵衛は笑う。霧は顎に手をやって、ただし、と釘を刺した。

「そのままでは雑が過ぎる。いくつかの点で練り直しが必要だ」

「よし、じゃあぁあんた、考えてくれ」

半蔵のあずかり知らぬところで策が完成してしまう。大抵こういう時には碌なことにならないことを半蔵は知っている。三人があれこれ案を練る横で、一人不安に駆られていた。

胴巻に陣笠、手には薄汚れた籠手をはめ直した。どこからどう見ても足軽のそれだ。同じ姿に身をやつす軍兵衛は、その巨体と相まってもはや山賊と言った方がしっくりくる。

「似合ってるな、お前」

「言うな」

首を振る軍兵衛を前に、やはり足軽姿の守綱が笑う。

「似合っている」

守綱はといえば、元より馬上にあることが板についている。足軽姿が似合わないばかりか、育ちの良さが出てしまい不自然だ。しょうがなく、泥をすくい上げて頬に塗りたくってやった。

「何をするか」

「そうでもしないとお前は駄目だ。お前、国衆顔なんだよ」

「国衆顔とは何ぞ」

「言ってみただけだ。行くぞ」

手筈通り軍兵衛と守綱の二人で息を合わせ、棹付きの長持を肩で担ぐ。かなり重そうだ。ふらつく二人に冷や汗をかきながらもあぜ道を通って荒川山の城を目指す。冷たい風にしばらくさらされながら歩いていると、やがて城の一の門に達した。

城の門前では門番が大槍を斜交いにしていた。普段は平服の者たちだが、今は戦時だからだろうか、兜は被っていないまでも、腹当に小具足をつけている。

「何者ぞ」

門番の誰何に、先導する半蔵が答える。できるだけ武家風が出ないよう、家に出入りしている足軽たちを思い浮かべながら慎重に言葉を選ぶ。

「ああー。この城の殿様からのお言いつけで、物を運んでほしいってんで来たんでさ……」

「上役はどうした」

この問いかけは想定済だ。

「それが……さっき松平のお侍に遭いましてなあ……。上役のお侍たちは俺たちを逃がしてくださったんでさあ……。恐ろしくって恐ろしくって」

心の臓が早鐘を打っていた。額からは汗がとめどなく流れて止まらない。門番は少し変な顔をしたが、顎をしゃくって門を開かせた。

息をついたのも束の間、歩き出そうとした半蔵たちに門番が問うた。

「中身は何だ」

つい口を開いてしまいそうだった。しかし、後ろの棹を取り持つ軍兵衛が割って入る。

「さあ……？　俺たちみたいな下々のもんに分かりゃしませんわ」

行け、と門番は言い放った。

門を離れてから、後ろの軍兵衛が声を上げた。

「お前、さっき荷の中身を言おうとしたろ。たわけか」

「なんだと」

「よく考えろってんだ。俺たちが化けてるのは足軽だぞ。足軽風情がそんなことを知ってるわけないだろう。もし知ってたとしたら、勝手に中を改めたってことになって逆に面倒なことになるぞ」

「確かに……」

この長持は本物だ。

城への街道の途上、長持を担ぐ本證寺の使いを見つけた。というより網を張っていた。霧の集めてきた話によれば、殿様は三日にあげず荒川山に何かを送っているらしかった。長持を運ぶ足軽にその警護役の武士四人。半蔵以下四人を相手にするにはあまりに力不足な連中だった。捕縛した連中から長持と装束を奪い足軽に化けた。その際に荷も改めている。中身は金塊だった。

「ま、どうでもいい」軍兵衛は鼻を鳴らす。「ここからが勝負、だな」

「ああ」

やがて半蔵たちは城の二の郭(くるわ)に達した。

二の郭の門前に武士が立っていた。白髪混じりのひげを撫でながら待つその者は小具足すらつけていない。その後ろには槍も携えぬ足軽の姿がある。

老武士は顎を撫でるのを止(や)め、ご苦労、と声をかけてきた。

足軽相手とは思えないほどに慇懃(いんぎん)な言葉に、さてはこちらの正体が露見しているのではと疑ったが、老武士の目を見たその時、心配は杞憂(きゆう)であったことに気づく。

半蔵は膝を折って頭を下げた。

「へえ。で、この荷はどうしたら……」

　老武士は後ろに並ぶ足軽二人に指図した。長持の棹を担がせると、そのまま奥へと下がらせる。ふらつきながらも荷を運ぶ足軽たちを一瞥した後、老武士は相好を崩した。

　その時だった。

　手筈通り、軍兵衛が地面に転がった。痛え、痛え、と泣き叫び、腹をさすりながらのたうち回る。老武士は元より、遠巻きにこちらを見ていた兵の視線が軍兵衛に集まる。

　辺りが騒然とする中、半蔵はのんびりとした口調で演じた。

「朝食べた握り飯に当たったのやも……」

　半蔵は申し訳なさそうに頭を下げる。うまくいったかどうかは分からない。しかし、続く老武士の反応を見れば成功だったようだ。眉をひそめながら、城で休んでゆくとよいと言われた。

「へへえ、申し訳ないことで」

　計画通り。地面を転がる軍兵衛をよそに、半蔵と守綱は顔を見合わせてほくそ笑んだ。

　板敷きの部屋に通され、城の者が姿を消したのち、かび臭いむしろに寝かされていた軍兵衛が目を開けた。にやりと笑った軍兵衛は半蔵と手を叩き合う。

「上手(うま)くいったな」

「ああ。行こう」

寝ていると見えるよう細工して、三人はそっと部屋から抜け出した。光の届かない廊下。ここは二の郭だ。人の姿はほとんどない。

守綱がぽつりと口にする。

「誰にも見つからないことを願うばかりだ」

「ああ」

願いが通じたのだろうか。無事に半蔵たちは外に出ることができた。それからは頭に叩き込んだ絵図面をもとに本丸を目指す。

荒川山は二つの山が兄弟のように寄り添っている。小さな山に二の郭以下の建物が並び、大きな山の開けた頂上付近に本丸があって、山の間を天然の土橋で結んでいる。山城にありがちな縄張りである。

問題は土橋だ。三人が並んでは通れず、見通しが良すぎる。もし策が上手くいかなかったとしたら、ここを越えるのは相当の難事だ。

物陰から様子を窺う。やはりこの土橋は要衝とみなされているようだ。兵が十人程配されている。しかし、皆地面に倒れていた。

軍兵衛と顔を見合わせる。軍兵衛は口角を上げ、土橋に飛び出した。

「すげえな、お前んところの忍びは」

「あ、ああ……」

眠り薬でも嗅がされたのか、兵たちは幸せそうにいびきをかいていた。それを横目に土橋を走り抜ける。本丸に達すると、内側から門が開いた。腕を組んで半蔵たちを待っていたのは霧だった。

「ご苦労、霧」

「労苦の内に入らぬな」

眉一つ上げず、霧は言い放った。

軍兵衛の策はこうだった。『足軽のふりをして城の中に忍び込み機会を窺う』。だが、これではあまりに雑だと言い出した霧が、見直しを主導した。

霧の案はこうだ。

この城には二日に一遍は本證寺からの使いがある。まずはそいつらを捕縛し、半蔵と軍兵衛、守綱は足軽に変装して長持を担ぎ、霧は細工を施してその底に潜む。長持は金蔵のある本丸に消えているらしい、とは事前の調べで判明している。露見さえしなければ、潜んで本丸まで忍び込むことはそう難しいことではない。機を見て霧が本丸の露払いをして半蔵たちを招き入れることができる……。

「本丸の者どもは眠らせた」

「よくやった」

あとは……。霧は先回りするかのように続けた。

「市場殿は本丸の奥におられる」

「調べていたか」

「志能備を舐めるな」

四人で頷いて駆け出そうとした、その時だった。

わずかな羽音に気づいた。青く寒々しい頭上に黒い点が見える。羽音が大きくなるとともに、大きな翼、湾曲した嘴（くちばし）、鋭く光る爪といった輪郭が露わになる。

大鷹だ。

「逃げろ！」

半蔵の言葉に三人は反応する。爪を何とか躱し辺りを見渡す。すると、二の郭の門の上に一人の男が立っていた。

右肩に刀を背負うようにして立ち、値踏みするようにこちらを見据えていたのは――本多正信だった。差し出す鞢に大鷹が戻るや、正信はその頭を撫でて薄く笑った。

「外したか。まあいい」

門から土橋に降り立った正信は、無防備にこちらへとやってくる。その表情からはいかなる感情をも読み取ることができなかった。

「服部半蔵ならびに渡辺守綱、さらにその家人、お前たちはここで何をしている？」

「答えられると思うか」

「大体の想像はつく。——守綱、裏切ったか」正信は言い放つ。「阿弥陀の加護と久遠にわたる恩を忘れ、今世限りのはかなき縁にすがるとは」

守綱は刀を抜き払って叫んだ。

「今世の恩にすら報いることのできぬ者が俺を誹るは許さぬ」

「言いおる」

正信が指を鳴らすと、鎧姿の武者が三人、二の郭の門から姿を現した。旗指物はしていないものの兜も被った重装で、しかも既にそれぞれの得物は鞘が払われていた。

「かかれい」

正信の号令とともに武者たちが迫り来た。

「逃げろ」

半蔵も叫ぶ。このような狭い場で迂闊に切り結ぶのは得策ではない。

霧が懐から虎の木鈴を投げた。地面に転がるや夥しい煙が上がり、すぐに辺りの視界が奪われた。

半蔵の腕が取られた。

「若、歯を食いしばれ。でなくば、舌を噛むことになる」

霧の声が間近でした。右も左も上も下も分からないような煙の中、霧だけは水を泳ぐ魚のように自在に走る。

しかし——。霧のものではない足音が聞こえる。煙を切り裂くように、刀を振りかぶった正信が眼前に現れた。

「忍びの術は効かぬ」

正信は刀を振るった。剣を学んだ人間の操法とは異なる。速くはない。しかし、不気味な重みがある。唐竹(からたけ)とも袈裟(けさ)斬りとも横薙ぎともつかぬ、一言で表すならば奇妙の剣。

一撃を苦無で受けた霧は、ち、と舌を打つ。

「なるほど、忍術が通じぬか。お前は忍びか？」

「忍びに非ず。俺は謀(はかりごと)の軍師」

「軍師、か。ならば問う、謀の軍師よ。お前は誰の軍配を握る」

強い風が吹いた。あたりに立ち込めていた煙が払われる。空を見ればあまりに青い。寒々しい冬の村の風景が眼下に広がっている。そんな天地の真ん中で、正信ははっきりと言い放つ。

「俺の軍配は、阿弥陀如来のものぞ」

霧が何か言おうとしたのか口を開いたその刹那、いずこからともなく、一人の男が土橋に降り立った。

半蔵は目を見張った。その男の姿には覚えがあった。蓑を背負い、手には鉤爪をはめ、顔には梟面を被っている。こいつは——。

「久しいな」

梟。父・保長を殺したはぐれ忍び。

「何でここに」

「そう邪険にするな。お前の命はそのうち獲るから安心せい。——何、荒川を焚きつけておったのだ。そろそろあの男の器も溢れる頃合いであろうと思い、種明かしに姿を現したのよ」

「なんだと？」

「荒川も悲しい男ぞ。松平子飼いで家康の妹を娶りながら、臣下はまるで主君を慮らぬ。家臣どもときたら、ちょろっとつついただけで一揆に参加しおったぞ」

守綱が顔を青くして歯噛みしている。

半蔵はようやくからくりを理解した。

梟こそが真の首謀者であったのだ。郎党衆から絶大な尊崇を集める本證寺を取り込み、郎党を焚きつけて乱を起こし、主家を松平から離反させる。将を射んと欲すれば先ずは馬を射よ、の諺（ことわざ）ではないが、手となり足となり働く郎党衆を搦（から）め捕れば国衆も簡単に本證寺になびく。そう踏んだのだろう。

梟は高い声を震わせるように笑う。

「本来なら、このまま荒川や吉良を操ったまま国盗りがしたかったのだがなあ。思いのほか、連中の器が小さくてな。仕方なく、諦めることとしたのよ。ま、今後のよき瀬踏みとなった」

梟は正信を指した。

「そこな若侍、そなたのような阿弥陀狂いがいてくれたおかげで策が進んだ。礼を言うぞ。が、申楽の音曲は尽き果てた。舞の時は終わりぞ。舞台から降りてもらおう」

鉤爪に指さされた本多正信が、怜悧な表情の中に怒りを湛えている。

梟はふわりと宙に舞った。ただそれだけの動きで正信との間合いを詰めて鉤爪を振るう。正信はすんでのところとはいえ鉤爪をすべて躱している。

ひゅい、と口笛を吹いた正信は刀を振った。梟の背後には鷹が迫り、前には正信の刀が迫る。

が——。

梟の蹴りが正信の脇腹に刺さったのと同時に、余った手が鷹の首を摑んでいた。めり、という嫌な音とともに、正信の顔が苦悶に歪み、鷹が地面に落ちた。が、が……、声にならぬ声を発しながら、涎を流す。あざ笑うかの如く、梟は舞うように近づき蹴りを放った。顎を狙いすました一撃は正信を吹き飛ばした。地面を滑り、そのまま起き上がることはなかった。

「阿弥陀に軍配を捧げる、か。実に下らんな。仏は所詮木石を寄せ合わせた細工に過ぎぬ。左様なものに魂を預ける相手になど、何百年経っても負ける気がせぬわ」

半蔵は傲岸不遜に笑う梟の姿に、父親を殺されたときの光景を思い出していた。火の手が上がる城、血を流して倒れる父親、そして何もできなかった自分――。あたりに漂っていたきな臭さまで覚えている。

半蔵は怒りのままに叫んだ。

「おい、梟。父の仇だ。ここで勝負しろ」

こちらに向いた梟の面は笑っていた。まるで見当違いを囃すかのように――。

「殺してもよい。が――。興が削がれた。あの若侍に感謝するのだな」

呵々と笑った梟は崖へと飛び降りた。下を見ると、木から木、岩から岩へと飛び移っている。その姿はやがて山の中腹、木々の間に消えた。

「な、なんだよあれは」

正信とともに雪崩れ込んできた武者を打ち倒してきた軍兵衛が震え声を発した。半蔵は答える。

「俺の命を狙う忍びだ」

「はあ？　じゃあ何でお前のことを助けたんだよ」

助けた？　確かに傍からはそのように見えるかもしれない。だが、違う。あれは、舐められているだけだ。殺そうと思えばいつでも殺せるものを泳がせているだけなのだろう。

気づけば奥歯が軋んでいた。

肩が叩かれた。振り返ると霧が首を振っていた。

悔しがっている場合でもない。

半蔵は本丸へと歩を進めた。

◇

一人の女人が、本丸の奥の間に座していた。

長く黒々とした髪を垂らし、極彩色の打掛をまとっている。屋敷の奥深くで、息を潜ませるように生活している身にも拘らず、表情には生気が満ちている。意志の強そうな目は家康と瓜二つだが、顔の造作そのものははるかに優れている。

「ご無礼あればお許しいただきたく。市場殿であらせられますね」

怯えの顔一つ見せずに頷き、女人ははっきりと声を発した。

「いかにも。荒川が妻、市場でございます。かく言うそなたは……？」

陣笠を脱ぎ、その場に跪いて姓名を名乗る。

「拙者、松平家康公が家臣、服部半蔵でござる。家康公の命により、市場殿の御身柄を岡崎までお送りいたしまする」

「そう……兄上が」

市場殿は遠い目をしてため息をついた。打掛の衿を握る手がわずかに震えている。

「御同道願えまするか」

「願うも何も、力ずくでもわらわを連れていくつもりでしょう」

図星だった。もし頷いて貰えないとしたら、輿に乗せてでも連れていくつもりだった。

市場殿は悲しみを覆い隠すように柔らかく笑う。

「だったら、〝同道願う〟などと言わねばよろしいのに。武家は建前ばかり。嫌になります」

「ならば言い換えましょう。お出でくだされ」

「断ることは、叶いませぬのね……」

「無論のことです」

ぴしゃりと半蔵は言い放つ。すると市場殿は、くすりと笑った。

「ならば、これまでにございます」

市場殿は青く光る小さ刀を逆手に取るや、切っ先を喉元に向けた。

霧たちも動く気配があった。だが、半蔵が先に飛び出した。

無我夢中だった。半蔵は懐剣を奪いにかかった。とっさのことで勢いがついてしまったのか、思い切り刀身を握ってしまった。掌から血が噴き出し、市場殿の手に滴る。

だが、半蔵は構いもしなかった。

市場殿は顔を青くして、とめどなく流れる半蔵の血を見ていた。

「なぜ、かようなことを……」

「死んではなりませぬぞ、市場殿」

半蔵は市場殿を睨む。が、相手も負けてはいない。

「死なせてくださいませ。わたしは荒川の女でございます。おめおめ生き恥を晒しとうはありませぬ。松平の一族というだけで赦免されるなどまっぴらです。一度契りを交わした夫婦、せめてもろともの命運を辿らせてくださいませ……、後生でございます、後生で……」

市場殿の苛烈な覚悟を前に半蔵は舌を巻いた。

半蔵には目の前の女人が何を背負っているのかは分からない。国主の妹君が物事をどのように眺め、どう生きようと決め、どのような理屈を以て婚家に殉じようとしているのか、分かったふりさえも許されない。それでも、白刃から手を放してはならない。そんな気がしてならなかった。

「市場殿。命は捨てるものにはございませぬ。生きてくだされ」

空虚だ。口にしている言葉の軽さに辟易する。

どうやって、死なんとしている女人を翻意させればいい？　どうやって説得すればいい？　半蔵はひたすらに考えた。考えて考えて考えつくした。

ややあって、半蔵の脳裏に言の葉たちが泡のように弾けた。浮かんだものを取りこぼさぬよう、たどたどしく、そのまま形にした。

「市場殿。某の話を聞いていただいてもよろしゅうございましょうか」

「そなたの？」

「はい」嚙み締めるように半蔵は頷く。「我が家は忍びの道で松平に仕えておりました。されど某、忍びの卑怯な振る舞いを嫌い、武士になることを夢見て出奔したのです」

市場殿を見据える。市場殿の懐剣を握る力が少し弱くなった。

「では、そなたは今……？」

「父の不慮の死によって、家を継ぐことになりました。なりたくもない忍びの総領として、こうして武士らしからぬ役目を手探りでこなしております」

「ならば、わたしのことなど構わずに軍功を競えばよろしいでしょうに」

「左様なことを申し上げているのではございませぬ。もし某が今から戦場に飛び出してしまったら、誰が市場殿のご自害をお止めするのです」

市場殿の力が抜けていく。

「某は決めたのです。某は生まれこそ忍びでございますが、武士として生きると。生まれは変えられませぬし縁(えにし)は神仏のみぞ知る。されど、その時その時の振る舞いは己で決められる。そう存じまする」

「難儀な生き方ですね」

「いささか辛(つろ)うございますが、飽きはしませぬ」

血を流してまでも目の前の女人を止める理由にようやく思いが至った。

もちろん与えられた任務ではある。けれどそれ以上に、女人が自分と似ていた。目の前の不如意に押し潰されそうになっている。自分の運命を呪い捨て鉢になっている。ならば、この女人を助けなければならない。この人を助けることは、己を助けることと同じだ。

ああ。市場殿は歎(たん)じ、懐剣から手を放した。

「ようございます。市場殿」

任を果たすことができそうだという安堵(あんど)ゆえに体じゅうから力が抜けたその時、強(ごう)

力武者に首を絞めつけられるような苦痛に襲われた。哮喘の発作だ。しかもかなり大きい。

「どうした。しっかり……」

「なんだよ、どうし……」

目が霞み、守綱と軍兵衛の声も遠くに聞こえる。やがて、体が浮くような感覚に襲われ、目の前が真っ暗になった。


瞼を開くと、木目天井が目に入った。

ここはどこだ？　半蔵がふと首を振ると、小袖姿の霧が枕元で手拭いを絞っているところだった。やがて霧も半蔵に気づき、ほっと息をついた。

「目覚めたか」

「ここは……？」

呆れ顔になった霧は、手拭いをぴしゃりと半蔵の頭に投げつけた。ひんやりとして気持ちがいい。しばしその感触を楽しんでいると、霧の声がした。

「服部の屋敷だ」

「任は？」

「もう終わった」

市場殿は自害を思い留まったらしく、哮喘の発作が起こり昏倒した半蔵に手まで貸してくれたという。半蔵が倒れてからは、守綱が指揮を引き継いだ。その采配ぶりは半蔵よりもよほど堂に入っていた、と霧は言う。とにかく守綱一党により、市場殿は家康の待つ岡崎城へと帰還した。

半蔵は息をついた。

「で、一揆はどうなっている？」

「まだ睨み合いは続いている。が、市場殿を取り返した殿に逡巡はあるまい」

「そうか。ならば、戦に行かねば」

半蔵は上体を起こそうとしたものの、少しでも体を動かそうとすれば咳が止まらなくなる。一回咳をするたびに気力を挫かれる。喉から肺腑にかけて熱を帯びていて、呼吸にすら熱が混じっていた。

「やめておけ」霧は言い放つ。「その体では小具足を着けることも叶わぬ」

「しかし、それでは我ら服部が」

「安心しろ。新造殿をはじめとした服部の忍びたちが睨み合いの場におる。そなたがおらずとも、功は挙げることだろう」

「そうか」

半蔵は腕を顔の上に載せた。そうでもしないと、目から熱いものが流れてきそうだった。

「なあ霧」

「なんだ」

「俺は、不甲斐ないなあ。こんな大事な時に、何を寝ているんだろうな」

霧のことだ。〝そうだな〟と傷口に塩を塗り込むに違いなかった。半蔵はそんな反応を望んでいた。だが、霧は予想だにしないことを言った。

「若は力を尽くしておるさ。若なりに、な」

「でも、そんなんじゃだめだ。力を尽くしているだけじゃあ」

いくら槍の修練に勤しんでも、強者に刺し抜かれた瞬間に全ては水の泡になる。修練を無駄にしないためには端から強者を倒し、己の槍が天下一であることを示さねばならない。単純だが、とてつもなく険しい。

霧はぴしゃりと半蔵の額を叩いた。

「それだけ口が回れば上々」

思い出したように、そうだ、と霧が口にした。

「市場殿からのご伝言だ。『半端者の半蔵が、一端の武士になるのを楽しみにしています』。確かに伝えたぞ」

霧はその細い指で、半蔵の額をゆっくりと撫でた。女人の甘い香りがことさらに強く感じられてならなかった。

悔しい。悔しい。悔しい。心中で何度も呪詛（じゅそ）のように呟きながら、半蔵は眠りに落ちた。

その後、一揆勢との戦は松平有利に運ぶ。市場殿救出から二十日足らずで会戦が起こり、士気で勝る松平軍が敵を蹴散らした。もとより松平への忠義を抱えながら身を投じていた者も多かった一揆勢は、敗色が濃厚となれば瓦解も早かった。一方の松平軍には何の逡巡もなかった。殿の御為（おため）、松平の御為。そう心定めた者たちが一丸となって一揆勢を切り裂いた。また、家康の事後処理も巧みだった。一揆勢に加わった者でも降伏すれば帰参を許す、と触れたことにより、国衆の多くは松平になびいた。

半蔵は咳を繰り返しながら戦の噂を耳にし、床に臥して歯嚙みする日々を送るしかなかった。己の無力に心をささくれ立たせながら。

第三話

「そっちに行ったぞい」

弾む声が庭に響く。雲一つない空に鞠が山形を描き、お天道様を隠した。

足を伸ばしたものの、鞠は脛をかすって地面に落ちた。

嘆息がところどころで上がる。またお前か、となじられているようで居心地が悪い。

しかし、取り成す声のおかげで場の空気はすぐに和んだ。

「蹴鞠はそもそも難しいもの。初めてであろうに、これほどできるのはそなたの筋の良さを裏付けておるぞ」

青い直垂姿の男は、白粉を塗りたくった丸顔を楽しげに崩した。

ころころと転がる鞠が半蔵を囃し立てている。半蔵は、努めて笑顔を作った。

「いやはや、なかなかに難しいものですなあ、蹴鞠とは」

「それはそうであろうよ」白粉の男は言う。「蹴鞠の極意も秘伝とされるもの。和歌や有職故実、暦法などと同じく、道の深奥に迫るのは難しいのじゃ」

「はあ、そういうものですか」

「そういうものじゃ」

男が頷き返すと、公家装束姿の周りの者どもも鉄漿を見せた。しかし、何か煩いがあるのか、すぐに扇を開いて口元を隠した。

調子が狂う。三河武者たちの素朴で直截な言動と共にあった半蔵からすれば、目の前にいる者たち――公家衆――の立ち居振る舞いはもどかしくて仕方がない。

そんな公家衆たちと親しげに笑い合う直垂姿の男を見やりながら、半蔵は意外の念に襲われる。この男が、ずっと三河衆が戦ってきた今川氏真なのか、と。

今川といえば海道一の弓取りとまで謳われた武門で、先代の義元の時代には遠江から三河を股にかけた大大名であった。しかし、その義元が尾張の大名、織田信長に討ち取られたことで、今川家の命運にも陰りが見え始めた。後を継いだ氏真は、義元ほどの器は持ちえておらず、傘下の国衆たちは次々に今川を見限っていった。

そんな中、三河国主で今川の客将扱いだった松平元康も独立を模索した。人質となっていた妻子を今川から取り戻し、義元の偏諱を含んでいた元康の名を家康と改めた。

今川の敵は家康だけではない。国境を接する甲斐の武田信玄も策動している。しかし、離反が相次いでいた今川に抗する術はなかった。次々に領地を奪われ、ついに氏真は本拠の駿府を離れ、掛川城の朝比奈泰朝を頼った。

氏真を追った家康は掛川城を囲んだ。しばらくの間、掛川城は敢闘していたものの、今川勢からすれば多勢に無勢、さらには増援も見込めぬ戦いであった。しばらくの後、朝比奈泰朝より、氏真助命を条件に開城するとの申し出があった。家康はそれを呑み、掛川城の攻防は幕を下ろした。

そうして今、半蔵は開城の始末のためにこの城にいる。

ところが、当の氏真は暢気なものだった。半蔵が参上するや、肩を摑んで開口一番「蹴鞠をしようぞ」と言い放ち、こうして庭に引きずり出されたのであった。

「それにしても」氏真は小首をかしげた。「家康殿より、そなたは忍びであると聞いていた。やはり、その血がなせる業かな」

「お言葉ですが」半蔵は返す。「某は忍びではございませぬ。父は忍びでございましたし、家の者の多くは忍びでございますが、某は武士を以て任じております
る」

「そうか、それは難儀だの」

氏真の言葉には陰の気配が浮かんだものの、それは僅かな間のことだった。またひょうげた公家風の口調に戻る。

「そなた、そんなものを手放せばもっとやれるのではないか」

氏真は、半蔵が左手に握る太刀を指した。

しかし、半蔵は首を横に振った。

「手放せませぬ。拙者のお役目ゆえ」

「三河者は真面目(まじめ)が過ぎていかぬのう。頭が固いというか、忠義一徹というか、糞真(くそ)面目というか……。気詰まりにならぬのか」

左様な考えだから今川は今や風前の灯(ともしび)なのだ、と喉まで出かかったものの、四角四面の三河武者でありたい半蔵はすんでのところで呑み込んだ。伊賀者の血の分、三河武者の気風も薄いのかもしれない。努めて硬い顔を作る。

「もし氏真様の御身に何かあらば、死んでも死にきれませぬ。なれば、失礼ながら左様な形を取らせてもらっている次第にて」

「もしもなどありえぬだろうに。父義元の命を狙うならわかる。父上はとてつもない出来人であったよ。が、わしは父の遺(のこ)したものをすべて無にしてしもうた男ぞ。そんな男の命など、今さら狙う者などおるまい」

ぎょっとする周囲に気づいたのか、氏真は力なく笑い、先ほどまでよりも朗らかな声を上げた。

「さあさ、蹴鞠の続きじゃ。ほれ半蔵、そなたから蹴り上げい」

半蔵は慌てて拾い上げた鞠を蹴った。しかし、他の者たちのように山形を描くことはなく、見当違いの方角へ跳ねていった。

「おやおや、鞠に嫌われたか」

咎めているというよりは感心している風の氏真は、目を何度もしばたたいた。

「も、申し訳ございませぬ」

「まあ良い。早く拾ってまいれ」

公家衆の笑い声を背中に浴びながら、半蔵は走る。すると鞠のもとに足軽頭がやってきた。平服姿だが、豪壮な太刀を佩いていかめしい顔をしているその男は、ぼそぼそと半蔵に耳打ちをした。

「北条の使いが本日の夜にこの城に参るとの由にて」

「まだやってこぬのか」

助命嘆願を容れられた氏真は、北条への預かりが決まっている。氏真の正妻早川殿は北条家の娘である。北条も氏真を見殺しにはできなかったと見える。「二人の身柄を受け取りに参る、その間、手数をかけるが警固を願いたい」と実に丁寧な文が家康宛てに届いたという。

今日一日乗り切れば、このお役目は終わりだ。

半蔵は足軽頭に訊いた。

「この城に怪しい者は這入り込んでおらぬか」

「問題なかろうかと。門という門、櫓という櫓に者どもを配しておりますが、今のところそういった話は入っておりませぬな」

半蔵はさらに問うた。

「屋根裏、軒下は調べたのか」

「屋根裏にございますか」

目を白黒させる足軽頭を見やりながら、心中で臍を噛む。

「……いや、なんでもない。忘れてくれ。警固、抜かりなく務めてくれ」

「承知いたしました」

不承不承ながら首を垂れた足軽頭は、踵を返して行ってしまった。その背中を眺めながら、半蔵は己の言葉を噛み締めていた。

屋根裏、軒下は隠れて移動するにはもってこいの空間である。裏を返せば、その二つをしらみつぶしに押さえれば敵の侵入路を断つことができる。しかしこれは、まるっきり忍びの発想だ。

気まずい。ずいぶんと忍びの感覚を身につけつつあることに戦慄を覚えないこともない。武士になる、と言って家を飛び出し、忍びの技量を学ぶことなくここまで来た。忍びではなく三河武者だという矜持もある。しかし、少しずつ忍びの影が己を覆おうとしていることに、居心地の悪いものを感じてならなかった。

疑問が湧く。結局自分は武士でも忍びでもないただの半端者なのではないか、と。

「何をしているのじゃ、半蔵」

向こうから氏真の無邪気な声が聞こえる。現実に呼び戻された半蔵は、茂みに消えた鞠を手探りで拾い、小走りで氏真たちの輪に戻った。

心中の問いは止まない。こんなにも不安なのは、皆が近くにいないからだろうか、と。

ふと、半蔵は先の家康のお召しを思い出していた。

「さて半蔵、此度の掛川城攻めはご苦労であったな」

「はあ。とは言いましても、まだ終わってはおりませぬ」

家康の言葉に、半蔵は噛みついた。

半蔵は当初、掛川城攻めの一員として陣に詰めていた。陣羽織を風に翻し、家康公が新たにつけてくれた足軽衆に内情を調べさせ、大身槍を抱きながら決戦迫る掛川城を睨み、戦の下知を待っていた。しかし、総攻撃まであと少しという段になって、陣を引き払い家康の元に出頭せよとの命令が下ったのは、さすがに不本意だった。

「まあそう怒るな」

「怒ってはおりませぬ。ただ、主君が家臣の励み場を取り上げるなど聞いたことがないというだけの話にござる」

「その態度を怒っているというのだ」

苦笑気味に顎を撫でる家康は、さほど不機嫌ではなかった。

それもそのはず、家康は順風の中にある。

三河一向一揆を鎮めた後の家康は水を得た魚だった。なにしろ三河国内に敵がなくなった。牙を剝いた者たちの多くは改めて臣従を誓い、どうしても従おうとしなかった者たちは三河を追われた。そうして真の意味で三河一統を果たした家康は、後顧の憂いなしとばかりに今川を討伐にかかった。そんな中、家康は源氏支流の新田氏末裔得川氏を号し、得の字がよくないと〝徳川〟と改めた。源氏支流である今川を睨んだものだろう。そんな様々な布石が功を奏し、今川との対決も終局に差しかかりつつある。

半蔵は主君家康の手腕に舌を巻いた。同い年のはずだ。なのに、既にこの主君の双肩には己が家と三河の命運がのしかかっている。だというのに、あまりに朗らかに笑う。もし己が同じ立場だとしてもこうはいかないだろう。これが器の差というものか——。

家康は、帯から扇を引き抜いた。

「実はな、そなたに願いたいことがあるのだ」

「はあ、何でございましょう」

「実はな、掛川城から戦の停止（ちょうじ）願いがやってきた」

「降（くだ）るのですか、今川が」

「氏真殿の助命さえ叶えば城を開くと言っておる」

沸き上がった怒りのあまり、頬がかっと火照った。

掛川城はもはや力押しで倒れる。何せ孤立無援だ。あとひと月も囲んでいれば、やがて内から崩れることだろう。半蔵には、今川のいささか強気な申し出が理解できなかった。

家康は音を立てて扇を中骨（なかほね）一つ分開いた。

「掛川城主の朝比奈殿も策士だな。結局、己の立場がよく分かっておるゆえのことよ。甲斐の武田信玄が遠江を睨んでおる。それに、北条も掛川の動きに注意を払っておる。すなわち、今の掛川は蛇の巣。下手に手を突っ込めばしたたかに噛まれ、毒を負う羽目になる」

掛川城を力攻めにしてまごつけば、隙を突いて武田が攻めてくる。氏真を殺してしまえば、親類である北条には三河攻めの大義名分が生まれる。今川との戦にずっと力を注いできた徳川にとって、関東の大大名二家を敵に回すのは得策ではない。掛川城主、朝比奈は停戦の申し入れでもって、累卵のごとき形勢を徳川に突き付けたといってもいい。

　家康は扇を閉じた。ばちん、という音が響く。

「今川の条件、呑もうかと思っておる。敵方の言うことゆえに腹立たしくはあるが、一方で真実(まこと)を捉えておる。確かに、今、性急に武田と陣を構えるのは愚策。険悪に非ざる間柄の北条と事を荒立てるのも好ましくはない。二度と我らに立ちはだからぬならば――。氏真殿のお命、助けてもよいと思っておる」

　この決が正しいかどうかを断ずるだけの頭を半蔵は持ち合わせていない。主君の言うことに疑いを差し挟むべきではないと考え直して半蔵は口を真一文字に結んだ。

「半蔵。お前に頼みたいのは他でもない。氏真殿の警固だ」

「氏真殿の？」

「うむ。近々、城が開かれるはず。既に氏真殿の御身は預かると北条は言うてきておる。城を開いてから北条に引き渡すまでの間、氏真殿の身を守ってほしいのだ」

　半蔵は恐る恐る声を上げる。

「殿。そういった仕事はむしろもっと気働きできる者にやらせるべきでは」

「そうはいかぬのだ。どうやら武田が忍びを放ったようだ。忍びに抗することができるは忍びだけ、とはそなたの父、保長の言葉じゃ。ゆえに、服部の総領であるそなたに命じておるのだ」

「何度も申し上げておる気がいたしまするが、某は忍びでは……」

「ここで冗談とは、剽軽な男よ。これまで、いくつも忍び働きをしてきた者の言葉とは思えぬぞ」

家康は、半蔵のことを忍びだと信じている。

修行を途中で投げ出しているゆえ、半蔵は忍術をほとんど修めていない。服部家を継いだ後もあえて学ぼうとはしなかったし、そもそも幼少からの厳しい修練があってようやく身につくものだ。だというのに家康は半蔵のことを忍びだと誤解したまま、相応の働きを期待してくる。

一方で半蔵も、生来の真面目さで与えられた働きをこなしてしまう。本人からすれば脂汗をかき、泥だらけになりながらなんとかお役目を果たしているというのに、主君はそんな家臣の苦衷など知る由もない。

家康はいつものようにこう続けた。

「そなたの父なら、これほどの任、すぐ果たしてくれたというがな」

亡父、保長の名前がのしかかる。

家康と保長はそこまで親しかったわけではないはずだ。『こう言えば半蔵は黙る』と知った上での殺し文句である。

実際、半蔵にはこれ以上なく効く。

「そこまでおっしゃるならば、やるしかありますまい」

不承不承と闘志が声音に混じり合っているのを、半蔵も自覚していた。

「よし、頼むぞ」

家康は頷いた。

だが、言われっぱなしは癪だった。半蔵は口を開いた。

「殿。氏真を助命せんとするは、本当に掛川の情勢を睨んでだけのことなのですか」

家康は何度も開いては閉じを繰り返していた扇の手を止めた。口を少し開けて、しばし半蔵を見据えたものの、やがて、短く噴き出した。

「鋭いな、そなたは。なぜ分かった」

「なぜも何も。敵であるはずの氏真殿に敬称をつけておいでででした」

「はは。そうであったか。癖は抜けぬなあ」

家康は幼少のみぎり、今川義元の許で人質生活を送っていたのだが、軟禁されていたわけではない。将来、今川の客将としての活躍を期待され、有力領主の子として大事に扱われたという。そんな中で、次世代の当主である氏真と気脈を通じていたとしても不思議はない。

遠い目をした家康は顔を赤くして後ろ頭を掻いた。

「そなたの言う通りだ。氏真殿は……、あえて言うなら、友のような方だ。己が野望のゆえにこのようなことになってしまったが、あのお方への思いは変わらぬ」

「左様で」

家康が氏真に向ける思いは、己が渡辺守綱や稲葉軍兵衛に抱いているものと似ているのだろうと気づく。

家康は顔を引き締め、半蔵の手を取った。

「頼むぞ半蔵。わが友垣、氏真殿を助けて欲しい」

家康の許を辞した後、城の廊下で稲葉軍兵衛と渡辺守綱の二人に出くわした。二人の小具足は埃(ほこり)じみておらず、鎖で編まれた袖には傷一つついていない。

「あれ、二人とも、なんでこんなところに」

「こんなところに、とはご挨拶だな」守綱は腕を組んだ。「我らはこれより、武田を睨むべく、軍を進めることになっておる」

「そうだったのか……」

守綱主従を掛川で見かけることはなかった。守綱は家中(かちゅう)でも槍使いの豪傑として知られつつある。斯様(かよう)な男が戦場におれば嫌でも噂が入ってくるものだろうにといぶかしんでいたが、ようやく納得がいった。

軍兵衛が割って入る。

「半蔵、お前はどうしたんだよ。確か掛川で戦ってたんじゃなかったのか」

「それが……」

半蔵は事情を話した。

すると、軍兵衛は、うへえ、と声を上げ、巨体を震わせた。

「敵の警固たあねえ。軍功も稼げねえわ、そのくせ何か起こったら針の筵に座らされるわで絶対に受けたくないお役目だなあ」

ずけずけと物を言う。しかし、それは武士の本音だろう。守綱も特に軍兵衛のあけすけな言葉に嘴を挟まなかった。

「しかし半蔵、大丈夫なのか？　たしかそなた、郎党衆と仲が悪いのでは……」

「仲が悪いんじゃない。向こうが嫌ってるだけだ」

「一緒だろう」

守綱は苦笑した。

服部家の郎党、つまり伊賀忍び衆は家督相続からこの方、まるで半蔵の言うことを聞かない。そのくせ城に忍び込んで密書を得るわ、敵の兵粮を焼くわの大活躍、服部家の武名を高め続けているものの――。とてもではないが自分の手の者とは思えない。

半蔵は家康に願い出て足軽五十人をつけてもらい、自らの配下としている。事情を知らぬ者が見れば、『服部は己が郎党を持っておるのに、さらに足軽までねだるとは』と陰口を叩かれかねない行ないだが、已むに已まれぬ事情があるのだ。

軍兵衛が懸念を口にした。

「戦場なら足軽どもは役に立つだろうがな。警固は、忍びの得意技だ。それに、武田の手の者だって気になる。なおのこと、忍びの力は必要だろうよ」

先の三河一向一揆の際に、守綱たちは異形の武人である忍びの姿を間近に見ている。武士からすれば、天狗（てんぐ）のように飛び回り、刀槍とは操法も威力も間合いも異なる武器を縦横無尽に使う忍びとの戦いは、水面（みなも）に映った自身に槍を繰り出すようなものだろう。武士のまっとうな戦い方とは全く噛み合わぬ、と半蔵はこれまでの対峙で心得ている。忍びを斬ることができるのは忍びだけ、という道理をも……。

半蔵は、むうと唸った。

「こんなとき、霧が居ればよかったんだがな」

すると、守綱が声を上げる。

「そういえば、霧殿はどうしたのだ？　最近顔を見ないが」

「ああ、里帰りだと」

一月（ひとつき）ほど前、突然『暇が欲しい』と言われた。毎日のように身辺の護衛に当たってもらっているだけに、聞き入れぬわけにはいかなかった。……というのは言い訳に過ぎない。実際のところとしては離れてもらいたくはなかったが、さる徳川家家臣の娘に懸想していることをなぜか摑まれ、それを種に脅されたのである。家中にバラされたくなければ……、と迫られては、半蔵の逃げ場はなかった。

口の中に広がる苦みを呑み込みつつ、半蔵は話の方向を変えた。

「そういえば、武田は動くと思うか」

守綱は、うむ、と頷いた。

「きっと動かぬことだろうな」

「なぜ」

「動く利があるまい。数日中に掛川城が開かれるとなれば、武田も迂闊にはこちらに攻めかかれまいよ」

「なるほど」

「裏を返せば、もし、氏真が何者かに斬られでもすれば、武田はその混乱を衝いて攻めてくることだろう。正直、我らはあくまで抑え。戦となれば、足止めにはなっても勝ちには至るまい」

持ってまわった言い方だが、意味するところは分かる。もし武田が攻めてこようものなら自分たちは捨て石となる、と言っているのだ。武士である守綱が勝てぬと明言したことに驚きを覚えた。それだけ強い敵と当たるということだ。

「真のことか」

「嘘はつかぬ」と言い切った守綱は、半蔵の胸を拳で小突いた。「わしとて死にたくはない。されど、与えられた任ならば死んでも果たす。それが武士であろうよ」

　軍兵衛が守綱の言葉を引き継いだ。

「もしも、俺たちの命を惜しいと思ってくれるのなら――。氏真を殺されぬよう、心して任に当たって欲しいもんだ」

　守綱と軍兵衛が、神妙な顔で半蔵のことを見据えている。

二人の顔は、いつもの仲間として見せるそれではなかった。戦場で、背中を預ける武士に向ける表情そのものだった。

　ここで弱気を見せたら男が廃る。いや、武士という大事な看板が揺らぐ。本当は弱音を吐きたくもあったものの、半蔵は堪えて、ゆっくりと頷いた。

「任せろ。何が何でも氏真の命は守る」

と、守綱は満足げに口角を上げた。

「任せたぞ」

　半蔵の肩を叩いた守綱が脇をすり抜けた。軍兵衛も半蔵の腹に軽く当身をかけ、にたりと笑った。しっかりやれよ、と言わんばかりだった。そんな二人が廊下を折れる姿を半蔵は重圧を覚えながら見送った。

　その時だった。我慢していた咳が肺腑からせり上がってきた。真綿で剝き出しの気道を絞められているような感覚が襲い掛かってくる。

慌てず騒がず、懐に忍ばせていた粉薬を口に含んだ。

薬が効かないと家康侍医の減敬に相談したところ、強い薬を処方し直してくれた。たちどころに効が出るわけではないものの、気休めとなるだけでもありがたかった。

哮喘の発作が起こる時機も分かってきた。どうやら、己の肩に重い責任が負わされた時、あるいは責任や重圧から解き放たれた時に発するらしい。

口の中で薬を唾と馴染ませて、一緒に飲み込んでいく。薬の苦みと独特の辛苦い臭いがえずきを覚えさせるものの、無理やり飲み込むうちに、少しずつ喉が絞まっている感覚が薄らいできた。ようやく人心地ついたと思った頃に、頬や額に脂汗が浮かんでいたことに気づく。

やらねばならぬ。半蔵は心中で決心を新たにした。

此度の任においては守綱も軍兵衛も霧もいない。信じられるのは己だけ。己の双肩に大事な者たちの命がかかっている。そう思うと、また喉に痰が絡まるような感覚に襲われ、呼吸に笛のような音が混じり始めた。

何度か咳払いをして喉の不調を追い払った半蔵は、廊下を歩き始めた。もうそろそろ薬が切れかかっているゆえ減敬から貰っておかねばならぬ、と算段をしながら。

◇

花が生けられた床の間を見やりながら、半蔵は浮かんだあくびを手で塞いだ。

警固役ゆえ、何かあった時のために部屋に詰めていなければならない。蹴鞠の方が体を動かす分ましと言えた。

「あしびきの　山鳥の尾の　しだり尾の」

「このたびは　幣もとりあへず　手向山」

だぶついた喉を震わせ、氏真は鶯もかくやの美声を響かせる。共に車座となった公家衆も、一首詠み上げる度に口々に氏真を誉めそやす。さすがは今川様にごじゃります、公達と見紛うほどでおじゃるな、と見え透いたおべっかに対し、鉄漿をのぞかせて笑う氏真は哀れを通り越してどこか滑稽ですらあった。

半蔵にはさっぱり和歌の心得がない。ゆえに、眠気がそろそろと近づいてくる。

部屋の隅で頬をつねったり膝を叩いたりしながら舟をこいでいると、横に一人の男が座った。

掛川城主の朝比奈備中守泰朝であった。

「申し訳ございませぬ」

「構わぬよ。わしも正直、雅なものは苦手でな」

半蔵は朝比奈の人柄に好感を抱いている。公家風、というか名門風の空気をまとっている（氏真に至っては白粉に鉄漿などという公家そのものの体だ）今川家にあって、ひげを生やし太い首筋をした、いかにも武士然とした飾らぬ人柄は貴重だ。

城主だというのに粗末な麻の略装に身を包んだ朝比奈は、ばつが悪そうにため息をついた。

「それにつけても、松平……、否、徳川は家運隆盛のようで何よりであられるな」

「出し抜けでござるな」

「先ほど警固の者を見かけてな。今川の侍衆は田舎者と陰口を叩いておるが、足軽にまでああもきりりと締まった顔をさせるのは並みの器量ではない。いい主君をお持ちのようだ」

「いや、それほどでも……」

戦疲れによるものか、歳に不似合いな白いものの混じるひげを撫でている朝比奈の心は、既にここにはなかった。虚ろな目で見据えているのは、和歌を詠んでは公家衆どもと騒いでいる氏真の姿であった。

「主君の器量を云々申すつもりはない。されど、もっと他にやりようはなかったか……。そう思わぬことはない。義元様がお亡くなりになられた時、氏真様は御年二十三ぞ。確か元康——家康殿が今川を離れたのもそのくらいの御歳であったはずなのだがな」

「それは……」

「何、敗将の愚痴ぞ。あまり本気にするでないわ」

皮肉げに口をすぼめる朝比奈の前で、氏真たちはこの日一番の喚声を上げた。

その時だった。

半蔵の耳に、僅かな音が届いた。

「どうされた、半蔵殿」

「しっ、お静かになさいませ」

朝比奈を制して耳を澄ます。氏真たちの高い声に紛れてしまうほどの小さい音だ。

半蔵は床に耳を当てる。床下からは何の音もしない。上に目を向けると、格天井がしつらえられている。天井板の一枚一枚に目を凝らすと、部屋の隅の一枚が僅かに外れ、真っ暗な天井裏がのぞいている。その奥に、かすかに光る視線を感じた。

半蔵は即座に立ち上がり、脇に置いていた槍を拾い上げるや天井に突き立てた。そして叫ぶ。

「曲者ぞ！　出合え出合え！」

槍先に手応えがあった。天井板を突き抜けた先で、肉を裂いた感触が手の内にまとわりついたものの、すぐに消えた。槍を引き抜くと、穂先に血がべっとりとついている。

　さっきまで雅な遊びにうつつを抜かしていた氏真の取り巻きが次々に悲鳴を上げ、口元をふるふると震わせている。

「お動きめさるな」

　半蔵の剣幕に肝を潰したのか、公家衆は悲鳴を上げることさえ忘れてしまったようだった。

　直ぐに足軽頭が部下を引き連れてやってきた。血に染まった半蔵の槍先を見据え、顔を青くしている。半蔵は穏やかな声を発した。

「天井に頭の黒い鼠が這入り込んでいるぞ。幾人かで一隊を成して追え」

　青い顔をして頷いた足軽頭は廊下に消えた。

　半蔵は血糊のついたままの槍を置いてその場にどっかりと座ると、氏真たちに手を差し出す。

「どうか、元通りにお寛ぎ下され」

「……ご苦労であったな」

　白粉のために、氏真の顔色をうかがうことはできない。和歌の詠み上げを再開したものの、周囲の公家衆はどこかぎこちなく、先ほどまでの盛り上がりは戻ってこなかった。

　浮足立った公家衆たちを眺めながら、朝比奈は膝を叩いた。

「見事なお手並み。また采配にも逡巡がございませぬな」

「任にござるゆえ」

「貴殿のような男が家中におれば、また今川も違ったことであろうな」

「買いかぶりでござるよ。……朝比奈殿」つい、半蔵は心中にあった疑問を口にした。「貴殿はこの後どうなさるのですか。掛川城は開城となります。貴殿に城が返されることはございますまい」

「痛いところを突いてくる御仁よ。──わしは、氏真様についていくつもりぞ」

　先の話では、主の器に疑問を持っているようであった。てっきり、氏真から離れていくものと合点していたが──。

「なぜです」

「わしは、大殿──義元様に大恩あり、その御恩返しができぬままでござる。受けた恩義は返すのが武士。そういうものではないかな」

　その理由は、いかにも単純なものだった。

　半蔵からすれば、恩義の先は家康にある。もし家康が死に、跡を継いだ子が凡愚であったとしても、亡君の恩に報いるために守り立てていくことだろう。

「が、時折、空しくもなる。家運の傾いた家、そしてその当主様が雅びごと三昧……。いや、それが悪いとは思わぬ。だが、万骨枯れた後残るのが今の氏真殿では、死した者たちも浮かばれぬではないか」

半蔵は何も言わなかった。それを答えと取ったのか、朝比奈は続ける。

「子が親を選べぬように、家臣は主君を選べぬ。さりとて、見捨てることはできなんだ。――わしは甘いのかもしれぬなあ」

本来、朝比奈の行動は忠義と呼ばれうるものだろう。だが、そのせいで己が城を失ってしまった。

半蔵は心から述べた。

「されど、主君からすれば、斯様な家臣がおられるのは仕合せなことでござる」

「そうか。そうだな」

困ったように朝比奈は微笑んだ。

半蔵は天井を見上げた。天井板がいくつか外れて、屋根裏に渡されている梁が見える。その奥に控えている闇が、半蔵をあざ笑っていた。

「半蔵、矢はどうつがえればよいのだ」

「ちょっとお待ちくだされ」

本丸御殿の庭先には夕暮れが迫りつつあった。朱に染まる風景の中、氏真の顔は夕日の照り返しで誰にも増して真っ赤だった。氏真は慣れない手つきで弓を取り、矢を射んとしている。しかし、半蔵があれこれ指図をしないと射形を取ることもできない。いささかの疑問もあったが、とりあえず捨て置いた。

和歌に飽きたのか、突然氏真は弓の修練がしたいと言い出した。おろおろする公家衆を差し置いて朝比奈が立ち上がった。しかし氏真が相手に選んだのは朝比奈ではなく、敵方の警固役である半蔵だった。そのせいで、朝比奈は厳しい顔で御殿縁側の柱に寄りかかり、こちらを睨みつけている。

手がふるふると震えている。しかし、構いもせずに氏真は矢筈（やはず）から指を離した。ひょろっと力なく飛んだ矢は十間（約十八メートル）ほど先にある的に届くことなく、地面に落ちた。

「いかんなあ」

「では、お手本をば」

「韘（ゆがけ）は使わぬのか」

「要りませぬ」

氏真から弓と矢を預かった半蔵は息もつかずに放った。ひょう、と風切り音を立てつつ、矢は的のど真ん中に吸い込まれた。

「見事なものよのう」

「大したことではござらぬ」

武芸の稽古の進み具合で彼我の差を測るという気風が三河にはある。皆の尊敬を集めたければ武士として強くなればよい、という単純な理屈のたまものだ。そのせいで守綱の家臣になった頃から武芸を覚えさせられた。半蔵は槍に優れていたためにそこまで熱心に弓の修練はしていないが、それでも他国の人間とならばそれなりにやりあえるという自負はある。

「三河武者は化け物なのかの」

氏真は短く笑った。大して面白くもない冗談だと気づいたのだろう、ひったくるようにして半蔵から弓を取り上げ、矢をつがえた。

矢を放つ。先ほどよりはいくぶんか良くなっているという程度で、やはり的には届かなかった。

また矢をつがえながら、氏真はぽつりと言った。

「わしはなあ、昔から弓が不得手なのじゃ」

どう反応してよいやら分からずにいるうちに、氏真は続けた。どうやら答えなど最初から期待していなかったらしい。

「父は凄まじかったぞ。あのお人は刀に槍に弓に馬にと武芸百般に通じておった。海道一の弓取りというのは父のためにこそあった言葉であろうなあ。しこたま酒を飲み、目隠ししておっても的を外すことはなかった」

口ぶりには、激しい熱が見え隠れしている。ゆえに口を挟めずにいると、氏真は独り言を紡ぐように続けた。

「だが、そんな父は戦に倒れ、家も風前の灯火よ」

氏真はまた矢を放った。しかし、的には届かない。

「のう。わしは、どうすればよかったのであろうな。どうすれば、今川をこうも零落させずに済んだのかのう」

訊かれて答えられるはずもない。半蔵は思わず下を向いた。

武芸百般に通じ軍略にも優れた偉大な父。その父が作り上げた家中。しかし、そのすべてがあと半月もしないうちにすべて消え失せる。天分、天の配剤というべきもので、誰を責められるものではない。だが、家臣たちが主君を非難するのも頷ける。

何か声を掛けようとしたその時だった。半蔵の鼻をくすぐるものがあった。季節外れの菊の香りだ。半蔵は懐から手拭いを引き抜いて氏真の鼻と口にあてがった。

「な、なにをするのじゃ」

「不穏にござる。これでお防ぎくだされ」

霧から聞いたことがある。人間に悪影響を与える薬の多くは特殊な匂いがしたり、変な味がしたりする。そのため忍びがそれらを用いるときには極端な香り付けや味付けにして紛らせる、こと。

果たして、半蔵の予感は的中した。

庭先で槍を携えていた足軽たちが次々に倒れ始めた。見れば、縁側で不機嫌な顔をしていた朝比奈も、柱にもたれかかったまま顔を伏せている。

「こ、これは一体⁉」

「薬を撒かれたのでしょう。どういったものかは分かりませぬが、よくて眠り薬、悪くて毒かと」

「ど、毒とな。大丈夫なのか」

「もしも毒であるならば、皆もっと苦しむはずにございます。それに、口を押さえたくらいでどうにかなるものではございませぬ。ということは――」

眠り薬、ないしは痺れ薬だろう。昔取った杵柄によって弱毒ごときにはびくともしない半蔵に全く影響がないことを考え合わせれば、なおのことその虞が高い。

やがて、強い風が吹いた。つむじをそこかしこに生みながら吹き荒ぶ大風は菊花の香りを吹き飛ばしていく。半蔵は手拭いを懐に押し込んで刀を抜き払った。

御殿の屋根に、人影があった。

二人。紺の忍び装束。手にはそれぞれ苦無と忍び刀を携えている。頭巾から僅かにのぞく目は闇のように淀み、半蔵たちを見下ろしている。

「何者だ」

半蔵は問う。屋根の上の二人は反応しなかった。もっとも答えなど期待していない。歯の根が合っていない氏真に鞘を払った脇差を預ける。

「いざというときはこれで御身をお守りくだされ」

「わ、わしが？　自慢ではないが、わしは刀も使えぬぞ」

確かに自慢にならぬが、大将としてはある意味で正しい。大将は帷幄の奥で構えていればよい、というのが本来の姿だ。御自ら槍や刀を手にしているのは、すなわち戦に大負けしている時である。

半蔵は大の刀を無形に遊ばせる。

忍びたちが瓦を蹴って迫ってきた。

最初に仕掛けてきたのは忍び刀の方だった。黒い風のごとく間合いを詰め連撃を放ってくる。ただ刀を振り回すだけならばそう厄介ではないが、掌打、投げ技、回し蹴りなどと多彩な手数を見せる。だが、そこまで強くはない。それが証拠に、連撃の合間に当身を返すことができた。だが、手に痺れの感覚が残る。鎖帷子でも着込んでいるらしい。

そんなことより――。半蔵が意識を向けているのは、むしろ苦無の忍びの方だった。

傍観している。腕を組み、時折顎に手をやりながら、半蔵と忍び刀との迫り合いを眺めている。半蔵が気を払っていることを見越した上で、時折氏真に苦無を投げようと色を見せ、こちらを幻惑する。何度も忍び刀の方を討ち取れる機があれど、そのたびにこの忍びの僅かな挙動によって阻まれる。

半蔵は組み合う敵を思いきり蹴り飛ばした。何歩分か後ろに退けられた格好になった敵は、とんとんと跳ねながら半蔵と大きく距離を置いた。忍び刀を無造作に振りこちらを威嚇しているものの、まるで真に迫ってこない。

半蔵は氏真の近くに寄った。

「少々、厳しいですな」

「そなたがそのような弱気では困るぞ」

「申し訳ござらぬ……。されど、逃げ道はない、味方がやってくるでもない。敵の数は未だに分からず。これでは八方を塞がれているのと同じことにござる」

「む、むう……」

しかし、何が何でも守らねばならぬ。半蔵は刀の柄(つか)をぎゅっと握った。

今度は苦無の忍びが此方(こちら)に迫ってきた。

さっきの者とはまるで桁違いに迅(はや)い。一瞬で間合いを詰められ思わずのけぞる。その機を逃す敵ではない。苦無で斬りつけてきた。

胸に焼きごてを当てられたような熱が走る。

斬られた。が、深くはない。半蔵は切り返したものの、もうそこに忍びの姿はなかった。代わりに、今度は横腹に岩をぶつけられたような衝撃が走る。四方手裏剣が深々と刺さっている。即座に指が動くか確かめる。毒は塗られていないようだ。

敵は、こちらをあざ笑うようにひょうげた足取りで距離を置いた。まるで、己が命数を数えろ、と宣告しているかのようだった。

時間を稼いだところで事態は好転しない。ことが長引けば長引くだけ、損をするのはこちらだ。運よく北条の遣いがやってきたとしても、事態の把握にも時がかかるはずだ。

半蔵は氏真に目配せした。

「氏真殿。申し訳ございませぬが、某一人ではかなり厳しゅうございますな」

「それは困る。なんとかせい」

「なんとかせい、とおっしゃっても、形勢は変わるものではございませぬ」

氏真は声をなくした。

「では、死ぬのか」

「そうはさせませぬ。が、氏真殿にはほんの一瞬、己が身を守っていただくことになりますぞ。弓と矢を取られませ」

半蔵は氏真を見遣り、口角を上げた。

「その上で、ここからは、隠し事はなしにしていただきましょう」

しばし目を泳がせた氏真は、僅かな逡巡の後、小さく頷いた。先ほどまでの茫洋とした態度はどこかに消え失せている。

半蔵は一人吼え、駆け出した。

これまでは氏真を守るために防戦一方だった。敵もまたそれを見越して策を立てているはずだ。だからこそ、奇襲が奇襲たりえる。

狙うは苦無の忍びだ。この者を斃せばあとはどうとでもなる。

頭巾からのぞかせる目が揺らいだ。ほんの小さな動揺でも、一瞬を競う戦いの中では命取りになる。

半蔵が刀を振り被ったその時だった。

ひゅっ。喉の奥から不吉な音がした。

喉が急に絞まり始める。咳が自然に湧き起こる。

無理に刀を振ったものの、突如として起こった哮喘の発作のせいで上手く力が入らなかった。必殺たりえるはずの一撃は見事に空を切った。

と、敵忍びは僅かに鼻を鳴らし切り返した。半蔵の刀が搦め捕られ、手から離れた。

半蔵は脇差を抜こうとして気づく。護身用にと氏真に渡していた。仕方なく、袴の腰板に隠していた匕首を引き抜こうとしたとき、身に激痛が走った。苦無の先が半蔵の首筋を捉えていた。

半蔵の目には、忍び刀の方が脇をすり抜ける様が映った。敵の狙いは——氏真だ。叫びたかった。だが、水に濡れた布が口に押し込められたように呼吸もままならず、声も出ない。

氏真に迫る忍びの動きがゆっくりに見える。いや、己の動きさえも遅い。凍りかけた時の中、なおも弓を携えたままの氏真の姿がある。

「う、氏真殿！」

腹の底からひねり出すように半蔵は叫んだ。

氏真は正気を取り戻したかのようにはっと息をついた。矢をつがえ、弓を引いて、そのまま放った。その一連の動きは、さながら舞のようだった。

氏真の矢は一条の光のように虚空を走り、目の前の敵忍びの脇を掠めた後、半蔵の足元に刺さった。

誰もが虚を突かれ、一瞬の時が生まれた。

止まった時から抜け出した半蔵は、足元に刺さる矢を引き抜いて順手に取り、目の前の忍びに繰り出す。下からすり上げるように放った一撃が肩に深々と刺さったその時初めて、敵から苦悶の声が上がった。

敵が怯（ひる）んだのをしおに、半蔵は身を翻して氏真の許へと戻った。

「見事なり半蔵」

貴殿こそ、と叫ぼうとした。しかし、哮喘のせいで言葉になることはなく、喉の奥から響く笛のような音を以て答えに替えた。

半蔵は氏真の手から弓矢をひったくるように受け取り、文字通り矢継ぎ早に放った。迅雷のごとくに飛ぶ三本の矢は、忍び刀の方の太腿（ふともも）と肩を捉え、苦無の方の右腕を掠めた。

「おのれ……！」

忍び刀の方から震える声が上がった。声音が若い。

が、苦無の方がたしなめた。

「お怒りをお鎮めなされ」

かなり年嵩のようだ。しわがれた声をしている。どこか聞き覚えがあるような気がしたが、俄（にわか）に思い出すことは叶わない。

半蔵は無言で矢をつがえ、鏃（やじり）を交互に二人に向ける。

と、苦無の方が鼻で笑った。

「時をかけ過ぎたわ。ここは退（しりぞ）くべし」

そう言い残して、煙のように消え失せた。

しばらく虚空と半蔵たちを見比べていたもう一人の忍びも、足元の石ころを蹴飛ばし、悔しげに忍び刀を振るうとふっと姿を消した。

圧が消えた。思わず息をついた。だが、哮喘のせいでうまく呼吸が利かない。半蔵は懐から薬を取り出して口に流し込んだ。

そうこうしているうちに、眠りに落ちていた者たちがぽつぽつと正体を取り戻した。顔を伏せていた朝比奈が、むう、と声を上げ、重そうな頭を腕で支え目を何度もしばたたいた。やがて、血だらけで氏真の前に座る半蔵に気づいたのだろう。裸足(はだし)のまま庭に降り立ち、駆け寄ってきた。

「大丈夫でござるか、なにがあったのだ。それに、わしは寝ておったようだが……」

その問いに答えたのは氏真だった。さきほどまでの茫洋とした笑みを口元に湛えている。

「忍びが入り込んでおった。賊どもは、この服部半蔵が追い払ってくれたぞ」

「さ、左様か……」半蔵に頭を下げた朝比奈は大音声を放った。「誰ぞ、殿の警固をせえ！　金創医(きんそうい)も呼んで来い！」

反応がないことに気づいたのか、朝比奈は首を振ってため息をついた。

「仕方あるまい。しばしの間お待ちくだされ」

朝比奈は足を払って縁側に上がり、御殿の中に消えた。

近くに敵が潜んでいるかもしれぬ中、味方が離れるのはあまり得策ではない。だが、哮喘の発作のせいで声を上げることがどうしてもできなかった。朝比奈も気が動転しているのかもしれぬ、と合点しながらぼんやりと御殿に目を向けていると、不意に氏真が、和歌を詠むような声で口を開いた。

「さて、半蔵」

半蔵が息を整える中、氏真は顔から穏やかな表情を消した。半蔵の目の前には、公卿の姿をした、気高い獅子が立っていた。

「なぜ、わしが嘘をついていると気づいた」

「嘘、とは」

「わしが自らうつけを演じていたのをある時から見破っておった。なぜだ」

半蔵はややあって答えた。

「蹴鞠をご一緒したときでしょうか」

半蔵が蹴鞠に触れたのはこの掛川城での任についてからのことだった。初心者同然だが、それでも身をもって知ったことがある。鞠を高く蹴り上げ、次に蹴り上げる者のことを慮りつつ良い場所へ落としてやる。口にするは容易いが、これを行なうためには鍛え上げられた身体とそれを十全に用いる修練が必要になる。その名手である氏真が、弓を使えぬわけはない。弓も蹴鞠も、結局は鍛え上げられた肉体に型を叩き込むという意味において同じ行ないだからだ。

「あまりに蹴鞠がお上手すぎました。恐らく、某の前では武に優れぬ振りをしていたのだろうと思いまして」

「ご明察、だの」

氏真は薄く笑った。

「なぜ、左様なことを?」

「知れたこと。これからわしは、侮られなくてはならぬのだ。徳川、武田、北条に殺されぬよう、路傍の石とならねばな」

氏真は弓と矢を拾い上げ、ひょうと弓を射った。十間ほど向こうに捨て置かれていた敵の小刀に矢が当たり、鋭い金属音が辺りに響いた。その音はまるで、氏真の悲鳴を聞くかのようだった。

「わしは、今川を滅ぼしてしまった。だが、そんなわしにも役目はある。同じ世の者に惰弱と笑われようが、後の世にうつけと馬鹿にされようが、今川の血を遺さねばならぬ。さすれば、いつか、わしの立つ瀬もあろう」

息をついた氏真は、弓を捨てた。

「この件、家康殿に伝えるか」

「いえ、誰にも話しませせぬ」

友垣を助けて欲しい——。半蔵はそんな家康の言葉を思い出していた。

氏真は手を組み、伸びをした。

「そなたに一つ、借りができてしもうたなあ。いつになるか分からぬが、必ずや、報いようかの。その日を楽しみにしりゃれ」

二人は顔を見合わせて笑った。

庭の隅にしばしまとわりついていた夕日が、やがて色をなくしていった。そろそろと、夜の気配が二人を包み始めた。


「うむ、ようやった」

上座の家康は上機嫌だった。扇を広げて顔をあおぎながら、声を弾ませる。

「北条から文が参った。氏真殿が北条の地に入ったとのこと。これにて、掛川の始末は終わったな」

「祝着(しゅうちゃく)にて」

晒(さらし)でぐるぐる巻きにされている半蔵は、ぎこちなく頭を下げた。その半蔵のいで立ちに、家康は眉をひそめた。

「まさか、本当に武田の手の者が忍び込んでおったとはなあ。難儀であった」

後で知ったことだが、掛川城二の丸、人の目の届かぬ袋小路に一人の男の骸(むくろ)が転がっていた。胸に槍で突かれた跡がある。紺色の装束をまとったその男の懐からは、毒や吹き矢、苦無といった忍び道具が見つかった。状況から考えて、天井裏に潜んでいたところを半蔵が槍で仕留めた忍びであろう、となった。その後の調べで、武田の手の者のようだ、というところまで判明した。

「いずれにしても、武田の野望は阻止できた。これで余計な戦いをしなくて済んだのだ。そなたの身を挺した活躍のおかげで三河は救われたのだ」

「そういえば殿、武田は今……」

「今川が北条に退いてのち、陣を払いおったぞ」

今川が去り、遠江の帰属がほぼ定まった。もはやそんな中で陣を張り続ける意味はないと断じたのだろう。

武田が退いたということは、その抑えとして動いていた国衆たちも任を解かれるということだ。これで、守綱たちの命も救われたことになる。

「そなたには近々恩賞を与えるつもりだ。それまで、しばし待つがよい」

「ありがたき仕合せにて」

「うむ。大きく弾むゆえ、楽しみにしておるがよいぞ」

終始上機嫌であった家康の許を辞した半蔵は、廊下を急いだ。家康との目通りが終わった後に来てほしい、との申し入れがあったからだ。断る理由はなかった。

そこには、脇息(きょうそく)に肘をつき、眉根を寄せる石川与七郎の姿があった。元より相手を威圧するような気を放っている人だが、この時石川にまとわりついていたそれは毬栗(いがぐり)のように全方位に尖(とが)りきっており、居合わせる者の肌を刺すが如くだった。二丈四方ほどの部屋だが、異様に狭く感じる。

「半蔵、参りましたが」

声を掛けても、石川はうんともすんとも言わない。眉根を寄せたまま顔を凍らせた石川は、一言も発することなく手に持っていた扇子で前に座るように促してきた。ただならぬものを感じた半蔵は、命じられるがままに従う。

しばしの沈黙。半蔵は居心地の悪さに首をすくめた。石川はといえば、毬栗のような気を、一点に収束させて錐(きり)となしていた。その先は、当然半蔵に向いている。

突如、刀を抜き打つような言葉を放った。

「やってくれたな。今川氏真を馬鹿正直に守りおってからに。おかげで、わが計略が台無しだ」

「け、計略ですと」

「わしは武田と一戦交えるつもりだったのだ」

そうして石川は、とてつもない心算を披露した。

今川氏真については、助命するという約束が徳川、北条間でなされていた。それゆえに、平和裏に氏真の身柄引き渡しの話が進んでいたのだ。だが、もしこれを武田が邪魔したらどうなるか。徳川は武田の狼藉を言い立てることができる。北条は北条で、縁戚を殺された上、自分たちの面目が損なわれたと怒り出すことだろう。かくして、徳川と北条が手を組んで武田を襲う口実ができたはずであった……、と。

「そんな策がおありだったのですか」

「ああ。殿にはこの策を言上したのだがな、首を縦に振らなんだ。そこでわしが独断で進めておったのだが……。それをお前が腰砕けにしたわけだ」

「某は、殿の命に従っただけです」

「愚直に従うだけが武士ではないわ。主君といえども間違うことはある。主君の御為、主君の意に沿わぬことも進んでやるのが家臣というものだ」

ふと、半蔵の脳裏に疑問が浮かぶ。

一つは、武田の忍びが氏真の命を狙うかどうかは不透明だったろうことだ。武田には遠江支配に乗り出すだけの野心も実力もある。氏真が混乱のうちに暗殺されれば、遠江の侵攻も楽に進むことだろう。確かに武田には氏真を殺す理由があり、事実忍びを放っていたが、その忍びが首尾よく事を運ぶかどうかは別問題のはずだ。策というには、いささか運頼みの面が強い気がしないでもない。

二つには、武田領に侵攻して得られる利益だ。北条と組んで二方面から攻めるという計画自体は決して悪くない。しかし、それしきでは武田の屋台骨はびくともしないことだろう。正直、武田の雷名を前にしては、一郡さえ切り取れるかも怪しい。軍略に疎い半蔵にすら見通しが立つのだから、石川ならば百も承知のはずだ。知恵者石川がこんな無謀な策を進める意図が分かりかねた。

と、石川はにたりと相好を崩した。

「最近はそれなりに頭を使っているものとみえるな。忍びは頭を使わねば生き残れぬからな」

「某は武士にございます」

「ふん」石川は不満げに脇息を倒した。「むろん、この策は領地を広げるためのものではないわ」

「それは一体」

「戦が起これば何が起こる？　激戦となればなるだけ何が出る……？　言うまでもあるまいな、死者だ。わしは、武田に死者を作らせたかったのだ」

まだ石川の意図が分からない。

「掛川城攻めの際、抑えとして一軍を武田領近くに配した。あそこにおった者たちを鏖にしてもらいたかったのよ」

「なんですと？　己が味方を殺させるのが目的とはいったいどういう……」

言いかけて、半蔵はあることに気づく。渡辺守綱、稲葉軍兵衛……。配されていたあの二人は。

半蔵は己の見立てをそのまま口にした。

「武田の抑えに出向いたのは、三河一向一揆で徳川に牙を剝いてのち、許されて帰参の叶った者たちですな」

「おお、ご名答ぞ」

石川は昏い笑みを浮かべた。

「ということはすなわち、いつ裏切るか分からぬ国衆たちを、己の手を汚さずに消すつもりであったということですか」

「それだけではない。当主が死に、我らの息のかかった者を養子に入れて家を継がせれば、役に立つ駒が仕上がる寸法だ」

「汚くはございませぬか」

「これが忍びの策というものだ」

「だから、某は忍びになりたくなかったのです」

石川はあまり半蔵の言に興味がないらしい。しばし冷ややかに天井を睨んでいたが、やがて思い出したように手を叩いた。

「入ってこい」

　石川がそう呼ばわると、突然天井から二人の男が降りてきた。

　思わず半蔵は軋む体に鞭打って身を翻した。そこに降り立ったのは、氏真と半蔵をあと一歩のところまで追いつめた、忍び二人組だった。紺色の忍び装束をまとっているのはあの日のままだったが、一人は腕を吊り、一人は足を少し引いている。二人は両の手の内をこちらにかざして敵意がないことを示すや、石川の側に跪いた。

　石川は二人に曰くありげな笑みを向けた。

「さて半蔵。この者たちはわしの策に賛同し助力してくれたのだ。同士討ちにならぬでよかった」

「この者たちは一体」

「なに、お前がようく知る者であろうよ」

　すると、忍びの一人が頭巾をおもむろに解いた。思わず半蔵は声をなくした。

「お前は……」

　見覚えがある。服部家の郎党・新造だ。半蔵自身、当主となってしばらく経った頃に会ったきりだが、まるで老いの影がない。

　しかし、その男は冷たい目をして半蔵を睨むばかりで石仏のように口を結んでいる。

　代わりに石川が口を開く。

「その者より申し出があってな。お前があまりに心もとないゆえ、引きずり下ろして新たに当主を立てたいと」

下剋上だ。心穏やかではいられない。

「安心せい。わしが取り成したゆえな。それにお前は殿のお気に入りぞ。そなたを放逐などできぬわ。そこで、わしはある提案をした」

嫌な予感がする。そして、この手の予感は大抵当たるから始末に負えない。

「ならば、服部家とは別に家を新たに立て、忍びの一族として仕えよ、とな」

「ということは、新造が別の家を立てたということですか？」

「違う」

石川は未だに頭巾を被ったままの男を一瞥する。ようやくその忍びは己の覆面を脱ぎ去った。

半蔵は我が目を疑った。

覆面の下から現れたその顔は年の頃十七、八であろうか。若かりし頃の父、保長によく似ていた。かつて忍びの仕事の時に見せた、対する者に戦慄を覚えさせる怜悧な表情そのままだ。人間味がこそげ落ち、眉一つ動かさずにこちらを見やるその様は、さながら精巧にできた生き写し人形だった。

何も言えずにいると、石川が口を開いた。

「そなたの弟だ」

「弟？　某、弟がおったのですか」

「お前は知るまい。何せ、お前が勘当されてから生(な)した子だそうだからな。保長はこの者に家を継がせるべく忍びの術を叩き込んだのであろう。保正(やすまさ)、というそうだ」

弟――。血を分けた者との出会い。本来ならば心が動くべきものなのだろう。しかし、半蔵からすれば、初対面の男と顔を突き合わせているという居心地の悪さがあるだけだ。

目の前の弟――保正は、顔を歪めた。眉を吊り上げ、瞳の奥に怪しげな炎をたぎらせて。

そして、保正は、ぽつりと、

「お恨み申し上げる」

そう言ったが早いか、天井に飛び上がって消えた。それに一瞬遅れ、新造も後に続く。

天井を見上げながら、石川は楽しげにこう口にした。

「保正にも一家を立てさせる。既に殿にも言上(ごんじょう)差し上げたところぞ。精進せえ」

精進せねば、遠慮なく服部半蔵家を潰す、と言いたいのだろう。

面倒なことになった。半蔵は心中で悲鳴を上げた。

服部家の郎党が保正の家についた。つまり、半蔵の許には家康につけてもらった足軽たちしかいなくなったことになる。

目の前が真っ暗になるのと同時に、喉の奥からまた嫌な音が湧き起こってきたのを、どこか他人事のように聞いていた。

第四話

姉川の緩やかな流れは、闇の中に沈んでいた。川といえば北から南に注ぐものという故郷三河の常識が刷り込まれているせいで、東から西に流れる川に半蔵は調子の狂いを感じていた。

川幅は広くない。せいぜい二十歩も歩けば向こう岸に着くような小川だった。

半蔵は竹棹を瀬へと差し入れる。節一つ分の深さもない。この辺りは馬で渡るに大した障りはなさそうだ。顔を上げると、守綱や軍兵衛、さらには霧も鉢金に鎖帷子という軽装で足を川に浸して棹を操り、深さを測っている。

半蔵たちがやっているのは、瀬踏みである。川の流路や深さを事前に探ることで、進軍や合戦の際の参考とする。

とはいえ、単純な作業である。大あくびをした軍兵衛が口を開いた。

「いやあ、何とも地味なお役目だよなあ」

「言うな」

「こんなもん、武士のやることじゃないぜ」

ぶうぶうと不平を垂れる軍兵衛の声はいつもよりも控え目だった。ここが危険な地であることは承知しているのだろう。そんな軍兵衛をたしなめたのは、黙々と流れに棹を差す守綱であった。

「瀬踏みは重要なお役目だ。来たるべき戦の分かれ目になるやもしれぬ」

「そうだがよう。でもなあ、このお役目、しくじると大変なことに……」

「運が悪ければ死ぬだろうな。だが、それほどに難しい仕事を与えてくださったのだ。殿は我らのことを買ってくださっているということになる」

「あるいは、死んでもかまわんと思ってるのかもしれないぜ」

軍兵衛の軽口を聞かぬがごとくに、守綱は北を見やった。はるか先の闇の中にはぽうっと光が浮かび上がっている。一つや二つではない。蛍のように弱々しい光が集まって四角い形を成している。陣を組んで篝火(かがりび)を焚(た)いているのだろう。

葉音がした。

対岸の芦(あし)が折れ、その隙間から足軽姿の男たちが姿を現した。棹を携えているところからみて、半蔵たちと同じ任に当たっているのだろう。揃いの陣笠の印は友軍の織田のものでも我らが徳川のものでもない。なれば――、敵だ。

出し抜けのことに足軽衆が固まる中、半蔵は飛び出し、棹を捨てて駆け抜けざまに刀を引き抜く。軍兵衛や守綱も半蔵に続き、霧は懐から苦無を取り出して跳躍する。

が――。四人が迫る前に、敵足軽たちは斃れた。

背後からひょうと音を立てて飛んで来た閃光が半蔵を追い抜く。どっ、という鈍い音とともに鷹羽矢が敵兵の左胸に深々と刺さった。

矢の飛んできた方を振り返る。川岸には、岩に腰かけて半弓を構え、つまらなそうにあくびをする男の姿がある。やはり籠手程度しかつけていない軽装姿のその若者は手を差し出した。

「瀬踏み、お続けください」

透き通った声が川原に響き渡る。

半蔵も、ああ、とも、うむ、ともつかない声を上げて、従った。

棹を拾って瀬に差し入れた軍兵衛はぼそっと言った。

「見えたか？」

あの矢が、という問いだろう。

見えなかった。大弓と比して半分程度しかない半弓は、威力に劣るゆえに矢の飛びようも緩いはず。なのに、夜だからとはいえ、まるでその軌跡を追うことができなかった。いや、一瞬の閃光は捉えることができたが、それでは対峙した時になすすべなくやられてしまう。尋常ならざる弓の強さと、それを引くだけの膂力、気の遠くなるような修練のたまものだ。

「大した士だ」

弓を抱えたまま寝そべった若者を一瞥して、守綱はそう賞した。他人への評は辛辣だが、その分褒めるときには屈託がない。

気に食わないのは半蔵だ。

「あのくらい、俺にもできる」

「競り合ってどうする」守綱は顔をしかめた。「あれは、我らより六も年下だぞ。それに、我らとは立場が違う」

「分かっちゃいるが、納得いかないよなあ」

「仕方あるまい。諦めるのだな」

「むう……」

下剋上の世と言われて久しいが、半蔵の立場から見れば、働き次第でいくらでも家格を上げることができる世の中、くらいの謂である。こと三河においては一向一揆の鎮圧や今川の放逐によって徳川の権威が上昇し、もはや主君に逆らおうなどという機運は起こりえない。もっとも、家中の統制も進んで家臣間の序列も定まり、武勲一つで成り上がることも難しくなった。

昔は家運に恵まれぬ者も、槍働きだけで勝負することができた。しかし、今は違う。

もしかすると、〝切り取り次第〟の条理は過去の遺物となってゆくのかもしれない。

守綱は、どこか投げやりに言った。

「武士というのも、途端にやりづらくなった」

半蔵はふと篝火を反射して瞬く川面を見据えた。が、そこに答えを見出(みいだ)すことはとてもできない。

あの若者——、榊原小平太(さかきばらこへいた)への反感を、緩やかな流れに浮かべた。

事の始まりは一日前——。

「瀬踏み、ですか。お安い御用にございます」

今までの無茶な命令と比べれば、何をすべきなのかはっきりしているぶん安請け合いできた。心中でほっと息をついた半蔵は、家康に頭(こうべ)を垂れた。すると、床几(しょうぎ)に腰かける小具足姿の家康は、満面に笑みを湛(たた)えて軍扇をばっと開いた。金色地に赤い日の丸が配された図案が露わになる。

「よくぞ申した。さすがは忍びよ」

「いえ、某は忍びでは……」

いい加減このやり取りにも辟易しているものの、いくら言っても家康は聞き入れてくれない。であるからには、いつまでも否定し続けて誤解を解くしかない。

この日もそうだった。いつものように、〝某は忍びではござらん〟、〝そなたの戯れはいつも面白い〟という判で押したようなやり取りがなされた後、家康は真面目な顔をして、陣幕の向こうの山河に目をやった。

芦原がずっと続き、その途切れ目にちょろちょろと小川――姉川――が横切っている。対岸には起伏に乏しい薄や蒲の原が続き、奥の小高い丘に敵が前詰め、中詰め、後詰めの陣を敷いている。絵に描いたような、川を挟んだ睨み合いだった。

母衣武者が頻繁に行き交う三段の敵陣を睨みながら、家康は決然と言い放った。

「此所が我らの不退転の地ぞ」

この戦は、京に勢力を伸ばした織田信長が、将軍への挨拶のため越前の朝倉に上洛を命じたことに端を発する。しかし、ついこの前まで穀草を運ぶような粗末な牛車に乗って諸国の大名を頼り流浪していたお人に実権があるはずもなく、つまるところは「織田に頭を下げにやってこい」という信長の傲慢な態度の表れなのであった。

朝倉が上洛命令に従わなかったのを将軍への不敬と糾弾した信長は、徳川らをはじめとする客将とともに朝倉を攻めた。しかしそんな中で、予想だにしなかった事態が起こる。味方であったはずの浅井長政が裏切ったのである。

北近江の大名であった浅井は、織田と盟を結び、信長の妹、お市の方を娶った。その立場は、徳川と似たようなものだった。北近江を足掛かりに越前を攻めていた織田からすれば、浅井の裏切りは足元を揺るがす行為に他ならなかった。これを受けて織田は即座に全軍を退けることと決し、北近江から脱出した。

織田もやられっぱなしではない。浅井の勢力から脱するや即座に軍を翻して陣を張り、追撃してくる浅井朝倉との対決姿勢を露わにした。これをもって、北近江の姉川を境にして織田本軍は浅井と、徳川軍は朝倉と睨み合う状況が生まれている。

戦が起こるなら、姉川での押し合いとなることだろう。ならば、川の深さや瀬や淵のありかを調べておこうというのは当たり前の考えだ。

家康は顔を曇らせた。

「分かっておるとは思うが、これは極めて危険な役目だ。それゆえにそなたにしか頼めぬ」

「心得ております」

やることが決まりきっているがゆえに、返事も早い。しかしそれは武士という不惜身命の立場ゆえだ。

瀬踏みは斥候の役目に当たり、古今東西、命懸けの任だ。敵の陣形や近隣の地形を調べて回る性質上、敵と遭遇する公算も高い。

このお役目を任されたのは、家康にとって半蔵が疎ましいからではなく、この戦が絶対に負けられぬものであるがゆえ、と呑み込んでいる。それだけに、危険な役目とはいえ、誇らしくすらあった。

言い忘れていた、とばかりに家康は付け加えた。

「実は、もう一つ頼みたいことがあるのだが」

「なんでしょう。できることならば何でも」

「うむ。ならば。——来い」

家康が呼ばわると、陣の奥から一人の若者が姿を現した。年の頃は二十ほど。涼やかな色を宿した目には、自信がみなぎっている。人を見下すような表情の若者は、戦場には不似合いなあでやかな色合いの鎧直垂をまとい、小具足をつけている。ぱっと見た感じでは、戦を知らぬ若侍がめかし込んで戦場にやってきた、という体だ。

このお人は？　半蔵の視線に気づいたのか、家康は頷いた。

「榊原小平太康政（やすまさ）よ」

「お見知りおき下され」

あまり身の入っていない挨拶をした若者を、思わず見返した。

榊原小平太——。名は知っている。

生まれは三河。国衆だったはずだ。しかし、早いうちから家康の小姓として出仕して覚えめでたく、次男坊であるにも拘らず榊原家の家督を相続した。三河国一向一揆の際には家康についたこともあり、戦後、家康の旗本衆を独立指揮できる旗本先手役に抜擢(ばってき)された。この経歴で分かる通り、徳川家中においては出頭人の一人である。

で、その榊原がどうしたのだ？　と半蔵が首を傾げていると、家康は意外なことを言った。

「此度の瀬踏みに、この男を連れて行ってほしいのだ」

「へ？　榊原殿を、でございますか？」

「ああ。思うところがあってな。こ奴に色々と戦を見せてやりたいのだ。——こんなことを頼めるのもそなただけ。すまぬが、受けてはくれぬか」

主君にそこまで言われてしまえば、こちらとしては断る理由はなくなる。つまらなそうにそっぽを向く榊原と家康の顔を見比べていたものの、最後には、

「御意」

と受けざるを得なかった。

実は既に後悔しかけている。

連れていってほしい、と家康が言ったからには、瀬踏みに参加して貰わねば困る。というわけで榊原にも棹を渡したものの、しばらくするとそれを投げ返してきた。

『なぜ私がそんなことをやらねばならぬのです』

何か言い返そうとした半蔵だったが、機先を制されてしまう。

『私は旗本先手役――すなわち、将にございます。瀬踏みなど、将の行なうべきことではございませぬな』

きっぱりとしたものの言い方だった。半蔵とて足軽を百人ほどつけてもらっているひとかどの将なのだが、先輩筋への気遣いなど欠片もない物言いに、さすがにあげつらう気も失せた。

◇

胡坐を組んで半弓の張り具合を見ている榊原を一瞥して、半蔵は首を振った。

「近ごろの若い者はこれだから」

そこに茶々を入れたのは、黙々と棹を川に立てている、忍び姿の霧だった。

「若とてそう年は変わるまい。六つ違いであろう?」

「それはそうだが……」

「近ごろの若い者は、というよりは、あの榊原なる者のありように納得がいっておらぬのだろう？」

心を射抜かれた思いだった。

実際にその通りだ。

と、霧はにやりと昏い笑みを浮かべて、棒手裏剣をいずこからか取り出した。

「ならば、力ずくでやらせるか？」

「いや、よい」

やる気のない人間にやらせても、淵や瀬を見逃してしまうかもしれない。戦場においては何よりも情報の確度が生死を分ける。

霧が棒手裏剣をしまった、その時だった。

「おい、半蔵！」

軍兵衛から声が上がった。

飛沫（しぶき）を上げながら近寄ると、軍兵衛は棹で川の流れを指した。

「見ろ！　上流から……」

視線をやると、水面にわずかに赤いものが漂い、じわじわと広がっている。どうみても、血だ。

半蔵は耳を澄ませ、考えを巡らせる。夜襲？　否。だとすれば、もっと水面が赤に染まるはずだ。それに、軍の移動には衣ずれや札の音を伴う。しかし、川岸には虫の声とせせらぎの音しかしない。ということは――。

「これは」

半蔵の言葉に割って入る者があった。

「きっと、瀬踏みをしていた者が他にもいたのでしょう」

振り返ると、先ほどまで川岸で弓をいじっていたはずの榊原の姿があった。顎に手をやり、ほのかに血が漂う水面を見ながら、続ける。

「上流域では織田と浅井が対陣している。大方、その瀬踏み同士が相対したのでしょうね」

榊原の思慮の浅さを嘲笑うように反論したのは霧だった。

「血の広がり方があまりに小さい。近くで斬り合いがあったのだろう」

むっとする榊原の顔を見ながら、心中で霧を誉めそやした半蔵は考えなおす。

徳川と朝倉の瀬踏みの間でいざこざがあったとすれば――。

「逃げたほうがよかろうな」

「だな」

霧も頷いた。

「なぜです？　近くに敵がいるならば討ち取ればよろしいではないですか」

榊原の素っ頓狂な言葉に半蔵は返した。

「我らはあくまで瀬踏み。戦支度はできておりませぬ。そんな中で戦うのは愚策でございましょう」

反論されるかと思った。三河武士なら心して戦え、くらいのことは言うのではないか、と身構えていたものの、どうやら榊原もまた普通の三河武士とは違う心持ちの主らしかった。しばし物思いに沈んでいたものの、納得したように頷いた。

「ならば、退きましょう。皆さん、努々油断なさいませぬよう」

「なぜ榊原殿が仕切るのですか。――退くぞ」

なぜかくすくすと忍び笑いを浮かべる守綱たちも、最後には頷いた。

しかし――。

霧が舌打ちをして、小刀を抜いた。

「そうはいかぬようだ」

芦の原のそこかしこから、ぬらりと影が現れた。一人や二人ではない。ある者は太刀を背負い、またある者は矢を弓につがえている。槍や金砕棒を携える者もいる。囲まれていた。

半蔵も太刀を引き抜いた。守綱たちもそれぞれに得物を構え、榊原は素早く矢を弓につがえる。

　誰が命じるでもなく、五人はそれぞれ背中を預け合った。

「さて、どうしようかね」長巻の目釘に唾を吐きかけながら軍兵衛は言った。「見たところ、敵は二十ってところか」

「それはどうかな」太刀を八相に構えた守綱が苦々しく言う。「芦の原に姿を隠すなど造作もないこと。見えているのが二十というだけで、実際のところは分からぬな」

「同感ですね」矢じりを敵に向ける榊原も頷いた。「もし私が敵軍を率いていたなら、三分の一は兵を伏せておきますね。衆寡決しているのですから、あえて全軍を見せはしませんよ」

「榊原殿、しゃしゃり出ないでもらえますかな」

「それは失礼しました」

　まるでこちらを小馬鹿にするように、榊原は肩をすくめて口先だけで謝った。

　そんな半蔵たちに嘴（くちばし）を挟んだのは霧だった。

「だが若、ここを脱する術は思い浮かんでおるか」

「いや」

　正直、さっぱりだ。それどころか、哮喘の発作が起こりかけて、喉の奥から笛のような甲高くて嫌な音が聞こえてきている。相変わらずこの哮喘は、気づまりなことがあると発作を起こす。

　半蔵のそんな有様に辟易したのか、榊原が割って入った。

「私に策があります。ただし、皆さんの身を危険に晒すことには違いがありませぬが」

「へえ、すげえな。さすがは旗本先手役だ。こんな時にも策があるなんてな。どこぞののしょったれとは大きな違いだ」

　軍兵衛の言に気色ばむ半蔵だったが、皆の興味は榊原の策にあるようだった。半蔵をのけ者にして話が進んでいく。

「どんな策だ？」

「では皆さん、耳を貸してください」

　そうして披露された策に、守綱は唸った。

「理にかなっている。これしかないか。しかし、これしかない、ということは、敵もその備えをしている恐れがあるということだな」

　榊原はなぜか楽しげに頷く。

「その通りです。されど、何もせぬよりはよいのでは」

「紛う方なき正論だ」

　苦笑いを浮かべた守綱は、太刀の柄を強く握った。

敵がじりじりと囲いを狭めてきている。しかし榊原は、まだだ、と言った。

「引き付けてください。機会は、向こうが数を恃みに慢心した時です。それまでは──」

敵がある一線を越えた。その時、榊原は矢を放った。

「今です！」

そうして、半蔵たちは一丸となって榊原の放った矢を追いかけた。

策はこうだ。敵が近づいてきた機を狙い、陣の一点突破を狙う。まず榊原が矢を射る。皆はその矢を追うように走り、前にいる敵のみに注力して当たる。敵の数は二十であろうが一万であろうが、一瞬においては一対一となるものだ、そう榊原は言った。

その策に応え、前に飛び出した守綱と軍兵衛は立ちはだかる敵を一刀のもとに斬り伏せ、そのまま踏み越えていった。後詰めにあたる半蔵と霧は敵の飛び道具を刀や苦無で打ち落とす。そして、中詰めの榊原が弓を射て障害となりそうな敵に手傷を負わせていく。五人が一丸となって錐となり、敵陣に当たっていった。

まさか反撃されるとは思っていなかったのだろう。敵の反応はしばし遅れた。頭と思しき男の、

「囲め、囲め」

という声もどこか空回りしている。

この成り行きには、半蔵もさすがに榊原という男の機転に感嘆せざるを得なかった。後詰めであるがゆえに、敵陣の狼狽（うろたえ）っぷりが目に入る。四倍、いや、それ以上の敵を策で手玉に取って見せたのだ。この若さで旗本先手役に抜擢されたというのも、それなりの根拠があるようだ。

「さあ、このまま徳川陣に戻りますよ！」

しかしそれでも、榊原の無邪気な声が忌々しくてならなかった。

敵の襲撃から離れ、しばらく行った薄の原の真ん中で、四人は腰を掛けていた。火を焚くわけにもいかない。水に浸（つ）かっていた足がすっかり冷たくなっているものの、手でくるぶしの辺りをさすって我慢する。そうして男四人が四人、青い顔を突き合わせている。

誰も口を開こうとしない。

気おくれが場を支配する中、榊原は果敢にもこう切り出した。

「やってしまいましたね」

「いや、そなたが言うな」

たしかに虎口は脱した。しかし今度は熊の寝床に自ら突っ込んでしまった。夜ゆえに気づかなかったのだが、榊原が矢を射たのは北側――つまりは敵陣側。その矢に従って敵の囲みを脱した半蔵たちは、朝倉軍の影響下にある姉川の北岸に身を潜める格好になっているのであった。

夜戦とあっては日輪もなければ山や川の流れなどの位置も即座に把握できぬゆえ、行くべきところを見誤ってしまう。混乱した戦場ではないことではない。とは言え、恥ずかしい失態であることには違いがない。

「戦場では方角を見失いがちであるゆえに、地道な斥候のお役目が重要なのだけどな」

吐き捨てるように半蔵が口にすると、榊原は少し肩をすくめた。

半蔵は皆に目を向けた。これからどうする？ という謂だ。しかし、皆、視線をそっと外して答えとした。

男たちが沈む中、霧が偵察から戻ってきた。音もなく薄を掻き分け、冷たい視線を浴びせてきた。

「どうだった」

「駄目だ」霧は頭を振った。「姉川には既に敵軍がうろうろしている。数は百といったところだが――」

五対百ではあまりに分が悪い。

「ならば、狼煙（のろし）を焚いて味方に助けを求めるのは」

「できぬな」半蔵の言葉を霧は一刀両断した。「夜だぞ？　狼煙を上げたところで誰にも見えぬ。それに、狼煙を焚くということは、こちらの居場所を敵に晒すのと同じだ。左様なことをすれば、我らはひとたまりもない」

「では、霧に文でも持たせ、助けを……」

その案を否(いな)んだのは榊原であった。

「果たして、救援願いがあったとて、殿は兵をお出しくださるでしょうか。織田の救援願いならまだしも、我らのごとき者どもなど、助けるに値しないとお考えのことでしょう。しかも夜です。下手に助けに行って戦端が開かれては目も当てられませぬ。我らの代わりなどいくらでもいる、というのが殿の本音にございましょう」

一瞬背中が冷えた。目の前にいる榊原がそう信じているということに、だ。

主君にとって己が替えの利かぬ家臣だとうぬぼれるつもりは毛頭ない。もしここで死ねば、先頃突然降って湧いたように存在が知れた弟の保正が服部の家督を継ぐことになるだろう。しかし、榊原小平太といえば、紛う方なく家康お気に入りの家臣だ。そんな男ですら、空漠な思いで家臣を務めているということに、恐ろしいものを覚えた。

榊原がそうであるならなおのこと……。将棋倒しのように、榊原の発した問いが己にのしかかった。

いずれにしても、救援は望めない。

となれば——。半蔵は続ける。

「大きく迂回して自力で帰り着く。これしかあるまいな」

敵の兵力は無尽蔵ではありえない。敵の警戒網の外まで出た上で川を渡り、徳川の陣にまで帰参する。

「と、なれば」半蔵は立ち上がる。「善は急げ、だな」

「して、どう逃げる」

霧が言うには、徳川と朝倉の陣を結ぶ渡河地点は既に封鎖されているという。かといって、上流部分では織田と浅井の瀬踏みが小競り合いを起こしているだろうことは容易に想像がつく。わざわざそんなところを横切るのは命知らずにもほどがある。そこで——。

「下流を目指すべきであろう」

姉川は新穂山から発する川で、近江に入るころには東から西に流れ、そしてそのまま琵琶湖に注ぐ形になっている。つまり、琵琶湖側に向かい、渡河地点を探せばよい、ということだ。

「行こう」

半蔵が宣すると、皆が頷いた。

半蔵たちは薄と蒲をずっとかき分けていた。道に出るわけにはいかない。そんなことをすれば、即座に敵方に見つかってしまう。時がかかっても、ここは原の中を進むのが正しい。身の丈ほどはあろうかという草を蹴り倒し、時には脇差で刈りながら進む。

姉川の方を見やると、草の隙間に見える川面には人魂（ひとだま）のような光がいくつも浮かんでいた。恐らくは朝倉方の兵たちの持つ松明（たいまつ）だろう。ずいぶんと西に向かったような気でいたのに、まだまだ包囲から脱していないらしい。

「まだか……」

「しょうがない、進むしかあるまい」

皆で手分けしながら道を拓（ひら）き、薄の原を横切っていく。そんな悪戦苦闘をしばらく続けるうちに姉川の松明の炎が途切れた。

念の為、さらに奥まで進んでから、姉川のほうへと降りていった。見るに、人の気配はない。

誰もいないことを確認してから、ようやく石礫（せきれき）だらけの河原へと飛び出した。あとはこの川を越えさえすれば徳川方の陣地だ。

半蔵たちは我先にと姉川を渡った。とはいってもそんなに深くはないし、川幅も広くはない。皆、何の煩（わずら）いもなく飛び越えた。

「これで一安心、か……」

どっと疲れが出た。喉の奥に痰が絡み、哮喘がくすぶっている。

と、その時だった。半蔵の足元に矢が数本刺さった。

敵襲⁉　半蔵が身を翻したときには、芦の原からいくつもの人影が姿を現しているところだった。

さきほど出くわしたのとまったく同じ光景だ。

「ど、どうなってるんだ……！　なんでこんなところに敵がいるんだよ。おかしいだろ……」

半蔵の嘆きを嘲笑うかのように、敵方から声がした。

「それが、おるのだよ」

芦の中から現れたその男は、豪刀（ごうとう）を背負った小男だった。左手には韘をつけ、猛禽を侍（はべ）らせている。その男の顔に、半蔵は見覚えがあった。

「本多正信か……！」

「いかにも」

涼しげな顔で頷いたのは、三河国一向一揆の際に戦った、元三河国衆の本多正信であった。

なぜこんなところに？　疑問が半蔵の頭の中に浮かぶ。

本多正信は、一向一揆が解体されていく中にあっても徳川に帰順しようとしなかった。本多といえば昔から徳川に従ってきた一族であるから、願えば帰参は叶うにも拘らず、だ。首謀者と目されて帰順が許されなかった国衆たちと共に三河を脱出した後、杳としてその行方が知れなかった。

その答えを、天に鷹を放った本多自身が述べた。

「わしは今、本願寺に依り、寺付きの軍師として動いておる。朝倉と本願寺の取次役についておる中、そなたらがこの戦に参加しておると聞いたのでな、邪魔に参った」

「な、何の恨みで左様なことを……」

「恨みしかなかろうよ」本多は飄然と言い放った。「そなたらが市場殿を奪ったせいで、あの戦は負けたのだ」

市場殿を必要としていたのは、〝あのお方が一揆勢の手中にあると家康様の判断が鈍りかねないから〟という家臣の側の判断からに過ぎない。仮に市場殿を奪還できなかったとしても、いつかは一揆の鎮圧も叶ったはずだ。

半蔵でも分かる理屈を呑み込めないほど、かの男の智は歪んでいるのか。それとも、見て見ぬふりを決め込んでいるのか――。

「狂気の男ですね」榊原は言い放ち、矢筒から無造作に矢をまとめて引き抜いた。

「もう、問答の余地はありますまい」

半蔵は横にいた霧を突き、煙玉のようなものが使えないかと促した。しかし、霧は首を横に振る。火薬を用いる道具は、川辺のここではしけってうまくゆかない。さらに、これだけ開けたところだと目くらましの用をなさない、と。

「真っ向勝負。若の望む戦い方であろうが」

皮肉までかまされては、もはや沈黙するしかなかった。

半蔵を前に、本多は右の豪刀を振るった。

「やれい」

手の者が一斉に跳びかかってきた。

得物をひっさげ、それぞれに突き立ててくる。

敵が繰り出してくる槍の穂先を躱し、力一杯に薙いでくる太刀筋をいなし、飛んでくる矢を見切る。半蔵も負けじと太刀を振るうものの届かない。敵の動きは風のようにしなやかで捉えどころがない。それぞれが思いのままに動いているように見えて訓練が行き届いている。忍びほどの精緻さはないが、大名の旗本隊くらいには規律を持って動いている。

「逃げろ！　ここはもう徳川の陣地。あえて皆で動かずともよいはずだ」

半蔵がそう呼びかけると、それぞれ頷いて行動に移る。守綱と軍兵衛は二人して呼吸を整え戦場から脱した。

だが、敵兵たちは守綱たちには目もくれず、槍を構え、取り囲んでいる。

半蔵は舌を打った。

「守綱たちを逃がしたのは、あいつらは狙いでないからか」

本多は薄い唇を歪ませた。

「推察の通り。そこな忍びたちの目的は、あくまでそなた。そして、わしがそなたのほかに仕留めんと狙っていたのは――。他ならぬ、榊原小平太、そなただ」

本多の言葉によって、半蔵は気づいた。未だ榊原が逃げていなかったことに。

榊原は弓を構えたまま立っていた。半蔵の視線に気づいたのか、ぐいと頬の汗を拭き、苦々しげに顔を歪める。

「逃げ損ねちゃいまして。――それにしても、私まで狙われていたとは」

本多は忍び笑いを浮かべた。

「そなたは家康のお気に入り。そなたが死ねば、家康も揺らごう」

榊原は鼻にかかった笑い声を上げた。

「我らが殿は、私の死一つで揺らぎはしませぬよ。悲しんでは下さることでしょうが、それでおしまいでしょう。家臣とはそういうもの、主君とはそういうものです。そしてそれゆえに、ついてゆく価値のある主君であるといえましょう」

「……底の読めぬ男よ」

半蔵は榊原の近くに駆け寄った。太刀を構え、榊原と背中を合わせる。

「なぜ逃げなかったのです」

半蔵が背中越しに声を掛ける。すると榊原は、はは、と笑った。

「単純な損得勘定です。本多正信を野放しにするは障りです。この男を、私の一命でもって討ち取ることができれば、十分贖えると断じたのです」

「どういう、ことですか」

「――私は次男坊なのですが、徳川家からの命令で、私が家督を継ぐことになりました。兄を差し置いて、ね。その時から、私は考えるようになったのです。武士というものは、所詮は主の操る駒だと。そう思い定めてみれば、己の役割が見えてきます」

榊原は矢をつがえた。矢じりの先には本多の立ち姿がある。

「本多は徳川に仇なす……、将棋で譬えるなら角のようなもの。香車で討ち取れるなら、主君にとってはこれ以上ない駒得でございましょう」

霧が、ハッ、と笑い声を上げた。

「己というものがないのか。忍びの如き者だな」

「ありませぬ。私は、己が役割を全うせんがために動いております。無私の心持ちで、今、ここにいます」

半蔵は榊原への見立てを改めた。

若くしてこの男は旗本先手役――一軍の将へと抜擢された。しかし、榊原からすれば寝耳に水だった。本来なら家を継ぐことのなかった次男坊が家督を相続し、しかも身に似合わぬ出世をしてしまった。若き将はその意味についてずっと考えていた。その結果出てきたのが、〝家臣は所詮主君の駒に過ぎない〟という割り切りなのだろう。

そう考えれば、瀬踏みの時の態度にも納得がいく。榊原にとって、細々とした雑務は将が果たすべき役目ではない、というより、榊原小平太という立場の人間がやるべきことではない。もっと大きなことをしなければならぬ、という焦りがあったのだとしたら。

偏狭で理解されづらい道だ。

しかも、その考え方に納得ができたわけではない。

半蔵は刀を構えた。

「生きて帰りましょう。でなくば、どんな武功も水の泡。刺し違えたところで己には何の意味もありはしませんよ」

「だから言ったでしょう？　殿には利があると――」

「もう、問答しても無駄ですな」

半蔵は年下の将の頑（かたく）なさにため息をつきながらも、敵に向いた。敵兵どもは遠巻きに陣を組み直す。円陣の中に立ち、こちらの喉笛を狙う本多……。

「榊原殿は、本多を相手にしてくれませぬか。ただし、無理して討ち取る必要はありませぬ」

「討ち取らねば勝てませぬが」

「勝たずともよいのです。いつか必ず機会が訪れまする。それまで焦らずに戦ってくだされ」

「そなたは？」

「こちらは、攪乱（かくらん）に当たりましょう」

半蔵は霧と同時に地面を蹴った。

太刀を担ぐようにして持ち、敵兵に振り下ろす。だが、敵兵はなんなく躱し、棒手裏剣を三連で繰り出してきた。忍びか。舌を打ち、太刀で棒手裏剣を叩き落とすと、懐に秘めていた棒手裏剣を放つ。敵は手裏剣を中空で受け止め投げ返してきた。

音もなく飛ぶ棒手裏剣が半蔵の懐を裂く。深手ではない。

なおも仕掛けてこようという敵を一喝で釘付け（くぎづ）にしたのと同時に、小刀を抜いた霧が他の敵に迫る。

半蔵は力任せに太刀を振った。体勢を崩した敵忍びは地面に転がったものの受け身を取って距離を置く。逆手に忍び刀を取り、体を低く構え直した。

他の敵兵どもが襲い掛かってきた。

が、半蔵の敵ではない。

太刀で横薙ぎ一閃。三人を一刀のもとに切り伏せると、その三人の陰に隠れていた忍びが眼前に姿を現した。腕に装着している鉤爪を繰り出してくる。太刀で捌いた。

じっとりと頬に汗をかいている。手の甲でその汗をぬぐいながら、この戦いの難儀を思った。

終わりまでの図を描けていない。膠着(こうちゃく)ではいけない。このままでは、数に勝る敵が有利だ。強力な一撃を与えるような何かが必要で、それは分かっているのだが、未だに勝ちの糸口を見出すことができずにいる。

さあ、どうする……？　半蔵が独りごちた、まさにその時だった。

陣の一角から悲鳴が上がった。

思わず声のしたほうに目をやると、そこには、梟の面を被る男が立っていた。獣皮から伸びるその手には血で汚れた小刀がしっかりと握られていた。

「何奴！」

敵兵が襲い掛かる。しかし、その男は赤子の手をひねるが如くに敵兵を屠(ほふ)っていく。

血霞舞う中、ただ一人が棒立ちでそこにいる。

怨敵、梟だ。

「弱いな」

低く唸るように笑って獣皮を払った梟は、半蔵を見据えた。面のせいで顔色は分からない。しかし、この男は楽しんでいる、そんな気がした。

「おお、服部の総領。壮健のようだな。何より」

「お前とは久闊を叙する間柄ではない」

「お前の父親を殺したのは、わしであったな。すっかり忘れておったわ」

いちいち癇に障る物言いは、明らかな挑発だ。刀を振り上げそうになる衝動をすんでのところで抑え込んだ。

梟はまるで散歩でもするような足取りで修羅場を舞いながら、ぽかんとしている敵兵たちを小刀一つで屠ってゆく。ようやく事態に気づいた敵忍びが、半蔵から梟に矛先を転じた。

しかし――。

「弱い」

そう言うが早いか、梟に迫った忍びは地面にどうと斃れた。

敵忍びの仲間も遅れて駆け出す。だが――、突然、見えない壁にぶつかったかのように足を止めた。何が起こったのか分かっておらぬのは誰よりも当事者であったのかもしれない。手足をばたつかせ、梟を睨みつける兵たちは、あがが、と声を上げている。その様は、蜘蛛（くも）の糸に搦め捕られた蛾（が）のようだった。

「所詮はこの梟の敵に非ず」

梟の右手から炎が飛び出した。その炎は兵一人一人に一直線に伸び、すぐにその全身に回った。火だるまになる兵たちを見据えながら、楽しげに低く笑った梟は、唖然とする敵どもを見渡し、本多に目を留めた。

ずいぶんと距離があったはずなのに、一瞬で間合いを詰めた梟は、肩を震わせながらも得物を構える本多に声を掛けた。

「久しいな。阿弥陀の軍師」

何も答えずにいる本多に対し、梟は続ける。

「徳川に手出しするのは止（や）めてくれぬか。徳川は、わしの早贄（はやにえ）ぞ。そなたのように、徳川を潰そうとする輩（やから）は迷惑なのだ」

「ふざけるな」

「ふざけてはおらぬよ。邪魔、と申しておる。今退けば、怪我をせずとも済む」

「斬る」

本多の全身から殺気がほとばしるのと、太刀が振るわれたのはほぼ同時だった。下から擦り上げるような一撃によって梟の小刀が撥（は）ね飛ばされた。

本多は返す刀で切り下げる。しかし、もうそこに梟はいない。

見れば、跳躍して中空でくるくる回る小刀を逆手に取ったところだった。流星のように降下しながら放たれた一閃は、本多の太刀を二つに折った。

梟は本多の首を左手で無造作に握った。そしてそのまま力を籠める。首を絞めるなどという生易(なまやさ)しいものではなかった。このまま骨を折るつもりなのだろう。

閃光が走った。

本多の死地に矢が割って入ったのだった。梟の手首を狙い澄ました一閃は、一瞬だけでも怯ませた。おかげで首の骨を折られる寸前であった本多は手からずり落ち、危難を脱した。

その矢を右手で止めた梟は、矢を放った人物――、榊原へと面を向けた。

「どういうつもりかな、榊原小平太殿」

「どうもこうもありませぬな。そなたが何者かは分かりかねまするが、どうやら徳川に仇なす者である様子。本多などよりもよほど面倒な相手とお見受けする。ゆえ、ここで除いておくべしと断じた」

「その断は正しい。されど、矢筒に矢一つ差しておらぬ有様で、啖呵を切るは少々無理があったな」

「確かに。されど、弓だけを表芸と見られるのは少々業腹です」

半弓を捨てた榊原は太刀と脇差を引き抜いた。二刀流の構えだ。

「行くぞ」

「やるのか。面倒な」

榊原が地面を蹴ろうとした、まさにその瞬間だった。

鳥肌が立つほどの殺気を放った霧が飛び出した。

「保長様の仇」

普段は本音を怜悧な気配の中に隠す霧が、この時に限っては地金を晒していた。

梟は、低い声を唸らせるように笑った。

「不用意に殺気を漏らし過ぎだ、女」

そう独りごちるや、影が伸びるがごとき動きで霧との間合いを詰め、手の小刀を造作もなく奪い取り、切っ先を霧の左胸に突き刺した。

声も出なかった。息が止まりそうになる半蔵を尻目に、霧は力なく地面に崩れ落ちた。

「き、霧！　霧！」

呼びかけても応えない。

「やれやれだ」

梟が血にまみれた小刀を棄てた、その時であった。

遠くから、馬蹄の音が聞こえた。最初は小さいものだったが、近づいてくるうちに、それが一つや二つではないことが知れた。夥しい馬蹄の音。百騎単位の兵が動いている。

囲んでいる敵たちがざわつき始める。

あらぬほうを眺め、梟は獣皮を払った。

「邪魔が入ったか。まあよい。――よかったな、そなたら、助かるぞ」

「ぬう……」

「しからば、わしはここらでお暇しよう」

懐から出した球状のものを空に投げる。すると、中空の球が強烈に発光し、周りが真っ白になった。光が止んだ頃には、梟の姿は影も形もなかった。

本多の部下の兵たちも算を乱して逃げ出した。本多は兵の一人に担がれて、朝倉方へと逃げていく。しばらく棒立ちになって待っていると、葵をあしらった騎馬武者たちが半蔵たちを守るように辺りを旋回した。

徳川の？　しかしなぜ？

首を傾げていると、騎馬武者の隊伍が割れて、その間から、家康が姿を現した。軽装とはいえ鎧をまとい、馬に乗る姿はそうそうお目にかかれるものではない。戦場に在ってはいつも本陣の床几にかけているがゆえだ。

家康は半蔵たちの姿を見ると、顔に安堵を滲ませた。

「よかった。無事であったか」

「家康様、どうしてここに」

「どうしてもこうしてもあるか。守綱が注進に駆け込んできてな。本陣近辺で奇妙な動きをしている一団がいるというからには、潰さねばならぬと思うてな」

しかし、それは軍を差し向けた理由にはなるが、家康自身がこうしてやってくる理由にはならない。

目を見合わせる家臣をよそに、ばつ悪げに頰をかいた家康は、こう続けた。

「そなたらは欠くべからざる家臣であるからな。大事の前にそなたらがいなくなっては、おちおち戦もできぬ」

「と、殿……。人が良すぎまするぞ」

「その代わり、瀬踏みの成果は篤と見せてもらわねば困るぞ」

まるで言い訳のように、家康はそう言い放った。

呆然としている榊原の肩を、半蔵は拳骨で叩いた。

「どうやら、駒ではないようだな。榊原殿も、俺も」

と、榊原は、虚を突かれた顔のまま答えた。

「はい。どうやら私は、まだまだ修行が足らぬようです。勉強させていただきました。ありがとうございます。半蔵殿」

くすぐったい奴だ、と独りごちた半蔵であったが、あることを思い出した。

「霧！」

梟に重傷を負わされたはずだった。

闇の中、半蔵は必死で霧の名を呼んだものの、その声は辺りにこだまするばかりだった。梟の棄てた血塗られた小刀が、さながら墓標のように地面に刺さっていた。


それから二日後の朝のこと——。

想像の通り、雨降りしきる早朝から始まった両軍の激突は、姉川の奪い合いに終始していた。上流での激戦を物語るかのように、川の流れはすっかり朱に染まっている。足軽たちが槍を合わせ、騎馬武者たちがその間を縫うように走り得物を振るっていた。

馬上でその様を眺めていた半蔵は、横に並ぶ守綱と軍兵衛に話しかけた。

「やるか？　そろそろ」

「そうだな。ちょうどよい頃合いだ」

半蔵は足軽たちに前進の下知(げち)を与えた。既に向かった者たちによって芦の原はすっかり倒されている。半蔵の足軽たちは見晴らしの良くなった芦原から河原に降り立った。そして、こちらに渡ってこようとする敵兵を阻みにかかる。

「軍兵衛。そなたは足軽の指揮を」

「分かった」半蔵の横に立っていた軍兵衛は頷いた。「お前はどうする」

「殿から任を得ておる」

「分かった。任せておけ」

胸を叩いて満面に笑みを湛えた軍兵衛の答えを聞いた半蔵は、守綱と共に陣の奥へと走っていった。

しばらく行くと、「無」の文字があしらわれた白旗をはためかせる一団が待っていた。精悍な馬に乗った、きらびやかな鎧の一団。その先頭にいた独鈷の前立てを光らせる将に声を掛けた。

「服部半蔵、ならびに渡辺守綱、参った」

と、その独鈷の将は口角を上げ、兜の眉庇を持ち上げた。

「よくぞ来てくださった。無理を言って申し訳ない」

榊原小平太その人だった。

「さて、殿から既に話は聞いているとは思いますが、我らは激戦となっておる姉川を迂回して、敵の側方を衝く手筈になっております。二日前の瀬踏みによって、向こうの地形をしっかり把握している我らにはまさに適任」

適任、というよりは、最初から家康はこれを狙っていたのだろう。でなくば、半蔵たちはさておき、榊原に瀬踏みをさせた説明がつかない。負けられぬ戦であるがゆえに、これは、という者に備えさせたのであろう。

「よし。行こう！」

二日前、命からがら通った道だ。覚えていないはずはない。

半蔵たちは馬の腹を蹴った。そうして三人は朝倉と徳川が激突する地点から大きく迂回を始める。

半蔵は横で馬を走らせる榊原を一瞥した。

この男の、兄を差し置いて家を継いでしまったという屈折を、本人がどのように折り合いをつけているのか、半蔵には分からない。だが、弟には弟の苦悩がある。

ふと、弟保正の顔が頭を掠めた、あれにも斯様な苦悩があるのかもしれぬ、そう思い至った。

「そういえば」榊原は顔を曇らせた。「あなたの近くにいた女忍び。彼女はどうなったのですか」

「ああ、それは……」

梟たちが姿を消し、家康が救援に来た後、半蔵は霧を探した。だが、どこにも姿はなく、その影を見たものすらなかった。だが、倒れていたはずのところに虎の木鈴が残されており、文が房に括りつけてあった。そこには、

『必戻』

の二文字が記されていた。霧はこれまで約束を違えたことはない。いつか戻ってくることだろう。そう信じた。

榊原の問いに曖昧に頷いた半蔵は、己の思いを振り払うように言を切った。

「もう、戦も近い。これくらいで無駄話は終わりにしましょう」

駿馬は皆を戦場へといざなう。前線の徳川軍に釘付けにされ、隙だらけの朝倉軍まであと少しのところまでやってきていた。

当初、この戦いは予想以上に善戦する浅井朝倉軍と、その勢いを受け止める織田徳川軍との膠着戦の様相を呈していた。特に、最初から士気の高かった浅井軍の勢いは猛烈なものだったようで、織田は相当の犠牲を払ってもなお防戦一方の状況であったという。

戦の均衡を破ったのは徳川家康であった。

伸び切った敵陣を見た家康が榊原小平太に命じ、朝倉の側面を攻めさせた。すると、面白いように朝倉は陣を崩した。本陣と分断された前線には混乱が広がり、本陣は徳川への恐怖で浮き足立った。一度崩れた陣を構築しなおすのは至難の業だ。前線の兵たちも算を乱して退き始めた。

前線の有様に対し、朝倉は明確な策を打つことができないばかりか、陣を払って逃げ出してしまった。これをもって、徳川の勝ちは決まった。

朝倉との戦を終えた家康は、徳川全軍をまとめ、次は未だに膠着のさなかにある浅井の横腹を突いた。朝倉を退けて士気の上がっている徳川が、攻め疲れの風であった浅井を不意打ちにしたのだ。浅井はこれを受けることができず、そのまま押し切られる格好になった。

戦後、織田から戦ぶりを賞された、と家康も満悦の様子で述べていた。

この戦において随一の活躍をした榊原小平太は家康より殊勲第一を賞され、半蔵たちも『格別の武勲』とは濁されたものの、武功そのものは認められる格好となったのであった。

その裏で、瀬踏みの最中に迷いに迷って敵勢力地を歩き回った挙句、家康直々(じきじき)に救援されたという半蔵たちの失態があったことを知る者はいない。

第五話

折れかかった旗指物を背負い、兜の鹿角の折れた騎馬武者が鞭をくれても、馬はか細く応えるばかりで一向に速度を上げることはなかった。

既に日は落ち、道は闇に塗り込められている。

前方から悲鳴が上がり、兵の一部が本隊から離れて茂みに向かった。しばらくして眠そうな雄雉がのろのろと姿を現すと、皆の顔に安堵が浮かぶ。たかが雉一羽の影におびえ、精強であるはずの徳川軍が翻弄されている。そんな乱れかけた隊伍の中に、半蔵もいた。

暗がりのせいで前を走る者の背中さえはっきり見えぬ中、冷たい声が半蔵に浴びせかけられた。

「震えておるぞ。気を引き締めよ」

半蔵の横で馬を走らせ、顔半分を影で覆いながらも冷たい目を向けているのは、ほつれ一つない忍び装束に身を包み、首巻を風に揺らす霧だった。

姉川の戦いの折、梟にしてやられ行方知れずになっていた霧であったが、半年後、ひょっこり三河に帰ってきた。胸を小刀で突かれた大怪我であったはずなのに、傷は全く残っていなかった。さすが忍びの治癒力は化け物じみている、と妙な驚きを覚えたものだった。

轡を並べる霧が前に向き直り、苦々しげに口を開く。

「大負けだな、これは」

認めたくはないが、その通りだ。

徳川軍は今、敗走の途上にある。

発端は、甲斐の虎、武田信玄が突如として軍を発して徳川領に侵入し、砦や出城を次々に落としていったことである。帝と将軍を押さえている織田信長への挑発とも、己が領地の拡大とも取れる武田の行動の矢面に立たされる格好となった徳川は、最初は浜松城での籠城を選んだ。しかし、その決定から時を置かず、家康が突如こう命じた。

『打って出、野戦を仕掛ける』

家臣一同、耳を疑った。中には諫言した者もあったらしいが家康は耳を貸すことなく、動員できる兵の多くを三方ヶ原に布陣し、武田を迎え撃った。

相手は野戦の名手だ。勝負らしい勝負にもならなかった。槍が合わされてほどなく、徳川の陣立は破られ、蹂躙され、総崩れとなった。そうして今、徳川軍の残党はこうしてひたすらに浜松城目指して逃げている。

負け戦など久し振りのことだった。姉川での華々しい戦ぶりの手ごたえを覚えているだけに、此度の敗戦は殊更に重く感じる。

半蔵の横を走っていた守綱が唸る。戦となれば新品同様の鎧を返り血で汚しているのが常だが、今日は濁流で洗われたかのような傷が随所についていた。

「敵が迫ってきているかもしれぬな。気を引き締めねばなるまい」

「そうだよなあ」長巻を背負い手綱を握る軍兵衛も頷いた。「敵さんからすれば、今は機だぜ。こっちは陣を敷いて敵さんを迎え撃つゆとりはなし、あっちは大勝ちして士気が高い。これじゃあ、手負いの兎を虎が追いかけているようなもんだ」

闇の中に目を凝らす。今にも茂みから虎——もとい、武田軍の赤備えが鬨の声とともに飛び出してきそうで、思わず身震いをした。

「しかし、解せぬな」守綱は首を傾げた。「なぜ、殿は籠城から野戦に切り替えたのであろうな。甲斐の虎が野戦の上手というのは稚児でも知っていること。殿が知らぬはずはない。だというのに、なぜこんな無謀な戦を」

「姉川での快勝で勘違いしちまったんじゃねえか？」軍兵衛は呆れ顔を見せた。「大ばくちで勝ったのに味を占めて同じ目を賭け続けるなんていうのはよく聞く話だ」

姉川の戦いにおいては徳川軍を分け、敵軍の横腹をつくという大将自ら立てた迂回策が功を奏し、敵軍総崩れに繋がった。家康がこの勝ちを忘れられなかったのだろう――。

半蔵は違和感をぬぐえずにいる。

家康は英明だ。常に彼我の差を突き詰めて考え、決して無茶な戦はしなかった。それゆえに辛抱強い戦いぶりで今川を追い出すことができたのだし、ここぞというときに朝倉を攻めることもできたのだ。

一体、殿はなぜ野戦を選ばれた――？

半蔵は疑問を振り払った。主君の失策の意味をあげつらっている場合ではない。今はひたすら、この死地から抜け出すことに専心すべきだった。

重苦しい退転の中、軍中から動揺の声が上がった。

「おい、信康様の姿がないぞ」

軍中に動揺が広がる。

信康は、家康の嫡男である。生まれついての人質であったし、家康が今川から独立するときにはあわや殺されるかもしれぬという危うい立場に置かれていた。三河上ノ郷城の戦での人質交換の末に三河に戻ってからは、家康の後継者の有力候補として家中一同、慈しむように育ててきた。さらには織田との攻守同盟の証として信長の娘を娶っている。今の徳川家を体現し、今後を担う若殿だ。

　半蔵は思わず声を上げた。

「は？　若様がいらっしゃったのか？　この戦に？」

　軍兵衛が頷いた。

「若様たってのお望みだったみたいだぜ。〝甲斐の虎を間近に見ておきたい〟って言い出して、殿も止めることができなかったんだと」

　家臣ですら危うさを感じずにはいられなかった大戦に己が後継者を出すとは――。

正気の沙汰とは思えない。

　だが、事実として、信康がこの戦場にいて、さらにはこの戦列におらぬ。

　ならば。

「若様を助けに行こう」

　半蔵はきっぱりと言い放った。

「はあ？」軍兵衛が頓狂な声を上げた。「何言ってんだ。俺たちだって危ねえんだぞ。いくら若様といえど、助けに行く余裕はねえ」

「分かってる。だが、もし若様を助ければ、お前の好きな軍功は稼ぎ放題だぞ」

「そりゃそうだけどよ……」

　軍兵衛は、口ごもった。

「いやならいい。乗る奴だけついてきてくれ」

そう言い放って馬首を返すと、はっ、と守綱は笑って半蔵に続いた。

「そなた、変わったな」

「そうか？」

「随分と変わった。今は良き武者の顔をしている。わしはそなたに乗る」

半蔵は思わず己の頰を叩いた。

「霧、信康様の居場所を調べてきてくれ」

「御意」

霧は馬の上から姿を消した。空馬は闇の中に駆け入り、やがて消えた。

半蔵、守綱、軍兵衛は落ち延びていく徳川軍から離れ、逆走を始めた。真っ暗な中、敵の姿を未だ捉えることができないでいる。脇を見れば、傷つきながらも逃げ、力尽きてしまったのであろう武者や足軽の死屍累々たる様が続いていた。念仏を唱える暇もない。半蔵は目を伏せて死者たちの恨みがましい視線を躱した。

地獄にも似た道行でしばらく馬を走らせていると、前方で岩の形を成した篝火の集まりが、横に広がった篝火の集まりに突撃する光景にぶつかった。なんだあれは——。

半蔵がいぶかしく思っていると、守綱がぽつりと呟いた。

「なるほど、命懸けで足止め、か」

「へっ？」

「徳川の殿軍と武田の先手がぶつかっている。つまり、あの篝火よりも向こうは武田の地ということになる。我らにとっては死地そのものだ」

固唾を呑む。一かたまりになっていた武田軍が腕を伸ばし、徳川軍に圧を加える。篝火の帯が、三途の川のようにも見えてきた。

喉の奥から、ひゅっ、と音がした。

半蔵は懐から薬を取り、口に流し込むと声を発した。

「行くぞ」

半蔵たちは炎の三途の川を迂回するように馬を進め、武田の勢力下に入った。

ここからは、突然矢が降ってきたとしても不思議ではない場所だ。気を引き締めろ、と半蔵は声をかけた。

しばらく進むと霧が戻ってきた。半蔵の馬と並び走った霧は、馬に飛び乗って後ろに座り、ささやきかけるように報告してきた。

「信康様はここからそう離れていない所で敵に囲まれて右往左往しておられる」

「そうか、ご健在か。よかった」

しかし、霧は首を振った。

「このままでは危うい。何せ相手は――〝三ッ者〟だ」

「三ッ者？　なんだそれ」

「知らぬのか」霧は冷たい視線を半蔵に向けた。「武田の飼う忍びだ」

「聞いたことがある」守綱が骨ばった顎に指を添わせた。「確か、山の修験者たちをまとめて、忍びのように使っていると」

　半蔵は首を傾げる。

「修験者上がりに、武力があるか」

　篠懸という法衣をまとい、人の踏み込まぬ峻厳な地を歩いて平地の人間が見たこともない草を食み、麓では出会うことのない過酷な風雨に耐える。すると頑健な体を得、草木に通じ、麓の人間には想像できぬほどに強い意志を帯びるようになる。それが修験者だが、そうして得た力は人の強さだ。忍びの強さではない。

　霧も頷いたものの、気になることがある、とも付け加えた。

「お前の言うとおりだ。されど、最近は妙な噂も聞く。修験者の寄せ集めでしかなかったはずの三ッ者が、昨今は侮れぬ忍びになっている。しかも、伊賀流の忍びの術を身につけておる、と――。若、見えてきたぞ」

「え？」

　目を凝らす。しかし、行く手は闇に塗りたくられていて全く判別がつかない。しばし目を向けていると、僅かに騎馬武者の形が浮かび上がった。馬上で槍を振り回す数名の武士の周りに、影を引きずった徒歩の者たちが蟻のように群がっている。

「あれか」

「ああ。若、このまま突っ込んでくれ」

「言われずともわかっている」

半蔵は右手に携えた大身槍を肩で担ぎ、左手で鞭をくれた。馬は軽くいななき飛び出した。刹那の間に風と一体になり、夜を破る閃光となる。と、霧は馬から飛び降りて闇の中にその姿を溶かした。半蔵はそれを横目に見送り、大身槍を頭上で振り回しながら突撃していった。

「どけどけどけ！　どかぬと槍の錆にするぞ」

しかし敵どもは退かない。墨色の篠懸をまとう者どもは、影が伸びるように地を這った。人の動きではない、忍びのものだ。面倒な戦いになる、と独りごち、半蔵は槍を横一閃に薙いだ。やはり敵には届かない。まるで逃げ水のようだ。しかし、敵の首元に棒手裏剣が次々に刺さっていく。半蔵の槍を躱した瞬間に、どこかに隠れている霧が狙い打っているようだ。

忍びを斬ることができるは忍びのみ。そんな言葉が脳裏に蘇る。

敵の囲いを突破した半蔵は、馬上の武者たちと合流した。すると、「無」の一字が染め抜かれた旗印を差し、独鈷(とっこ)の前立(まえだ)ての兜を被(かぶ)る武者が「半蔵殿ではありませぬか」と声を上げた。市で行き合ったかのような呑気(のんき)な言葉に、半蔵は馬からずり落ちそうになるのを何とかこらえる。

「あなたと話していると気が抜けていかぬ」

兜の眉庇(まびさし)を少し持ち上げて笑うのは、榊原小平太であった。簓(ささら)のようになっている太刀を肩に担ぎ、鎧の札がところどころ落ちかかっている。半蔵の視線に気づいたのか、ばつ悪げに榊原は続けた。

「実際、助かりましたよ。防戦一方では、私はともかく仲間たちも危うかった。それに若様も」

榊原の背後から、一人の青年が姿を現した。

真新しい緋縅(ひおどし)の鎧。剛直な太刀を佩(は)き、手に日月のあしらわれた采配を持っている。せっかくの鎧兜も太刀も采配も細かな傷がついてしまっているが、幸いその主の体には傷一つない。若武者特有の青い殺気は、これほどの負け戦にあっても体じゅうから猛(たけ)っている。どこか遠くを見ているような透徹した目が、貴公子然とした印象を与える。

目通りしたことはないが、それでもわかる。このお人は——。

首(こうべ)を垂れる。と、貴公子は口を開いた。

「大儀である」

若者とは思えない野太い声に、思わず恐縮してしまった。もしかすると、生まれ持った器は家康よりもよほど大きいかもしれない。

榊原が何かを小声で伝えている。すると、貴公子はわずかに眉を上げた。

「そなたが服部半蔵であったか。会いたかったぞ」

「某に、でございますか」

「うむ。そなたの父、保長がわしを今川から救い出すべく動いていたことは常々父上から聞いておった。そして、今日この日、息子であるそなたがわしを助ける、か。服部には感謝してもしきれぬな」

「何をおっしゃいますか」

「いずれにしても、この徳川信康、そなたの働きはしかと見たぞ」

徳川も安泰だ——。半蔵は貴公子の顔を仏でも拝むような心地で見上げていた。

榊原は半蔵たちに割って入った。

「さて、積もる話もありましょうが、今はそんな場合ではございますまい？」

榊原の言葉によって、ようやく半蔵は現に引き戻された。

今は何とか榊原の手の者が防いでいるが、総勢数十名になろうかという三ッ者たちが取り囲んでいるのだ。この辺りは武田が既に制圧している。小競り合いが長くなれば、なおのこと逃げるのが難しくなる。

　半蔵たち四人も頑張ってはいる。しかし、三ッ者に対して有効な手を打てるのは霧だけだ。となれば、すべてを倒すのは難しい。

　やがて、半蔵たちの許(もと)へとやってきた軍兵衛が声を上げた。

「くそ、あいつら、いくら斬りつけても掠(かす)りもしねえ。忍びは化け物か」

「同感だ」守綱もやってきた。「どんなに槍を繰り出しても当たらぬ。霧殿の手裏剣だけが恃みということになるな。種や仕掛けがあるのか」

「何もない」霧が虚空から姿を現して半蔵の近くに着地した。「忍びには秘伝の足運びがあってな。流れや生まれによっても違うが、並の人間と理(り)の異なる運足によって幻惑しているのだ」

「忍びはどうやって敵の動きを見抜いているのだ？」

「あれはいつまでもできるものではない。人のものならざる動きゆえだ。忍びが忍びと戦う時には、運足の乱れを見切り、忍びから人に戻る刹那を突く。あの者たちは修行が足りぬゆえ、こちらの攻撃を避(よ)けた時に隙ができる」

「霧。俺たちがお前みたいにあいつらの隙を突くことは？」

「一朝一夕(せき)にできるものではない」

　にべもなかった。

ということは、半蔵たちが三ッ者たちの運足を乱し、隙を捉えて霧が仕留める、ということになる。

土人形のように立ち尽くす三ッ者たちを半蔵が見据えたその時だった。頭上で槍を旋回させた守綱が馬の腹を蹴った。

「所詮は人、馬ごとぶつかれば——」

「待て！」

信康が声を上げた。

守綱の行く手の三ッ者四人が腕を組んで網となり、守綱の馬に絡みついた。あんなもので止められるはずがない、という半蔵の見立てに反し、守綱の駿馬は引き倒され、即座に短刀の餌食となった。慌てて馬から飛び降りた守綱は、這う這うの体で半蔵たちの許へと戻った。

地面に倒れ痙攣する馬の傍にあって狼のように鋭く目を光らせる三ッ者たちを睨みながら、守綱は歯を鳴らした。

「あの馬は殿から拝領したのであるぞ……。だというのに」

肩を落とす守綱をよそに、霧は言う。

「あれは、〝馬斬りの術〟だな。だが、おかしい。あれは伊賀の術であるはずだ」

「伊賀の？」

半蔵が訊く。すると霧は眉一つ動かさずに続ける。

「ああ。奴らの馬斬りに相当する術は、斬馬刀を用いて行なうはずだ。ああやって体一つで馬を押さえ込むのは伊賀の術に相違ない」

甲州の忍びが伊賀の術を使っていることより、馬の突撃が無駄であることが浮き彫りになったことのほうが今はよほど重大だった。

ということは、やはり霧にすべてがかかっている……。

皆の視線が霧に集まる。しかし、当の霧はにべもしゃしゃりもなく言った。

「志能備一人ではどうしようもない。さっきは四人が通れる道を作るに過ぎなかった。が、若殿を含めて十人以上を救い出そうとなれば、いくらなんでも手が足りぬ」

「そこをなんとか」

「ならぬな。武家得意の根性や忠心でどうにかなるものではない。純粋に手が足りぬ。そう申しておる」

霧の言うことはわかる。それに、そもそも手裏剣にだって限りがあるはずだ。体中に隠しているだろうが、泉のように湧いてくるものではない。

ということは——。

「打つ手なし……?」

皆の間で、沈鬱な悲鳴が上がる中、霧は憎々しいほどにさらりと続ける。

「なに、若殿様さえどうにかなればよいのだろう？　それならば手はある」

霧の策を聞いた味方からわずかにため息が出た。

仲間を選りすぐって信康を生かすための隊をなし、霧が援護に回って脱出させる。囲いの中に残された者たちが足止めとなり、命ある限り戦って鏖を待つ。そういう筋書きだ。死んだ者たちは忠臣として祭り上げられるばかりか、残された子には莫大な恩賞が与えられ家名も上がる。武士としての面目はこれ以上なく立つ。

殴りつけられたような衝撃が頭に走った。霧の述べたことがあまりに正論であったからだ。この策は、武士にとっては正道ど真ん中の損得勘定に他ならない。そして、正論ゆえに表立って非難することのできない献策でもあった。

死ぬかもしれぬ――。しかし、主の御為に命を投げ出すは武士の本懐ではないか。

腹をくくった半蔵の旗振りのもと、二隊の編成が整った。守綱と霧、榊原は信康の隊をなし、軍兵衛と半蔵を頭にする別動隊を作った。半蔵たちが捨て石部隊だ。

「策はあるのかよ」

「ない」

軍兵衛の問いに半蔵はきっぱりと答えた。半蔵たちの隊に割り振られた武者たちも、目に血をたぎらせ、重苦しく口を真一文字に結んでいる。

三ッ者たちが少しずつ近づいてくる。

息を整えて、二隊同時に敵に飛びかかった。

半蔵は前に飛び出して槍を突き出した。やはり三ッ者には通用しない。半蔵隊は少しずつ後退を余儀なくされている。

一方の信康隊は囲いを脱しつつある。守綱たちの一撃によって調子を崩された三ッ者の首筋めがけ、霧は百発百中で苦無を当てる。囲いに隙ができたところに武者たちが錐となって割り込んでいく。そうして先に進む信康隊を前にしながら、半蔵たちはいまだに囲いを脱することができずにいる。

「あっちゃあ」軍兵衛はおどけて見せた。「こりゃあ、なかなかつらい成り行きになってきやがった」

鎧の鉢から汗が滴っている。いつも傍若無人を誇っている男だが、この日ばかりは顔色が悪い。

「どうする?」

三ッ者たちを倒さぬ限り前に進めない。打つ手はない。

じりじりと三ッ者たちが距離を縮めてくる。それはまるで、影が少しずつ尾を引いてくるかのようだった。

絶体絶命の危機。だが――。

脳裏に、ある言葉が何度もこだました。

〝忍之極意ハ生間也〟。

亡父・保長が残した言葉だ。あの時には、何が何だか分からなかった。生間とは、生きて帰る忍び働きのことだが、これを書き残した本人はお役目の途中で死んでいる。そんな己のことを嗤った言葉かと思ったこともあった。だが、今は、半蔵の胸の中で全く違う響き方をしている。

死に花を咲かせる。それが武士の考え方だ。しかし、体面など忍びには関係がない。ただ何を為したか、主家にどんな利をもたらしたかが関心事で、もし何もできなかったなら次を期して生きて帰る。これが忍びの生き方なのだろう。いつもは忌々しくてならなかった考え方だが、今ばかりは賛同できる。

「諦めぬぞ」半蔵は言い放つ。「諦められるか」

そう怒鳴った瞬間に、三ッ者の一人が閃光のごとくに飛び出してきた。

狙いは、半蔵。

三ッ者の白刃がぎらりと光る。

ふと、半蔵の脳裏に冷たい目をしてこちらを見据える霧の姿が浮かんだ。

死ねぬ。心中でそう叫んだ半蔵は身をよじり槍を繰り出した。

その時、半蔵の視える世界が変転した。

すべての動きが止まった。目を見開いて恐懼の色を浮かべている軍兵衛の顔も、絶体絶命の死地で顔を強ばらせる武者たちの顔も。そして、己に飛びかかろうという、三ッ者の姿も。それどころか、三ッ者の瞳に映っている己の顔すらも見えた。敵の瞳の中に映る己は、明鏡止水、薄く微笑んですらいた。

半蔵の繰り出した槍の穂先は、三ッ者の胸に吸い込まれていく。忍びならばこの一撃を躱せるはずであった。だが、目の前の三ッ者は避ける動作を見せることなく、槍先を受け入れる。

時の流れが元に戻った。

確かな手ごたえがある。見れば、飛びかからんとしていた三ッ者が半蔵の繰り出した槍先の餌食になっていた。

「お、お前……！」

軍兵衛の声が上がる。

半蔵は、ふと、呟いた。

「見える。敵の動きが見える。運足の切れ間が、俺には見える！」

「こんな修羅場でかよ……。まったく、おめえの悪運の強さは昔っからだよな」

出奔するまでは忍びとしての修練を積んでいた。敵の運足を見破る術も亡父から何らかの形で伝授されているはずだが身についてはいなかった。こつのようなものがあって、ある時にはたと会得する類のものなのかもしれない。それが今この時だったというのはさすがに悪運と呼ぶよりほかはあるまい。

いや。

霧のおかげかもしれぬ。心中でそう唱えた半蔵は、槍を振って血払いをした。

「さて」

不思議そうに首を傾げる軍兵衛から視線を外して、半蔵は敵を睨んだ。さきほどまでは人外の者どものようにしか見えなかった三ッ者たちが、明らかに狼狽（ろうばい）している。何も恐れるものはない。半蔵は群がってくる三ッ者たちを刺し貫き、薙ぎ払い、叩いて囲いを突破した。


ほどなくして、信康たちとも合流した。

最初は敵襲だとでも思ったか得物を構えた一同だったが、半蔵が手を振ってやると皆警戒を緩め、手を振り返してきた。

「よかった、無事であったか」

守綱がほっと息をついた。無骨な男の安堵顔は、慣れておらぬせいかどこかぎこちない。

「よくぞ戻ってくれた」

信康は満面に笑みを浮かべて迎えてくれた。

まだ虎口は脱していない。これから、武田の勢力下をできるだけ早く脱さなくてはならない。半蔵は気を引き締める。

そんな中でも、守綱は落ち着き払っていた。顎に手をやって、短く唸るだけだった。

「そう難しくはないだろう。敵先手は前に釘付けだ。なれば、次の手の者たちと遭わぬ限り、そうそう面倒なことにはならぬ」

かくして、十名による進軍が再開された。

しばらく進むと、旗折れ地に伏す徳川の敗残兵たちと出くわした。このあたりから徳川本隊は敵の追撃に捕まったのだ。助けてくれ、と言いたげにこちらを見上げる怪我人や、口をあんぐり開けて天を見上げる死骸の視線にさらされる。

「急ぐぞ」

半蔵は馬の腹を蹴った。

さらに進むと、また篝火の三途の川が見えてきた。行きの時よりも、はるかに奥まで登ってきている。武田の先手が勢いのままに徳川勢を押し上げているのだろう。

半蔵たちは行く手を変えて、林の間道に入った。伏兵を考える必要はあるまい。これほどの大差のついた戦で、武田勢が兵を伏す意味はない。

間道を行く途中、守綱が話しかけてきた。

「ときに、半蔵。いささか不思議なのだが」

「む？」

「あの三ッ者どもの動き、また、先手どもの戦いぶりだ」

「何か疑問でも？」

「どうも解せない」守綱は顎を撫でる。「奴らの動きはあまりに遅すぎる。これがあの武田信玄の用兵とは合点できぬ。さては何か狙いがあるのでは……。もっとも、わしごとき凡愚に信玄入道の狙いなど見破れようはずもないがな」

霧も会話に加わる。

「同感だな。まるで、徳川に抗してほしいが如くだ。何千もの先手がおるのに、徳川の殿軍百ほどを囲むことなく、正面から撃破しておる。むろん、深追いして伏兵に遭うのを恐れておるのやもしれぬが、あの信玄とは思えぬ臆病な采配よ。何か狙いがあるとみるべきであろう」

徳川本隊をじっくり攻める狙い？

霧が答えに先回りした。

「一つ考えられるのは、信玄が徳川を根絶やしにするつもりはない、ということだ。あくまで上洛の邪魔となる徳川の気勢を削げばそれでよいと考えているのかもしれぬ。だとすれば、あのような攻め方に理由が出てくる。あれほどの力の差を目の当たりにしては、到底武田と戦う気など起こらなくなろうからな」

問題は、もう一つの可能性だ。半蔵の脳裏ににわかに浮かんできた。

話を聞いていた信康も同様であったらしい。顔を青くして声を上げた。

「皆、全力で前進せえ！　このままでは父上が危うい！」

もう一つ、とは、家康の行く手に伏兵が配されている可能性だ。

家康の許に控えるのは特に忠義の者たちだ。手勢とともに命懸けの足止めに向かおうとするだろう。さすればどうなるか。徳川本隊にいたはずの兵たちが少しずつ目減りすることとなる。そうやって少しずつ兵力を削いでいき、丸裸になったところで伏していた兵に襲わせる。信玄ほどの将ならば、これ程度の策は容易に思いつくことだろう。

だとすれば――。

「甲斐の虎、なんてえのは嘘（うそ）だな。あれは狸（たぬき）か狐（きつね）だ！」

全力で駆ける馬にまたがりながら、軍兵衛は怒鳴った。その言を守綱が笑い飛ばす。

「いや、もしかような策を抱いているとすれば、信玄入道、もはや鬼神が如き存在であるぞ」

いずれにしても、人ではないわけだ。

半蔵もその意見に傾きつつあった。だが、霧だけは、馬上で不満げであった。

「どうした、霧」

「三ッ者だ。なぜ奴らは伊賀の忍法を知っておったのだ……？」

「忍びたちが同盟を結んでお互いに技を教えあった、とかじゃないのか」

「ありえぬな。忍びが合従連衡をせぬことはない。されど、忍びの術を外の者に伝えることはしない。忍びの術は、あくまで同郷の仲間で分かち合う、共通の財物だからだ。だが、もしそれをする者がおるとすれば、それは流浪忍び……」

ここまで言って、霧の目が見開かれた。

半蔵も、思い当たった。

きっと、霧と半蔵が思い描いているのは同じ顔であろう。いや、顔というよりは、面、か。

「霧」

声をかけると、霧は苦々しく吐き捨てた。

「厄介な」

林の間道を抜け、全速で馬を走らせているうちに死地から逃げんと走る家康本隊に追いついた。味方たちの歓声に迎えられる中、半蔵たちは家康に目通りしたい旨を説明した。すると、馬上の武者たちは隊伍を開いてくれた。

武者たちに守られるようにして、家康が馬上で鞭をくれている。

既に兜は脱ぎ捨てている。頬には刀傷とも矢傷ともつかぬ横一文字の傷がつき、目は血走り、顔を真っ赤にしている。時折言葉にならぬ言葉を呟いているように見えたものの、耳を澄ませばそれが念仏であることに気づく。

とても声を掛けられるような様子ではない。

と、家康の横を並び駆けていた石川与七郎が口を開いた。

「殿はお疲れであられる。わしが代わりに用件を聞こう」

半蔵は言上(ごんじょう)した。

「服部半蔵、渡辺守綱、殿が御嫡男、信康様をお助け仕(つかまつ)りました」

おお、と仲間内からは歓声が上がる。

馬上の石川はひげを撫でるばかりで、喜色を示したりはしなかった。この男は、己の手触りや見たものでしか物事を判じようとしない。事実、こう切り出してきた。

「信康様は」

「こちらに」

信康が家康のそばに馬を寄せる。味方から今日一番の安堵の声が上がる。

石川も、さすがに目を細めざるを得なかったらしい。汗を拭くようなしぐさで目のあたりをこすると、一つ頷いた。

「よくぞ、ご無事であられましたな、若殿」

「石川こそ、よくぞ生き残ってくれた。苦労を掛けたな」

「苦労のうちにも入りませぬな」

薄く笑った石川を前に、信康は家康に並び馬を走らせ、優しく呼びかけた。

「父上」

ぶつぶつと念仏を唱えていた家康が、顔を上げた。最初は正気を失っている様子だったが、見る見るうちに顔の相が穏やかになっていく。

「信康か。無事であったのか」

信康は首を垂れた。

「本来ならば武田の者どもを攻め滅ぼすが役目にございました。されど、このような仕儀と相成ってしまい、誠に申し訳ございませぬ」

「よい。そなたが生きていてくれたおかげで、唱えるべき念仏が一つ減ったわ」

家康の物言いはどこか冷たく響いたが、今はそれどころではなかった。半蔵は馬を繰る手を止めず、石川に言上を重ねる。

「このまま進むと危ないかもしれませぬ。敵が兵を伏せておる恐れが」

「そなたが気にしておることくらい、わしが思いつかぬわけはなかろう」と言いかけて、石川は眉を吊り上げた。「どうやら、見立て通りであったようだ」

石川の視線の先には、一里塚代わりの杉の木が立っていた。高さ十丈（約三十メートル）はあろうかという枝ぶりのいい大木、その頂点に人影がある。杉の根元には、影を長く引きずり、つくしのように立ち尽くす者どもの姿があった。樹上の男はこちらに気づいたのか、その場から飛び降りる。高さをものともせず地面に降り立ち、地に湧く者どもを引き連れてこちらへと迫ってきた。その動きは、稲穂を薙ぐまで目に見えぬ風の如くに実体を捉えられない。

霧は舌を打ち、短刀を取り出した。

「忍びか、厄介だ」

やがて、男の正体がはっきりと見えてきた。

蓑（みの）を背負い、梟の面を被る忍び。世間広しといえど、こんな酔狂な格好で戦場をうろつき回る者はこの男のほかにはない。

「梟……」

半蔵が呼びかけると、梟はぴたりと動きを止め、高い声で笑った。

「おや、あまり面食らってくれぬなあ。つまらぬ」

「驚きはせぬさ。お前がこの戦におったことはわかっていた」

「ほう？」

はったりではない。

三ッ者が伊賀の忍術を知っていた、という霧のくだりだ。続けて霧は、他流の忍びに忍術を教えるのは流浪忍びくらいのものだと言っていた。これを合わせて考えるならば、浮かび上がるのはただ一人だった。

　半蔵は続ける。

「お前は三ッ者に伊賀の忍術を教え、己の配下としていたのだろう。その上で信玄の手足となり、殿のお命を狙った。違うか」

　すると、梟は肩を震わせて、呵々と笑い、蓑を揺らした。

「半分は明察、半分は外れ、といったところぞ。三ッ者に忍術を教えて手の者にしたのは当たり。それが証に――」

　簑を払い、梟は後ろに続く者どもを指した。墨色の篠懸に身を包む異形の者どもの姿は、紛うことなく三ッ者たちであった。

　梟は腕を振った。鋭い音とともに、簑の奥に隠れていた鉤爪が露わになる。

「されど、わしが信玄坊主の策に乗った、ましてや奴の軍門に降ったなどと思われるは心外ぞ。わしはむしろ、信玄坊主の詰めの甘さを埋めに来たのよ」

「どういう意味だ」

「どうもこうもない。信玄坊主は、そなたらを鏖にするつもりはなく、上洛の邪魔をさせぬ程度に叩ければそれでよしと考えておる。徒に徳川を討ち滅ぼして、広大な三河と遠江の始末をつけねばならぬのを嫌ったのであろう。中途半端な用兵は信玄坊主の晩節を汚す。ゆえ、わしがこうして打って出、仕上げに参った次第」

「一つ、分からぬことがある」半蔵は問いを重ねた。「お前の目的だ。お前は何がしたい。ある時は徳川に害をなし、またある時には徳川に味方する。いったい何が目的なんだ」

「さあ、ねえ。まだ教えられぬわ。ただ、わしは、この戦乱の世で、己の腕を試したいという思いはあるがな」

蓑を揺らし、梟は笑った。

真偽のほどは分からない。だが、いずれにしてもこの者どもを倒さぬことには何もできない。いつの間にか徳川軍は足を止めてしまっていた。半蔵は馬から降りると槍を構えた。

「半蔵、我らも手伝うぞ」

守綱たちが馬から降りようとするのを半蔵が掣肘する。

「ここは我らでしか止められない。お前たちは殿を」

少し唸り声をあげた守綱であったが、すぐに、

「応」

と答えた。

霧がこちらを一瞥してくる。

「もしや〝視える〟ようになったか？」

不思議と、言わんとすることがたちどころにわかった。槍を構えながら頷くと、霧は続ける。

「なんだかんだで、若は忍びぞ」

「俺は武士だ。しょったれだけどな」

「左様であったな」

霧の氷のような顔に、ひとときばかり陰が差した気がしたものの、見なかったふりをした。

半蔵は霧から視線を外し、敵方を睨んだ。顎に手をやりこちらを眺める梟、そして後ろに並ぶ三ッ者たちは、呼吸を計るかのように双眸を見開いている。やがて梟は、顎に当てていた手を振り下ろした。

三ッ者の一陣が一斉に飛びかかってきた。

半蔵は、自然体を取った。瞑目し、吸った息を体中に巡らせ、一気に刮目する。

視える。

さきほどは火事場の馬鹿力であったのかもしれぬ、と危ぶんでいたのだが、その心配は杞憂だった。三ッ者どもの流水のごとき動きの中に、確かに人としての呼吸を感じる。敵は水の下に潜っているようなものだ。水の下には槍は届かないが、人である以上はどこかで息継ぎをせねばならぬ。ならば、頭を水面に出した時に叩けばよい。

半蔵は駆け出し、槍を縦横無尽に振るった。水面から顔を出した三ッ者たちを突き殺していく。一人、二人、三人、四人。一振りで四人を屠り、辺りに血の雨を降らせた。

三ッ者たちはぎょっとして足を止めた。が、また流水の動きを取り戻す。先手の者たちが気を抜いたものと断じたらしい。

だが、〝視え〟ている半蔵には、三ッ者は足軽と変わらない。しばらく槍とともに舞っていると、周囲に三ッ者どもの骸が重なった。

梟は飛び出そうとする三ッ者を押し留めた。

「ふむ……？　どうやら、開眼したようだな。面白い男になりおったなァ。本当なら少しじゃれてみたいものだが、時がない。残念だが、これにて失礼することとしようか」

「逃げるのか？」

踵を返さんとする梟に半蔵が問いかける。

ぴたりと動きを止めた梟の全身から、とてつもない殺気が放たれた。

半蔵は息を呑む。思わず後ずさった。近くで受けていたら死んでおったかもしれぬ、と思わせるほどの、土石が流れ落ちるかのような気の奔流が半蔵を掠める。

梟は言う。さっきまでの、相手を小ばかにするような口調は鳴りを潜めていた。

「調子に乗るなよ。下忍を倒したくらいで踏ん反り返るではないわ」

鬢から流れる汗が止まらない。半蔵は気づいた。ただ一人の男にすっかり飲まれてしまっていることに。

「聞き分けのいい犬は好きだぞ、半蔵」

梟は簑を払い、口笛を吹いた。霧たちと戦っていた三ッ者たちは潮が引くように退いていった。

終わった、か……。半蔵は思わず膝をついた。

思えば、哮喘の発作もずいぶん強くなっている。

霧が近寄ってくる。

「若、大丈夫か」

「ああ、大丈夫、大丈夫だ。たぶん……」

「無理はするな」

「これくらい、無理というほどのものでは……ないさ」

首を荒縄で絞められているような息苦しさと、まどろみに引き込まれてゆくような心地が同時に襲いかかってくる。

ふいに、半蔵の意識が途切れた。

目を覚ますと、見慣れぬ天井が半蔵を迎えている。

ここはどこだ？　掛けられていた着物を剝がすと、小具足の姿の己、闇の中に沈む板の間、そして意気消沈する仲間たちの姿が目に入った。

「目覚めたか」

声のほうに向くと、片足を抱えて座る霧の姿があった。心なしか目が充血しており、疲れが顔に滲んでいる。

「ここは……」

「浜松城だ」

「ってことは、逃げ切れたのか」

「そうだな。若が寝ている間、我らは殿と若殿を伴って、とにかくこの城まで駆け急いだ。殿と若殿を城にお戻ししたのち、榊原殿はまた兵を率いて出て行かれた。伏兵を仕掛けると申しておったぞ。あれはあれで化け物だな」

あの男が旗本先手役についているのは適格かもしれない。誰よりも働き、誰よりも徳川に尽くしている。

半蔵は息をつく。

しばらくすると、縁側から近習がやってきた。目が合うや、雑魚寝している武者たちの枕元を縫うように躱して、半蔵の前に立った。

「半蔵殿、お目覚めのところ申し訳ございませぬが、殿がお呼びにございます」

「あ、ああ、わかった」

立ち上がる。しかし、どうも足がふらつく。慌てて支えようとする霧を押し留め、半蔵は近習の後に続いた。

案内された部屋に入ると、家康と信康が飯をかき込んでいるところであった。薄汚れた小具足姿のまま一心不乱に箸を動かしている家康は、椀（わん）を呷（あお）ったまま、目だけを半蔵に向ける。

「お、お食事中でございましたか！　これは失礼を……」

椀を置いた家康は口元を乱暴に拭いた。

「呼んだのはわしだ。構わぬ」

家康はまた飯の続きに入った。

部屋の中には石川の姿もある。小具足姿の石川にもずいぶんと疲れの色が見えるが、それでも威儀を正しているのはさすがであった。

石川は一心不乱に飯を食う家康を一瞥したのち、半蔵に頭を下げた。

「此度は見事であった。そなたが居（お）らなんだら……とわしも冷や汗が出る」

褒められるとは思っていなかった。呆然（ぼうぜん）としていると、石川は小声で続ける。

「半蔵、そなた、〝視える〟ようになったな?」

「はい」

「ならば、やはりそなたは忍びであったということだな」

石川はやけに嬉(うれ)しそうに相好を崩す。と、箸を止めた家康が割って入った。

「半蔵、そなたの此度の働きは群を抜いておる。負け戦ゆえ、あまり報いてやることができぬやもしれぬが、必ずやいつか賞す。わしができることならば何でもしよう。何か望みはないか。申してみよ」

「では、お教えくださいませ……」半蔵は平伏した。「殿、なぜ此度は城から出て、野戦に打って出られたのですか。籠城をして持ちこたえる道もあったはずでございます。なのに、なぜ勝ち目の薄い戦いを」

「やめい」石川が怒鳴った。「無礼を許した覚えはないぞ」

「よい」家康は押し留める。「なぜ、聞きたい」

「此度の戦であまりに多くの者が死にました。某も死者の列に加わっておったやもしれませぬ。だからこそ知りたいのです。なぜ、斯様(かよう)に無謀な戦をせねばならなかったのか、と」

「それは……」

家康が口を開こうとしたところを阻んだのは横に座る信康であった。

「父上に代わり、わしが答えよう。――打って出るしか、なかったのだ」

「どういうことです」

「徳川家は主君と家臣との結束が強い。されど、国境にまで目をやれば、他家におった新参者もまた多い。そなたら譜代衆しかおらなんだら、我らは籠城を選んでもよかったであろう。新参者どもは、徳川の武威に期待して臣下に降っておる。籠城を選ぶということは、その期待を裏切ることにほかならぬ」

「されど、負けてしまっては何にも……」

信康の言葉を引き継いだのは家康であった。

「いや、負けが見えておってもなお、戦わねばならなんだ。新参者の中には、武田に脅かされている者も多い。武田憎しで我らについておる者もいるということぞ。なれば、武田に強く当たらねば、我らの立つ瀬がなかった。それゆえに、わしもこの戦に出るしかなかった。わしが戦場を恐れているとなれば誰も徳川に忠を尽くしてくれなくなるゆえな」

「此度の犠牲は、徳川家の立つ瀬のためということですか」

「と、いうことになる」

家康には深い悔恨の表情があった。しかし、逡巡や恐れはどこにもなかった。

「それが、武士なのですか」

「武士とは、頼られた者のために死ぬる者のことを言うのだ。恐らく、わしもまた、頼られた者のために命を投げ出さねばならぬ。だが、今は死ぬ時ではなかった、そういうことなのだろう」

口元をぬぐった家康は、乱暴に椀を膳の上に置くや、寝る、と言って席を立った。平伏する皆を残し、家康は足早に去っていった。

足音が聞こえなくなってから、石川は声を荒らげた。

「なんということを申すのだ。主君の傷口に塩を塗り込むとは……」

信康が執り成しに入った。

「いや、半蔵の問いはまっとうなものぞ。わしも見た。わしら徳川の為に死んでいった多くの武士たちをな。あの者どもの骸を見てしまっては、戦を招いた我ら徳川に恨み言の一つもぶつけたくなるのは仕方ないではないか」

「されど……」

視線を石川から半蔵に向けた信康は、薄く笑った。御年十四の若者とは思えないほど、その表情は柔らかく、また老成もしていた。

「あの者たちの死を犬死とするかそれとも後の礎とするかは、骸の上に立ち生き残った者の振る舞いにかかっておる。きっと父はこれから、ずっと考え続けることだろう。よくぞ、わが父に問いを発してくれた。礼を申す」

信康は頭を下げた。慌てて半蔵も頭を下げ返す。

ふん、と不機嫌そうに鼻を鳴らす石川のもとに、音もなく黒衣の男が姿を現した。

その者は石川に耳打ちすると再び闇の中に身を溶かした。

「保正から知らせが入った」

「保正？　弟が？」

「ああ。今、我が下で武田の様子を探らせておる。もし隙あらば信玄を斬れとも命じてあるのだがな。ともかく、敵は進軍を止めたらしい。空城計が効いたものと見えるな」

「クージョーケイ？」

「三国志の名軍師、諸葛孔明（しょかつこうめい）の取った策で、城の門を開き、かかってこいと言わんばかりに威勢を張ると敵は何かあるに違いないと勘ぐって逆に攻めてこなくなる、というものだ。もっともそれだけではなく、保正には偽の知らせを敵軍に流すように言ってある。武田はそれで軍を引く決断をしたのだろう」

本来のところはそうではあるまい。半蔵は心中で石川の言葉を否（いな）んだ。

梟によれば、信玄は本気で徳川を攻めるつもりはなかったようだ。それを裏付けるかのように、梟の手の者の他に伏兵はいなかった。進軍に当たり邪魔になる徳川を黙らせるのが信玄の狙いだったという言は正鵠（せいこく）を得ていたのだ。

だとすれば、徳川は見事にしてやられたということになる。いや、そもそも、野戦に打って出たところからして、信玄の思う壺であったろう。

どちらにしても、大敗には違いがない。

石川は続けた。

「徳川は此度の戦で相当の兵力を失った。もしかしたら後日、武田がこの城に攻めて来るやもしれぬ。その時には、またそなたの力が要る。力を尽くしてほしい」

半蔵は頭を下げた。

が、そうはならなかった。

三方ヶ原での大敗からしばらくして、信玄は突如として陣を払い甲州へ帰っていった。上洛を睨んでいたとも言われていただけに、突如の帰国は各国に驚きをもって迎えられた。理由なき陣払い。誰もがいぶかしがる中、石川配下の服部保正がとてつもない知らせを持って帰ってきた。

あまりに神がかっていた采配であるがゆえに誰もが忘れていた。あの男も一人の人であったということを。

武田信玄、死す。

この知らせを耳にした半蔵は、時代の潮目が変わったことを肌で感じた。と同時に、あまりに時宜を得た信玄の死に、あの流浪忍びの梟面を思い浮かべずにはいられなかった。

第六話

　この城はいつまで経っても変わらぬ、と心中で独りごちながら、半蔵は縁側から庭を見やった。元服の際、守綱と共に緊張しつつこの縁側を歩いた記憶が脳裏に浮かんだ。

「どうした、半蔵？」

　前を歩いていた酒井忠次が振り返った。

　このお人も皺が増えた。心中で半蔵は呟く。まだここが家康の城であった頃は黒々とした髪を誇っていたが、今では白いもののほうが目立っている。

「いえ、気づけばここに来るのも随分久しぶりだなと」

「そなたは浜松衆に組み入れられたからの。まあしょうがあるまい」

　目尻の皺を深くして遠い目をする酒井に引きずられるように、半蔵も庭に降り注ぐ苛烈な日差しを見上げた。耳を澄ますまでもなく、蟬の声が届く。背中に汗が浮き、着物を湿らせた。

半蔵は今、岡崎城にいる。

かつての家康の居城であるが、武田領である信州や甲斐を睨むには不便になっていた。家康は武田により近い浜松城に移り、大多数の家臣は岡崎城下の屋敷を空にして家康に従った。かといってここを空城にするわけにもいかない。岡崎は尾張にも近い交通の要衝だ。尾張を治めている織田家と同盟を結んでいるゆえ即座に矢面に立つことはないが、国境を接している地域にはやはり重石を置かざるを得ない。そうして岡崎城に残った家臣もいる。徳川家家老である酒井忠次などもその一人だ。

ややあって、酒井はこれまでののんびりとした口調を改め、声を潜めて半蔵に鋭い一瞥をくれた。

「で、殿はなんと仰せか」

「酒井殿を助けよとの命にございました」

「そうか。殿はわしの労苦を汲(く)んでくださっておるか。それならば、助かる」

「そもそも、酒井殿ではどうこうしようもないのではございませぬか」

「手出しできぬのが、辛(つら)いところであるなあ」

酒井は皺だらけの顔をさらに歪(ゆが)めた。

しばらく縁側を行くうちに目的の部屋に達した。酒井が声をかけると、中に控えていた女房が障子を開く。酒井に続いて部屋に入ると、豪奢(ごうしゃ)な打掛をまとった一人の女(にょ)

人が眉を顰め、貝合わせに興じている最中であった。女房に声をかけられると、はっと顔を上げた。

「おお、酒井か。よう来た」

　年の頃二十歳ほどの女人にしては尊大な言い方だが、堂に入っているのは父親、織田信長公の血のなせる業だろうか。目通りしたのは初めてだが、早くも半蔵の背中に冷や汗が浮かんでいる。

　酒井は首を垂れた。

「お方様、本日は新たに岡崎城に参った者をご紹介に上がりましたぞ」

「左様か」

　早くも女人は興味をなくしたようで、再び目の前の貝合わせに興じ始めた。構わず、半蔵は頭を下げて名乗った。

「拙者、浜松より配置換えとなりました、服部半蔵正成と申しまする。以後、よしなにお願いいたしまする」

　女人は短く名乗った。

「徳川信康様が室、五徳じゃ」

「……はっ」

　半蔵は平伏を取ったまま、上目がちに五徳――岡崎殿の顔を見やる。鼻筋が通り、唇が薄い。一見したところでは当世流の美人そのものだ。しかし、闇を煮詰めたような眼(め)の色のせいで、近寄りがたく踏み込みづらい印象を受ける。

はたと岡崎殿は貝合わせの手を止めた。

「そなた、服部半蔵と申したか」

「はっ。左様にございまするが」

すると、岡崎殿は僅かに口角を上げた。さきほどまでの重苦しさが僅かばかり薄まる。

「噂は聞いておるぞ。なんでも、三方ヶ原の戦のときには、あの信玄坊主を向こうに回して退けたとのことだな」

「あ、いえ……」

いつから斯様な噂になっているのか。あの時の半蔵は家康の前に立ちはだかった忍びを撃退しただけだ。

半蔵が実のところを言わんと口を開こうとしたその時、縁側に渡りを告げる声が上がった。どうやらこの部屋に用があるらしい。近習が障子を開いて頭を下げると、後ろから一人の男が姿を現した。

細身で引き締まった体は若木を思わせ、青い色の着物がよく似合っている。太い血管や筋肉が、細首に浮かんでいる。精悍(せいかん)で覇気に満ち満ちた表情は戦場で出会いたくはない猛将のそれだ。

　半蔵は心から平伏した。こうして見える（まみ）のは二度目のことだ。三方ヶ原の戦以来だが、真っ直ぐ（ますぐ）お育ちになられたと感慨もひとしおだった。

　現れた若武者――徳川信康は、半蔵たちを一瞥した。

「おお、そなたたち、ここにおったのか」

「申し訳ございませぬ。若殿のところへは最後にご挨拶に上がろうかと思っておったのです」

「よいよい」

　酒井の言を制した信康は岡崎殿に向いた。しかし、さっきまでは溢れ（あふ）んばかりだった自信は見る影を失っていた。一方の岡崎殿も、にこりとも笑わず、ただただ信康を見据えていた。無関心というよりは、怯え（おび）ているようですら見えるのが不思議だった。

「――お珍しい。殿がお渡りになるとは」

「……そなたの顔を見ておこうと思ってな。息災か」

「おかげさまで」

「そうか」

「……」

「…………」

ぎこちない。傍で聞いているだけなのに、背中の冷や汗が一升は出そうだった。

信康も岡崎殿も決して口をつぐんでいるばかりではない。互いに何か切り出そうと口を開き、目を泳がせて話題を探している風なのだが、結局は何も見つからないようで、居心地悪そうに目を伏せた。

しばらく続いた無言の応酬の後、ようやく口火を切ったのは岡崎殿だった。

「……ところで何かご用でも」

殊更に冷たく響いた。肩を震わせた信康は、力なく首を振った。

「いや、何もない。行く。……酒井、後で部屋へ来い」

信康は、背中に影を負ったまま部屋を後にした。

わずかに眉を顰めて夫を見送る岡崎殿は、頬に手をやってため息をついた。

「そろそろ人が参るゆえ、下がれ」

「は、はっ」

冷たい岡崎殿の表情に追い立てられるように、酒井と半蔵はありきたりの口上を述べて取り繕い、部屋を辞した。

縁側に出た酒井は、青筋を浮かべて半蔵をたしなめた。

「そなた、もう少し気働きができるものと思うたが」

「申し訳ございませぬ……」

「申し訳ないの一言で済むなら追捕役は要らぬわ。ああいうときにうまく執り成するのが家臣というものであろうに」

自分のことを棚に上げて半蔵の前で首を振った酒井は、ふと、その苦り切った顔を改めた。縁側の向こうから、打掛をまとった女人が近習や女房衆を引き連れて渡ってきたからだろう。それにしても、人数が半端ではない。二十人余りが狭い縁側を二列で歩く様は、圧巻を通り越してどこか滑稽ですらある。

酒井は縁側の端に座り頭を下げた。半蔵もそれに倣(なら)う。

しずしずとやってくる女人の年頃は半蔵とあまり変わらない。長く伸ばされた髪にはわずかに白いものが混じり、香を薫(た)き込めた紅葉の打掛に黒い流れを作っている。決して美人ではないが、柔和な笑みのおかげか、愛嬌(あいきよう)のある顔といえた。

その女人は半蔵に気づくと酒井に問うた。

「酒井殿。後ろの者、初めて見るような気がいたしますね」

「この者、本日よりここ岡崎に加わることとなり申した……」

「服部半蔵にございます」

半蔵は名乗って頭を下げた。

女人は、薄く微笑んで目を伏せた。

「築山(つきやま)ぞ」

会釈した半蔵は、その女人——築山殿——の顔に、かつて見えた今川氏真の面影を感じ取っていた。

築山殿は、おや？　と声を上げて、後ろの近習に声をかけた。

「もしや減敬、そなたの申しておったのはこの者か」

近習たちの列から一人の男が現れた。

目の下に隈があり、白っぽい羽織と袴姿をしている、髪の毛はおろか眉毛までも剃り上げた男。顔には皺一つないゆえにまるで年齢を推し量ることができない。唐人とのことだが、顔の造作に異国の匂いがないではない。

減敬は恭しく頭を下げた。

「はい。哮喘だというのに、武勲を稼いでいる武人にございます」

ほお、と築山殿は声を上げた。

「なるほど、そなたがこちらに移ってきたのは、減敬から薬を貰うためであったか」

半蔵は用意していた口上を思い出しながら口を開いた。

「いかにもにございます。殿の御侍医をお務めであられた減敬殿の薬でないと効かなくなっておるようでございまして。岡崎衆への与力を願い出た次第にございます。——減敬殿。今後とも、なにとぞよしなに」

「うむ。いつでも薬を取りに来られよ」

そう頷くと滅敬は列に消え、築山殿は頭を下げた。

「これより岡崎殿と貝合わせの約束になっておりましてね。ではでは、ごきげんよう」

築山殿の一行は、岡崎殿の部屋の中に吸い込まれていった。

その様を見やりながら、酒井忠次はため息をついた。

「……かくのごとき有様よ。この城は」

「なんとなく、分かったような気がしまする」

半蔵も頷かざるを得なかった。

この城には幾重にも面倒ごとが横たわっている。半蔵は雲行きの悪さを嘆かざるを得なかった。

否。半蔵は首を振って考え直した。奥向きがこんな様相なればこそ忍びが跳梁跋扈するのであろう、と。

半蔵はふと、先日の家康の言を思い出した。

「半蔵、岡崎城へ向かってはくれぬか」

「岡崎城、でございますか？」

家康の命はいつも無茶だ。だが、此度はまた格別だった。

半蔵は困惑していた。

「殿の下知とあれば、喜んで引き受けましょう。この命は浜松衆から岡崎衆への組み換えであると、そういう受け止めでよろしゅうございまするか」

何か家康の機嫌を損ねるようなことをしたのだろうかと冷や冷やしている、というのが実際のところだった。曲がりなりにも家中で成果は上げているつもりだが、かといって名だたる出世頭と比べれば功名稼ぎが地味なのは否めない。それどころか常々細かな失敗もしている。あの件で勘気を蒙ったのだろうか、いや、もしかしたらあの失態かもしれぬ、と様々な恥ずかしい記憶があぶくのように浮かんでは消える。

家康は半蔵の心配を笑った。

「そなたはわしの配下、すなわち浜松衆ぞ。岡崎にくれてやるつもりはないゆえ安心せい。そなたの鞍換えは、あくまで方便と心得よ」

心配は消えたものの、何かきな臭いものを感じ取った。そんな半蔵に気づいたのだろう、家康は目で頷いた。

「岡崎衆の者どもの間で、謀反を起こそうという気配があるらしい」

「謀反!?」

「声が大きいわ」

誰もいないにも拘らず辺りを窺った家康は、扇を開いて半蔵の口元を押さえた。

慌てて半蔵も声を落とした。

「真のことにございますか？　到底信じられませぬ。あの城には酒井殿がおられます。あの忠義一徹のお方が斯様なことに手を貸すとも思えませぬし、逆臣をそのままにしておくとも思えませせなんだ」

「酒井か」家康はため息をついた。「あの男がわしを裏切ることは絶対にあるまい。されど……」

家康が言い淀んでいると、音もなく障子を開いて石川与七郎が部屋に入ってきた。苦り切った主君の顔を見るなり、石川は家康の後を引き継いだ。

「酒井殿は忠義一徹の不器用者。涙もろく人のことを簡単に信じる――、他人の口車に乗りやすい御仁よ。そのくせ他人に助けを求めぬ愚直者。謀反の気配を知りつつ手をこまねいておるのだ。ま、注進に及んだだけましではあるが」

すごい言われようだ。

「そなたという男は」

呆れたように頬を掻く家康ではあったが、石川の言をたしなめることはなかった。

家康と半蔵の間に座った石川は顎を撫でる。

「岡崎城に謀反の気配ありと知れた後、服部保正に命じて調べさせたのだが――。邪魔立てが入っておるようで遅々として進まぬのだ」

「邪魔立てとは……」

「決まっておろう。忍ばせた者どもが帰ってこぬのだ」

穏やかではない。そもそも味方の城に間諜（かんちょう）を送り込むこと自体がおかしな話なのに、向こうがその口を塞いでいるとなれば、水面下で怪しげなものが蠢（うごめ）く気配を感じずにはいられない。

半蔵は腹の奥にくすぶったままの違和をそのまま口にした。

「未だに信じることができませぬ。何せあの城は……」

そう、岡崎城は、家康の嫡男、信康の居城なのである。

「信康様は武田との戦いでも大いに槍を振るわれたお方にございます。そのお心は忠義の塊、とても殿に謀反を働こうなどと……」

「甘いな」石川は言い放った。「信康様も御年二十一。なにがしかの野心が芽生えても不思議ではあるまい。いずれにしても、信康様の城であるというだけで、謀反の気配を見逃すわけにはいかぬな」

この言葉は半蔵に対するものというよりも、家康への掣肘（せいちゅう）のように思えてならなかった。家康は苦悶の表情を浮かべたまま目を伏せて石川の言葉を聞いていたが、やがて、短く息をついた。

「やはり、信康が首魁なのであろうか」

「そうとは言い切れませぬが、否む材料もございませぬ。ゆえ、内偵を進めるべきと言上しておるのです。──半蔵。この任、果たしてくれるな」

「無論にございます。されど、気がかりが」

「なんぞ」

「某がいきなり岡崎に入れば、怪しまれる恐れがあるのでは？」

「安心せえ」石川はわずかに相好を崩した。「そなたは酒井忠次殿与力と取り図らう。それに、そなたには岡崎に移るだけの理由がある」

「へ？」

「減敬が岡崎に戻っておるからな」

　減敬は元を正せば築山殿付の医師だったのを、家康が願って近くに置いていたらしい。その縁で半蔵の哮喘薬を作ってもらっていたのだが、先般築山殿側から召還命令があったらしく、家康の侍医を辞して戻っていった。それからは家康が見様見真似で覚えたという哮喘薬を下されているため、半蔵自身はまったく困っていない。しかもその薬のほうがよほど体に合うようで、減敬がいなくなってどこかほっとしていたところだった。

石川は続ける。

「表立っては、減敬の薬欲しさに岡崎への配置換えを願い出た、ということにすればよい。正々堂々、正面から岡崎城に入ることができよう」

この場に呼ばれたのは、自分が疑われづらい名分を持っていたというのも大きいようだ、と半蔵は察した。

いずれにしても、ここまでお膳立てされていては、もはや躱すことはできない。

諦めて、平伏した。

「お役目、果たしまする」

「頼む。信康を助けてほしい」

家康は膝行して、半蔵の手を取った。

◇

「何をぼけっとしておるのだ」

上座からの声に、半蔵は我に返った。

周りを見れば、横に座る酒井忠次がいかめしい顔をし、刀を拝持し奥に座る近習が笑いを堪えている。そして、上座で威儀を正す信康が、不思議そうな顔をしてこちらを見下ろしている。

半蔵は慌てて言葉を繕った。

「いえ、しばらくお目にかからぬ間に、ご立派になられたと驚いておったのです」

家康や石川との会話を思い出していたとは言えなかった。が、上座の若き城主は半蔵の言葉をそのままに受け取ったらしい。

「そうか、そなたに会うたのは三方ヶ原の戦が最後であったか。あの時は何とも恥ずかしい戦をしたものよ。我ながら、頬が熱くなる」

直に顔を合わせたのは三方ヶ原以来だが、以降も信康の戦いぶりは何度も目にしている。信玄の死後、武田家を率いていた武田勝頼と戦った長篠の戦にあっては、徳川軍の先手の纏め役を担い勝利に貢献した。武田の掃討戦においても岡崎衆を率いて家康本隊に勝るとも劣らない武勲を積み上げた。徳川本隊からその様を目の当たりにしていた半蔵は、あれが三方ヶ原の戦のときに己が助けた若殿であるか、と誇らしい気持ちにもなったものだ。

半蔵は頭を下げた。

「また、こうしてお目にかかれましたこと、非常に嬉しゅう思っております。――さて若殿様、大変申し訳ございませぬが、人払いしていただけませぬか」

一瞬、信康は息を詰めた。しかし、目の合った酒井が強く頷いたこともあり、近習や番役の者に命じて下がらせた。

「なんであるか」

半蔵は鎌をかけた。

「この城には怪しき雲がかかっていますな」

屈託なく信康は頷き、半蔵の顔を覗き込んできた。

「分かるか、そなたも」

「はい。良からぬものが入り込んでいる気配があるのではと」

「――なるほど、そなたが我が配下の列に加わると父上の文で知った時には驚いたが、実のところは内情を調べに来た、ということであるか」

実に聡明だった。やはり、この若殿は出来人だ、と心中で独りごち、半蔵は言葉を重ねる。

「お言葉ながら、それだけにはございませぬ。某は、岡崎城に垂れこめる怪しい靄を払いに来たのです。因を見極め取り除くべく、こうして若殿の許に馳せ参じたのでございます」

「そうであるか」

信康はわずかに微笑んだ。ふと見れば、酒井などはまだ何も解決しておらぬというのにすでに目に涙を溜めている。この時ばかりは石川の謂わんとしたところが分かる気がした。

「若殿、お教えいただきたいのです。この城では、いったい何が起こっておるのですか」

「それがな、事が幾重にも絡み合っておるがゆえ、わしにもよく分からぬのだ」

「ならば、こちらからお尋ねいたします。お答えくだされ。まずは、岡崎殿についてーー」

岡崎殿は織田信長の娘であり、織田との間で結ばれた攻守同盟の証だ。だが、半蔵が知りたいのはむしろ核心部分の話である。

信康は、どこか悲しげに口を曲げた。

「あれは、織田と縁が切れておらぬ」

「と、いうと？」

「織田と頻繁にやり取りをしておる。それに、尾張から商人を呼び、反物や簪(かんざし)などを求めておる」

意味するところは半蔵にも察しが付く。

大名家が娘を他大名家に送るのは、多分に間諜の意味合いがある。大名も己の娘を身一つで送り出すわけにはいかない。娘の世話をする女房衆、彼女らを守護する侍衆がこれに連なり、家中に入ってくる。これは嫁を貰い受ける側にとっても悪いことではない。何か事があったとき、正室の家臣団と諮ることで、迅速に大名家同士の意思疎通が叶う。だが、一方で先方に知られたくない事実も筒抜けになる恐れがあり、諸刃の剣でもあるわけだ。

「おかげで今、あ奴とは迂闊に話ができぬ」

そうぼやく信康に、半蔵は続ける。

「では、次に、築山殿に関してですが——」

「母を疑うておるのか」

その声音には明らかなこわばりがあった。慌てて半蔵は首を振る。

「いえ、あくまで話を伺っただけにございまする」

「ならばよいのだが……。母はあれで苦労人なのだ。察してやってほしい」

信康は憐みのこもった目で、障子の向こうを見やった。

築山殿は、今川義元の人質であった頃に家康が迎えた今川係累の正室で、信康の母である。つまり築山殿は国母の立場だが、家康のいる浜松には呼ばれず、ここ岡崎で過ごしている。

築山殿もまた、ある意味では岡崎殿とよく似た立場だ。もし今川が存続していれば、築山殿とその家臣たちは重宝される存在であったろう。しかし、もはや大名としての今川は存続していない。家康は己の正室について多くを語ろうとはしないが、信康が岡崎殿に向けているのと同じ疑念をどこかに抱いているのかもしれない。

これは厄介かもしれぬと半蔵は心中で呟く。

しばらくぽつぽつと言葉を交わした後、半蔵は立ち上がった。

「なんだ、もう行くのか」

「はい。一刻も早く、この〝戦〟を終えねばなりませぬ」

「そうか。心強いことだ」

半蔵と酒井は部屋を辞した。

頭の中で絡まり合う糸をほぐしながら庭を望む縁側を歩いていると、酒井が待ちきれぬとばかりに問うてきた。

「どう思う」

「どう、とは？」

「若殿のおっしゃることに、嘘偽りはあろうか」

「ないと思いまする」

半蔵は信康に『この城には不穏な気配がある』と鎌をかけた。もし、あそこで打ち消しにかかっていたら怪しいと断ぜざるを得なかったが、信康は即座に頷いた。その眼には、曇りは一かけらたりともなかった。

「若殿を信じてよいのか」

「ええ」

すると、酒井は顔を上気させた。

「それは良いことを聞いたぞ。この老骨、これで胸のつかえがとれるというものよ」

酒井の後ろで、半蔵は憂鬱な思いを胸に抱えていた。

正直、心中では未だに信康への疑いが燻っている。若殿とはいえ相手は一城の主であり、武田の軍勢相手に大立ち回りを演じた猛将なのだ。家臣に腹芸ができぬほど純粋無垢ではなかろう。

城主である信康は勇猛な戦ぶりで家臣を率いている。酒井忠次などの老臣の手助けがあるとはいえ、家康にも匹敵する将器かもしれない。しかし、その奥向きはとなると戦のようにはいかぬらしい。

織田と深く繋がったままの正室。今川からやってきた母。厄介な女性二人を抱え、目に見えぬ糸に搦め取られているようにも見受けられる。母親との関係は分からないが、先ほどの他人行儀なやり取りを見れば、信康と岡崎殿の間に深い溝があるのは確かなようだ。

と、酒井が急に足を止めた。その背中越しに前を窺う。

縁側に岡崎殿が座していた。庇の向こうに広がる苛烈極まりない日差しをぼうっとした目で見据え、緩やかに扇をあおいでいる。正室といえば御簾の奥で座っているものだろうに、どうやら織田の姫は父親似の型破りらしい。

岡崎殿がこちらに気づいた。

慌てて頭を下げる。すると、表情を凍らせたまま手招きをしてきた。

二人してそちらに向かおうとすると、岡崎殿は声を上げた。

「酒井はよい。話し飽きておる。半蔵、これへ」

どうしたものかと岡崎殿と酒井を見比べる。酒井もしばし悩んでいたようだったが、
一つ頷いて半蔵を促した。

半蔵は少し離れたところに屈み込んで頭を下げた。

「お呼びでございますでしょうか」

「ここに座れ」

岡崎殿は己の脇隣を指した。正室の真横。家臣の座ってよいところではない。

「なりませぬ」

辞退した半蔵であったが、

「座れと言っておろう」

重ねて命じられては観念するしかない。半蔵は恐る恐る岡崎殿の隣に胡坐を組んだ。

薫き込められた香の甘い香りが半蔵の鼻をくすぐる。横には一輪の花のような若い女人……。何も言えずにいると、半蔵の頭上に痛みが走った。すわ敵襲かと身構えたも

のの、天井から落ちてきたそれが兎の木鈴であったのを一瞬で認めた。ほっと息をついたのと同時に、さりげなく鈴を庭に転がし捨てた。

半蔵は何も口にできる立場ではない。ひたすらに待っていると、しばらく言葉を選ぶようにしていた岡崎殿は、ようやく口を開いた。

「のう、今、殿と共におったな。殿は、わたしについて何かおっしゃっておらなんだか」

「お方様について……?」

言ってよいものか悩んだ。もしかしたら、この家中を引っ掻き回しているのは目の前の女人なのかもしれなかった。

半蔵が何も言えずにいると、岡崎殿は自嘲するように続けた。

「やはり、わたしが信長の娘であるのがいかぬのだな。いつのころからだったであろうか、殿はわたしに心を開いてくれなくなった。――昔はそんなこともなかったのだがな。飯事（ままごと）遊びもようしたし、一緒に馬を競わせたこともあった。されど、長ずるにしたがって、殿はわたしを遠ざけるようになった」

「そんなことは」

「気休めはよい」岡崎殿はぴしゃりと言った。「殿は徳川の御嫡男。わたしは織田の娘。どんなに念じても生まれを変えることはできぬ。立つ場は、一生変わらぬ」

なぜ初対面の人間に左様なことを……、といぶかしむ半蔵だったが、むしろそれゆえのことなのだ、と気づいた。心に降り積もった澱を吐き出したいとき、誰かに見せねば収まらぬ時には、事情を直に知らぬ者に話したくなるものかもしれぬと。

岡崎殿は半蔵を見据えた。

「そなた、大殿様が寄越した間諜の類なのであろう？　忍びのそなたが表立ってここにやってきたということは、どうやら浜松も本気のようであるな」

「いえ、左様なことは。そもそも某は忍びでは……」

「そなた、顔に出るのお。それで忍びが務まるのか」

岡崎殿は仄かに笑う。その顔は、年相応の娘のように朗らかだった。が、野の花のようにさりげない笑みすらも目の前の姫は自らの意思で摘み取った。

「わたしにはこの城の内情を父に伝える義務がある。もし情に流されてしまったら、わたしとて立場を失くしてしまう」

半蔵は思わず刀の柄に手を伸ばした。こうも直截に言われたからには、この城の正室であっても斬らねばならぬ。

が、岡崎殿の顔に恐れはない。どこか捨て鉢に半蔵の刀の柄を見ているばかりだった。

「わたしを斬っても構わぬ。されど、それでは、この御家の問題を除くことができぬばかりか、いずれ火を噴いて徳川に害をなすこととなる」

「何か、ご存じなのですか」

「知っておる。されど、そなたに伝えることは、立場のゆえにできぬ。わたしができるのは、警告だけよ。――頼む、そなたたち徳川家臣の手で、この城に巣食う者を退治してくれろ。わたしが、事の次第を父に伝えざるを得なくなる前に」

口ぶりには、幾重もの屈折が見て取れた。それだけに、重い。

　半蔵は柄から手を離した。

「――ありがとうございまする、お方様」

「礼など言わずとも好(よ)いわ。その暇があったら、早う虫をあぶり出すがよい」

「かしこまりました」

　半蔵が頷くと、ようやく岡崎殿は表情をやや緩めた。そして、労(いたわ)しげにその場から立ち上がると、扇で半蔵の肩を叩いた。しっかりやれ、と言わんばかりに。

　残り香が漂う縁側に座ったまま物思いに沈んでいた半蔵だったが、酒井に肩を叩かれたことでようやく現(うつつ)に引き戻された。

「お方様はなんと?」

「……いえ、他愛(たわい)のないお喋(しゃべ)りにございます」

「左様か」

酒井に話す気になれなかったのは、岡崎殿の細やかな機微を言い表すことができそうになかったからだ。

半蔵は、背中に恐ろしいものが迫ってくるような圧に襲われていた。

岡崎殿も察している不穏な動き。それこそ、石川の言っていたような、謀反の機運を疑わなくてはなるまい。

半蔵は先行きを思い、息をついた。


男たちの笑い声が所々で上がり、渦を巻いている。

普段の酒の席では下座の目立たぬところに身を置いている半蔵も、この日ばかりは上座に座らされている。広間を見渡すと、顔を真っ赤にした三河者どもが酒の量を競い合って盃(さかずき)を傾けており、皆自分には目を向けていない。

と、右横に座っている酒井が立ち上がった。

「あー、今日はァ、ここにおる、服部半蔵のぉ歓迎であるぞぉ、皆、酒を注(つ)ぎに来ぬか！」

既に酒井の呂律(ろれつ)は回っていない。どっかりと座り腕を組んだ。

「すまんなァ半蔵。近頃の若い者はこう言わぬと酌にも来ぬのだよぉ」

「いや、別に構いませぬが」

酒井からすれば半蔵とて〝近頃の若い者〟であろう。しかし、酒井は納得いかぬ、とばかりに鼻を鳴らしていた。

半蔵の歓迎会だと酒井から聞いていたが、岡崎衆は主役である半蔵になど興味はないようだった。気の合う者たちとがやがやと談じ、口から泡を飛ばし合っている。奥のほうで身振りを交えて手で大きさを示している一団は、きっと魚釣りを趣味にする者たちだろう。槍や刀の手の内を作って腕を振り回すのは武芸談義の者たちだ。かくの調子で、座はまとまりを欠いている。とは言え、半蔵もこういう席では守綱や軍兵衛と車座になって武器談義に花を咲かせ、主役になどおもねらないわけで、お互いさまというものだろうと一人納得していた。

岡崎衆が今一つ統率を欠くのは仕方がない面もある。

徳川家が浜松と岡崎の二城による支配を始めた際、新天地に当たる浜松についていったのは、特に家康への忠誠心に篤い者たちだった。その中には、榊原のような旗本衆や、半蔵のような子飼いの者が含まれている。対して、岡崎に残ったのは、何らかの理由で浜松についていくことに二の足を踏んだ者たちだ。つまるところ、家康への忠誠心の薄い者たちを、酒井忠次という最古参級の股肱（ここう）を重石（おもし）にして封じ込めているのがここ岡崎の実情なのだった。

話し相手もおらず酒を呷（あお）っていると、ふいに声が掛かった。

「ちと、よろしいですかな」

若い一団がやってきた。その先頭には、あの減敬の姿があった。

「減敬殿ではありませぬか。なぜここに」

減敬と若侍たちは半蔵を取り囲むように腰を下ろした。

「築山殿のお取り計らいで、武家並の扱いにしていただいておるのです。先の戦で、金創医として出陣せしことによるものにござる」

「なるほど、それは良きことですな」

戦場には多くの金創医が駆り出されているはずで、その者たち全てを賞して武家扱いにするわけにはいかぬのだから、この減敬の措置は少し特別扱いが過ぎる。その一方で、家康や築山殿の侍医ゆえ、それくらいの褒賞はあってしかるべきでもあろう、と考え直しもした。

「おお、盃が乾いておりますぞ」

減敬は銚子を差し出した。半蔵が注ぎ口に盃を近づけると、先から白く濁った酒が流れ出る。

「ささ、一献」

「いただきます」

半蔵は盃を一気に傾けた。甘い香りと味わいが鼻を抜けていく感触がある。げっぷを我慢しながら盃をひっくり返して酒が残っていないことを示すと、滅敬は、おお、と感嘆の声を上げる。

「半蔵殿はうわばみでございましたか。——ほれ、注がれませぬか」

滅敬の後ろに控えていた若侍たちは、次々に半蔵の盃にどぶろくを流し込んでゆく。

「この者たちは誰のご子息にござる？」

「ああ、それは——」

滅敬の口から出たのは耳にしたことのない家臣の名前だった。首を傾げていると、横でつまらなそうに手酌している酒井が、最近新規抱えとした者たちの子息であると教えてくれた。

半蔵が盃の中身を飲み干すと、また一斉にどぶろくを注ぎにかかる。その盃に一口だけつけて、若侍たちに微笑みかけると滅敬に向いた。『もういらない』という謂だったのだが、こちらの様子を推し測ることなく、なみなみと酒を注いでくる。盃の縁ぎりぎりまで注がれた酒に内心辟易(へきえき)していると、不意に滅敬が問いを発した。

「そういえば半蔵殿……わしがこちらに来てからというもの、薬はどうなさったのかな？」

「家康様が御自(おんみずか)らお薬をくださいます。喉が絞まるがごとき苦しみからは逃れられるようになりました」

「左様ならば結構ですがな……。お気をつけくだされよ。哮喘は酒を飲んだ後に強く出がちなものにござれば」

半蔵は口の端で笑う。

「分かっております。何せ、それで痛い目を見たことがございますゆえ」

酒盛りの際に酔い潰れ、そのたびに重篤な哮喘の発作に襲われてきた身としては、減敬の言い分は実に身に染みていた。

しかし、半蔵はあえて盃を一気に干した。

おお、と若侍の間から声が上がる。そして減敬からは悲鳴めいた声がもれた。

半蔵は豪快に笑ってみせた。

「ご安心召され。大したものではござらぬ」

そうして夜半まで、酒盛りは続いた。


その日の深夜――。

半蔵は城中の一角に用意されていた部屋で身を横たえていた。夜着が用意されており、さらには畳まで敷いてあった。厚遇に感謝しながら、半蔵は眠りに落ちたのだが――。

かすかな物音に目を覚ました。木板の軋む音が一定の律動をもって響いている。見れば、縁側の障子に、二人の男が抜き足をしているさまが月明かりで浮かび上がっていた。その粗忽さに思わず吹き出しそうになりながらも、半蔵は狸寝入りを決め込んだ。

やがて、僅かな音とともに障子が開き、白刃を携え、頭巾で顔を隠した二人組が部屋の中に滑り込んできた。忍びではないらしい。動くたびに衣ずれの音がする上、歩くたびに床が鳴る。音だけで相手の動きが如実に分かるほどだった。

二人の動きがぴたりと止まった。

息を整えている。

ふっ、と息を吐き、闖入者が動き出そうとしたその時、半蔵はかけていた夜着を蹴り、身を躍らせた。抱いていた刀を中空で抜き放ちそのまま一気に斬りつける。白刃が雷のように閃き、次の瞬間には覆面の男二人が床に崩れ落ちた。

半蔵は息をつき、刀の血を払う。すると後ろから不満げな声がかかった。

「なんだよ、俺たちの出番がないじゃないかよ」

振り返りながら、半蔵は応じる。

「まあな、お前たちの世話にばっかりなってたんじゃ、いつまでたってもしょったれだからな」

奥の間から姿を現したのは、稲葉軍兵衛と渡辺守綱だった。二人とも平服だが、衿には鎖帷子が覗いている。

　家康からこのお役目を命じられた際、半ば交換条件のように、この二人を助っ人にしたいと願い出た。さすがに一人ではこの大任は果たせぬと思ったのか、家康は二つ返事で頷いた。そうしていつぞやのように、供回りに変装させた上で城に入り込ませたのであった。

　守綱は、籠手をはめた手を顎にやって骸を見下ろした。

「しかし、いかにせん弱いな。しこたま酔っている半蔵相手にこうもたやすく斬られるとは」

　半蔵は床に転がる骸の頭巾を外した。明らかになった顔に見覚えがあった。どちらも、執拗なまでに半蔵に酌をしていた若侍だ。

「やはりか……」

「やはり？　どういうこった」

「酒盛りのとき、この者たちの密談が聞こえてな」

　各所で大盛り上がりの宴会の中、その隅で、若侍たちが顔を寄せて何かを話し合っていた。

　今夜、しこたま酔わせ……。

　深夜、皆が寝静まったところを……。

手練れの者を選び……。

断片でしか聞こえなかったものの、話を突き合わせれば何を談じているのかはすぐに分かった。それゆえに、酒は飲んだ端から厠で吐き出し、寝ているときも、気を張り巡らしていた。

それにしても——。半蔵は慄然とした。自分が座っていた席から若侍たちの車座は何間もの距離があった上、その間には酒を飲んで声が大きくなっている者たちの馬鹿騒ぎが立ちはだかっていた。もちろん言葉のすべてを拾えたわけではないが、人間離れした聴力であったことは間違いがない。

軍兵衛が、半蔵の心中を読んだかのように、こう口にした。

「酒盛りのとき、ねえ。そんな時に、あいつらの声を聞き分けることができるなんざ、お前、本当に忍びじみてきたな」

「あ、ああ……」

いつもだったら気色ばんでいるところだが、今日ばかりは頷かざるを得なかった。

「行こう」

「あ、ああ。でも、あいつらがどこにいるのか分かってるのか？」

「安心しろ。……霧」

天井に短く声をかけると、霧が静かに降り立った。既に忍び装束を身にまとっている霧は、相変わらず氷のような表情を半蔵に向けた。それにしても、霧は年を取ることがない。半蔵と近い年齢なのだから、もうそろそろ衰えが表に出てきてもいいだろうに、小娘のような張りのある肌をしている。やはりこれは忍びという異形のものゆえだろうか、と半蔵は一人納得した。

「奴らの居場所は」

「うむ。ここから程近い一室に仲間が揃っている。どうやら、若の首を挙げた後、手分けして城を盗るつもりであったらしいぞ」

「買い被られたものだな」

半蔵が冗談めかすと、霧は鼻を鳴らした。

「実際のところは張り子のようなものだが、ただのしょったれとは思われてはおらぬようだ」

「前置きが余計だ」

霧を先頭に、行き交う者のない縁側に出る。酒盛りの後のせいか、人の気配がまるでない。いつもなら見回りをしているはずの大番役たちの姿もどこにもなかった。

しばらく進むと、霧が大広間の前で立ち止まり、顎をしゃくった。

どうする。守綱たちが目で訊いてきた。

半蔵は縁側の障子に手を掛け、勢いよく開いた。

大広間には、十人ほどの男どもが屯していた。皆、刀を抱いたり薙刀を肩に預けて座っていたものの、一斉にこちらに顔を向けた。しかし、一人としてこちらに打ちかかってくるものはなかった。何が起こっているのか分からぬ、と言いたげな顔で、口を鯉のように動かしている。

霧によれば、半蔵の首を取ったのを皮切りに城を制するつもりであったらしい。敵方からすれば、首だけになってこの部屋にやってくるはずであった男がぴんぴんした姿で現れたのは、幽霊を目の当たりにしたようなものであろう。

半蔵は刀を抜いて部屋の中に飛び込んだ。何が起こっているのか分かっておらぬ敵どもに剣閃を浴びせかける。反撃らしい反撃はない。なすがまま、若い敵どもは血の海に沈んでいく。

弱すぎる。四人目を斬り払い思わず半蔵が呟いたそんな時分には、遅れて部屋になだれ込んだ守綱と軍兵衛によって、残りの者たちも斃されていた。

半蔵は、残る一人の顔にかすめるように刀を突き出した。切っ先が頬を裂き、血が噴き出す。ひっ、と短い悲鳴を上げた若侍は、白く輝く刀身と半蔵の顔を見比べて、少しずつ後ずさっていった。そうして壁に背中をぶつけると、目を大きく見開いた。

顔面蒼白の若侍は、それでも剛毅なふりを止めなかった。

「まさか、これほどとは……」

「教えてもらおう」半蔵は刃（やいば）を若侍の首筋に当てた。「この謀反は何を狙ったものだ。お前たちは何者だ」

「謀反ではない。若殿様の徳川家を作るのだ」

彼らの計画は、ざっとこのようなものらしい。

まず、半蔵を血祭りにあげ、浜松衆が内偵に入っていることを岡崎衆に晒（さら）す。その上で岡崎衆を糾合して、一気に岡崎の実権を握る。そのため、当夜の内に、酒井をはじめとした老衆（おとなしゅう）も斬っておく手筈（てはず）であった……。

謀反ではない、とは言う。しかしこれを謀反と言わずしてなんと称せばよいのだろうか。

「で、そなたらは何者だ。岡崎衆でもないのだろう?」

「我らは、新参者よ。今川家臣であった者や、武田家臣であった者も含まれておる。無論、我らはその子ではあるがな」

「主家の敵討ちか」

「我らの主家は徳川家。されど、我ら新参者には、いくら志があっても徳川家を変えることはできぬ。古参者に、我らの苦衷は分かるまい」

ようやく飲み込めてきた。

ここ岡崎は尾張にも近く、いろいろな者が流れ込んでくる。さらには武田と戦うために仕官を広く募っていた。そこには他所者が入り込む余地がある。気心の知れぬ者、邪心を抱いた者も入ってくるということだ。

「なるほど、そなたらのことは分かった。首魁は誰ぞ」

「それは……。あそこに」

震える手で若侍が示したのは、血の海の中に転がる若侍であった。

「なるほど」

つまるところ、この謀反は終わったも同然ということになる。戦も知らぬような若侍たちが、家中で認められぬのを憂えて暴発しただけだ。無論、これが表沙汰となれば面倒なことにはなろうが、御家を引っ繰り返すほどのことはない。

半蔵は霧に命じ、生き残った一人を縄で縛らせた。

これで一件落着、あとは朝になったら酒井に事の次第を報告すればよい……。

あくびをしながら半蔵がそう心定めた時、霧が声を上げた。

「若。少し待て。妙だと思わぬか」

「なにが」

「若がこの謀反の首魁になったつもりで考えてみろ。たった十人の仲間で、御家乗っ取りができると思うか?」

「できぬ、な」

十人では、老衆を誅殺するところまではできるかもしれないが、それから先、精強なる岡崎衆になます切りに遭うのは必定だ。

「この者たちは、酒盛りに乗じて動いている。さらには、浜松への不信を皆に植え付けるために、若の命を狙い、利用せんとした。それほど気の回る者たちが、たった十人で謀反が起こせると考えていたとは思えぬ」

「確かに。と、いうことは……」

この謀反には、仲間が他にいる。

霧は続ける。

「しかも、下の連中ではない。上のほうに同心しておる者がおるはず。謀反が起こったら、その行ないを認め、岡崎衆の多くを黙らせることができるような者だ」

「まさか……」

信康の顔が浮かぶ。到底信じられない。

「だが、ありえることだ」

守綱も軍兵衛も下を向いてしまった。しかし、守綱が、ぼそりと口にした。

「──これは戦だ。やらねばならぬ」

「そうだな、それしかない、な」

半蔵は頷き、生き残りの者に色々と問うた。しかし、埒が開かなかった。そこで床に転がる者たちの懐を改めた。謀反を起こし、老衆を殺した後に示す大義名分を持ち歩いているとしてもおかしくはない。そうして、首魁の男の懐をまさぐっていると一枚の書状が出てきた。ところどころ血に浸かり読めない文字もあるものの、全体にまでは至っていない。

書状に目を通した半蔵は、部屋から飛び出した。

その部屋は大広間からほど近いところにあった。

半蔵が強い力で障子を開くと、小さな部屋の中で茶筅を手に茶を点てる減敬と、茶碗を呷っている築山殿の姿があった。二人の間でくすぶっている熾火の他には紙燭一つない部屋の中でも、減敬の眼だけは、白刃の如くにきらめいていた。

「おや、半蔵殿ではありませぬか。茶をご所望かな」

「――なぜ、我らがここに来たのか、分かっておろう」

「後ろにおられるのは渡辺守綱殿ではありませぬか。――家康殿は察知していたようでありますなあ。お方様」

「ええ、そうですね」

茶碗を畳に置いた築山殿はこちらに視線をくれた。沼のように底の見えない眼を。

半蔵は築山殿を見据え返す。

「あなた様は、謀反に加わっておられますね。先ほど、某に襲い掛かってきた一団を返り討ちとした際、築山殿の書状が出てきました。謀反を起こそうとしていた者たちの行動を追認する御免状にございました。つまり、築山殿はこの謀反に関わっていたということ」

「関わっていた？　違います。わたしこそが、首魁にございます」

「なぜ。あなた様は徳川家当主の正室ではございますまいか」

今は風前の灯（ともしび）である今川の為なのか。

築山殿は半蔵から視線を外した。

「――もしかしたら、あの人に振り返ってもらいたかっただけなのかもしれませぬ」

予想だにしなかった言葉に、思わず息を詰まらせてしまった。

築山殿は続ける。

「わたしは今川の娘。それゆえに殿から遠ざけられてしまいました。けれど、わたしは殿とともにありたかった。思えば、今川に居った時分は幸せにございました。優しい殿、そして生まれたばかりの子とともに、己の生まれ育った天地で過ごしていた頃。あの日々に戻りたかったのかもしれませぬ」

「分かりませせぬ。斯様なことを起こせば、その願いは永久に果たせなくなりますぞ」

「元より、永久に果たせぬ夢にございますよ。男の方には分からぬことです」すくりと立ち上がった築山殿は霧を一瞥した。「もはやこれまで。あとは、殿の裁(さい)を待つまでのこと。――そこな女、わたしの身を縛(いまし)めなさい」

霧は首を横に振った。

「……なりませぬな。押込(おしこめ)にさせていただく」

「そう」

興味なさそうに呟いた築山殿は、霧を伴って部屋から出て行ってしまった。

残された滅敬は乾いた笑い声を上げ、茶釜から湯を掬(すく)い取って茶碗に注ぐ。笑いに肩を震わせ茶筅を回す。

「女の恋慕が起こした謀反はこれにて幕引き、めでたしめでたし、でございますなあ」

「――お前は何者だ、滅敬」

「むう？」

半蔵は刀を引き抜いた。部屋にぎらりと閃光が走る。

「奥に籠る築山殿が独力で大それたことは起こせぬ。築山殿を動かしておった者がおる。とすればそれは、お前だということになる。築山殿の近くに侍(はべ)り、家臣たちと親しくしておっても怪しまれぬとなれば、医者であるお前はまさにうってつけだ」

「ふむ……」

茶筅を脇に立てた減敬は隈のある目を揉んだ。絶体絶命であるはずなのに、驚くほど落ち着いていた。

「わしは、元を正せば今川の忍びよ」

「何だと」

「わしは、築山殿とともに唐人の医者として徳川にやってきた。今川の命で、何か変わったことがあらば知らせよと言い含められてな。されど、主家が先に滅んでしもうた。忍びとして覚えた医術を糧にして老いさらばえるのみと心定めておったのだが……。わしのことを嗅ぎつけた男がおった」

「嗅ぎつけた？」

「その男はわしに、手を貸さぬか、と言うてきおった。そなたの腕を買う、とな。嬉しゅうてな。まさか、今更忍びの腕を認めてくれる者があろうとは。そこで、わしはその男とともに、徳川を攪乱せんとしたのだ。家康の近くに侍って様々な注進を流した。ときには薬を用い、邪魔な三河武士を消した。そうして働いておったのだよ」

半蔵は減敬を睨みつける。

「お前の主とは、一体誰だ」

「そなたも知っておろう。梟よ」

「真か」

滅敬は、茶に口をつけ喉を鳴らし、茶碗を置いた。

「……梟に、此度のことは知らせてある。〝岡崎に謀反の気配あり。武田の差し金であろう〟とな。これは早々に織田の耳に届くはずであろう」

「なんだと、そんなことになれば」

「悪くすれば、織田と徳川の戦になるのう。ま、織田も同盟の手前、そこまではすまい。されど信長公のこと、これを奇貨に徳川へ無理難題を吹っ掛けよう。……わしの策、最後まで見届けたかったのう。それだけが無念じゃ」

「え？」

次の瞬間、滅敬は夥しい血を吐いた。

「……わしに……武は備わっておらぬ……。ゆえ、策破れたるときには……こうするよりほか、ない……」

その表情は恍惚の中にあった。策がうまく嵌まり、多くの者の人生を狂わせた。目の前の男はそれを喜んでいる。

滅敬は前のめりに倒れた。その拍子にまた血を吐き、辺りには赤い飛沫が飛び散った。

「お、おい……」

軍兵衛が困惑気味の声を上げる。

半蔵は、血の海に沈む滅敬の腕を取った。しかし、既に脈動は途切れていた。

滅敬は死んだ。いや、あの世に勝ち逃げた。

部屋の中は薄暗かった。光の差さぬ奥の間に、夏もとうに過ぎて熱を失くした風が入り込んでくる。しかし、吹き抜ける風に興味を示す者は、誰一人としていなかった。

半蔵は襷をかけて白い鉢巻きを締め、廊下を行く。しばらくすると、半蔵を待ち構えていた家臣から、手水に清められた刀が渡される。露がついたままの剣先は、天の川を見るようであった。

半蔵は刀を拝持し、奥の間に入った。

そこには、三方に置かれた脇差を前に端座する、裃姿の青年の姿があった。紺や黒ではない。鮮やかな浅葱色の裃が、目に痛かった。

半蔵が入ってきたのを気配で察したのだろう、浅葱裃の青年――信康は声を発した。

「来たか、よろしく頼むぞ」

何も言えなかった。

織田家側に、岡崎城の謀反が洩れた。

信長は娘の岡崎殿や酒井に文を送り付けて真偽の程を質(ただ)した。岡崎殿は己の知りたることをすべて文の形で信長に報告し、この文を信長の許へと運んだ酒井も岡崎殿の文にあることの一部は事実と認めざるをえなかった。この一件を問題視した信長は浜松の家康に対し譴責(けんせき)状を放った。

家康の動きは早かった。

此度の首魁である築山殿を謀殺し、信康から岡崎城を取り上げた。そしてついには、信康に腹を切らせることと相成ったのであった。

これではまるで信康が謀反を企てたかのようだった。織田の側もそれを疑っているらしく、信康の腹を切らせる前に織田の者を信康に面会させるよう何度も催促してきたとも聞く。

信康は何もしていない。家臣たちが勝手に蠢き、各々の思いに巻き込まれただけだった。

家康にも言上した。半蔵からすれば、命懸けの諫言だ。与えられたお役目を果たすことができなかった。これだけでも切腹ものであるはずだった。それゆえにここまでの諫言ができたのかもしれない。

だが、家康は首を縦には振らなかった。

『分かっておる。左様なことができるような息子ではないことくらいはな。されどど……、岡崎城を任されながら、謀反を見逃していたとなれば、あれにも責があろう』

自分に言い聞かせるように口にした家康は、うつろな目を半蔵に向けた。そして、

『あの息子、そして築山殿の命でもって、徳川家が救われるのならば仕方がないではないか。それもこれも、御家を守るためぞ。ここで断を間違えてしもうては、これまで徳川に尽くし死んでいった者たちに報いることができぬ』

言い切った家康の頬はこけ、目の焦点は合っていなかった。

命懸けの諫言も弾(はじ)かれた半蔵は今日、介錯(かいしゃく)役としてここにいる。

前に進み出(い)でて、毛氈(もうせん)の敷かれた一角にまで足を踏み入れる。

「何か、言い残すことはございませぬか」

信康は、体を一切動かすことなく、声を発した。

「五徳……、岡崎殿はこれよりどうなるか、そなたは知っておるか」

「岡崎殿はこの後尾張へ戻り、その後は寺に入るとのことにございます」

「そうか。ということは、此度の件で、織田と徳川の盟が破れることはないか。父上にご迷惑をかけてしまったが、それだけはありがたかったと言うべきだな」

信康は息をついた。

もしも織田が徳川との盟を破ろうと考えていたとすれば、岡崎殿の扱いは変わるは

ずだ。古今東西、娘は政略の道具だ。岡崎殿は若く、使い勝手のよい駒であろう。にも拘らず、あえて寺に入らせる――亡夫の菩提(ぼだい)を弔わせる――意向であるということは、織田の側もまた、信康の切腹でもって幕引きを図りたいという考えを明示している。

信康の一命をもって、この一件は水に流される。

徳川家は信康の死によってまた大きく変わることだろう。岡崎衆への統制を強め、家康の意思がより直截に届くようになる。織田信長が果たしたような、主君が絶対の主として君臨する、強く猛々しい家中となるはずだ。

異存はない。ただ、他の形で果たすことはできなかったのか。もっと穏健な形で成らなかったのか。ただただ、疑問がやまない。

俺は、何をしているのだろう。何としてもお助けしたかった人の細首を見つめながら、半蔵は吐気と闘っていた。

「半蔵」

「はっ」

信康は声をわずかに震わせる。

「五徳は、わしのことを恨んでおったのか。でなければ、ああも義父上に告げ口はしなかったであろうしな」

信康には、いや、家中の殆どの者には事件の全貌は知らされていない。家中には『岡崎殿がかねてより仲の悪かった信康を疎み、あることないことを信長に吹き込んでこの事態に相成った』という流言を意図的に流し、そう信じ込ませた。

しかし、半蔵はすべてを知っている。それだけに、胸が痛んだ。

武士である以上は、主の決めたことに逆らうわけにはいかない。〝事を穏便に収める〟のが主君の意思ならば、木石のごとくあらねばならなかった。

だが、半蔵は口を開いた。知らずにいたままでは、あまりに不憫でならなかった。

「恨んではおられませぬ。むしろ、悔やんでいらっしゃった」

半蔵は、半月ほど前のやり取りを思い出した。

築山殿を首魁とする謀反が明らかになってからしばらく後、半蔵は岡崎殿に呼ばれた。部屋に入るなり、岡崎殿は書状を投げつけてきた。

『ついに来てしもうたわ』

目を通すまでもなく、それは信長の手による書状だった。〝岡崎城に謀反の気配があるということだがそれは真のことであるか、今からでも遅くないゆえ、そなたが知りえる限りのことをすべて文に書いて寄越してこい〟という督促であった。

『父上に知られてしまったとなれば、もはや隠し立てはならぬ。もし嘘をつけば、子であるわたしにも容赦はあるまい』

岡崎殿は首を振った。

『そなたがもし謀反を防いでいてくれたなら……。いや、無理というものか。そなたはそなたなりにやってくれた。むしろ、この件を収めてくれたのだ、感謝せねばならぬのかもしれぬ。ことが起こっておれば、わたしの命も危うかったかもしれぬのだからな。だが、それでも、あのときこうしておれば、と考えてしまうのは、わたしの未練のゆえなのだろうか』

いっそのこと、なじられた方が楽だった。半蔵が何も言えずにいると、岡崎殿は虚ろに述べた。

『もしも、殿にお会いすることあらば、わたしの言葉を伝えてほしい』

現に引き戻される。浅葱色の袴から、信康の細い首が伸びているのが見える。

半蔵は、岡崎殿の口の形を思い出しながら、一言一句間違えぬように、言葉を辿った。

「岡崎殿から言伝にござる。〝たとえ、生と死が二人を分かっても、我らは夫婦ぞ〟と」

信康は振り返った。今にも泣き出しそうな表情を浮かべながら。

「それは、真に、あの五徳の言葉であるか」

「間違いございませぬ」

「そうか……。あれは、あれなりに、思うてくれていたのか」

信康と岡崎殿はお互いの家の都合により引き合わされ、お互いの家の思惑によって振り回されてきた。迂闊に肚の内を明かせぬ日々であったろう。

信康は天井を見上げた。

「思えば、何も知らぬ昔はよかった。許嫁なるものの意味も知らず、五徳と飯事に興じておった子供の頃。稚気めいていたあの頃こそが、もっとも心安まる、穏やかな日々だったかもしれぬ」

子供二人が遊んでいる姿が脳裏に浮かぶ。庭先に敷かれた筵の上で、泥団子を美味しそうに食べる真似をする男児。鼻の下を泥で汚しながら、お日様のような柔らかい笑みを浮かべる女児。微笑ましい光景だった。しかし、そんな日々はもう、戻っては来ない。

踏ん切りをつけるように、信康は言った。

「さあ、今世の未練を口にしても空しいばかりだ。もう、終わりとしよう」

「はい……」

半蔵は信康の後ろに立って、刀を振りかぶった。

信康の細い首を睨みつけ、呼吸を整える。

しかし、落ち着こうとすればするだけ、構える刀の鍔が鳴った。手元が狂う。視界がかすむ。目から熱いものが止め途なく溢れ出る。鼻からどろりとしたものが流れる感触がある。いくらすすり上げても、次から次に湧き上がってきてしまう。

三方ヶ原でお助けした姿が脳裏に走る。岡崎城にやってきて、信康に頭を下げた記憶も蘇る。そして、飯事遊びに興じる、貴人の子らの姿も――。

「半蔵？」

振り返りもせずに信康は声を上げる。

こんなにも細い首であったか。思えばまだ二十一であった。このお方が御家を継ぎ、徳川を率いる様を一目見たかった。そんな、叶うはずのない願いが頭の中を駆け巡り、凍らせていた熱い心が脈打ちはじめる。

「某には、できませぬ」

刀を取り落としてしまった。気づけば、喉の奥から嫌な音が響き始めている。

検視役は首を振ると、予備の者を立てた。

半蔵は嗚咽を上げながら、目の前の光景を眺めていた。襟をはだけて三方に置かれた脇差に手を伸ばし、腹に切っ先を刺し入れた信康の姿を。そして、横一文字に搔っ捌き、苦痛に顔を歪める信康の姿を。

介錯役の武士は仕損じることはなかった。

すべてが終わり、信康の遺骸が運び出され、部屋が清められてもなお、半蔵はその場を動くことができなかった。
ただただ、打ちひしがれていた。
武士としてのお役目を果たすことのできなかった己のふがいなさに。
そして、よろしく頼む、と託されながら、その願いに応えることができなかった、
一人の人としての己の弱さに。

第七話

「半蔵、そなたは食わぬのか」

「い、いや、油物は胃の腑にもたれてしまいまして」

「そうか、それは残念だ」

　家康は揚げ魚の串を両手に持ち、油のてかついているそれを一息にかじる。見ているだけで腹が重くなる心地がした。ここのところ、油物を食べると翌日まで胃の腑に不調をきたすようになった。腹をさする半蔵は、指についた油を舐め、なおも食い物を求めんとしている主君の姿を驚きと共に眺めていた。

　目を輝かせ、子供のように飛び回る主君を前にしては、喉まで出かかっていた忠告を飲み込まざるを得なかった。投げ渡された差料を抱え持ったまま半蔵が家康に付いて歩くと、饗応役の信長家臣も慌てた様子で後に続いた。

　人の波が行く手を阻む。領内の市といえば野菜や米、よくて刀を商うほどのものだが、ここでは最新鋭の鉄炮までもが手に入る。行き交う者たちの着物も色とりどりで、椋鳥色の着物を一様に身体に巻きつけている三河の客とは比べるべくもなかった。

家康はある店の前に立った。武器を商っているらしい。拵に傷一つない刀や槍が筵の上に整然と並んでおり、店番がつまらなそうに煙管をふかしている。家康は刀の横に並べられている鉄炮を拾い上げ、笑顔で構えてみせた。

「見よ、綺麗な筒であるな」

三河で見るのは飾り気のない武骨なものばかりだ。一方、家康が構える鉄炮の銃床には凝った透かし彫りがなされており、絡繰部分の作りも微妙に違う。家康は火鋏を上げて引き金を引いた。僅かながら、この鉄炮のほうが発条の反応が早い。

店番に鉄炮を渡し、一丁買う、と伝えた家康は、短く嘆息した。

「さすがは堺であるな。とてつもない町ぞ」

半蔵も驚きをもって活気ある市を見やっていた。

堺は、かつてはどこの大名の支配にも入らず、商人たちが財力を背景に自治を保っていた地域であった。商人たちが金を出して町に濠を巡らし、寄合によって町のありようを決め、大名たちと渡り合っていた、というのは三河にまで轟いた語り草である。とは言え、いつまでもそんな時代は続かない。織田信長によって自由都市は解体され、寄合は残されたものの、信長傘下の港として存続を許されるのみとなっている。

なぜ半蔵たちが堺にいるのかといえば——。

物見遊山である。

少し前に武田が滅んだ。

甲斐の虎、武田はずっと東の脅威であり続けていたが、信玄の死を境に家運を傾けた。長篠で大敗を喫してからの武田は、坂道を転げ落ちるかのような零落振りだった。一度勢いがついてしまえば落ちるところまで落ちるは世の常、織田徳川の圧力に抗しきれなくなった武田勝頼は、最期にはむなしく腹を切った。かくして、織田と徳川共通の敵である武田がいなくなった。その後処理も一段落した頃、織田よりこのような誘いがあった。

『徳川殿、ゆるりと上方で遊ばぬか』

断る理由はない。家康はわずかな供回りとともに畿内に入り、信長の歓待を受けた。そうして今は、信長の饗応役家臣に先導されて堺見物と洒落込んでいる。

銭代わりの証文を信長家臣に出させ、真新しい堺筒を受け取った家康は、さっきまでの満足げな顔をひそめた。

「それにしても……。信長殿には、敵わぬな」

主君の謂を嗅ぎ取った半蔵は、あえて朗らかに口を開いた。同行する、織田の家臣たちの顔色を窺いながら。

「何をおっしゃいますやら。織田殿は御味方でござる。敵わぬもなにもございますまい」

「まあ、な」

家康は曖昧に頷いた。話を聞いていないとみえ、織田家臣たちは町の様子を眺めるばかりだった。

主君がぼやくのは、織田との関係の変化だった。

当初、織田徳川同盟は対等なものだった。しかし、織田が畿内を押さえ、全国に覇を唱えるようになってから、二者の関係は変質した。今にして思えば、織田が徳川の内紛である信康事件に首を突っ込んだのは、信長との力関係を象徴する出来事であったのかもしれない。介入に唯々諾々と従ったのは、徳川が名実ともに織田の家臣に成り下がったことを認めたのと同義だった。

首を振った家康は笑みを取り戻すと、また市に目を移した。

息をついた半蔵は不快を飲み込んで、堺の町に目をやった。市に並ぶ鏡が、日の光を反射する。強い光が目に飛び込んできたその時、頭がのぼせてふらついた。

慌てて体勢を立て直し、深く息をつく。

最近、このような症状が出るようになった。異様に夜目が利くようになった代わり、日の光に弱くなった。以前はたいしたことはなかったが、今や哮喘などよりも厄介な〝病〟となっている。

足元に何かが落ちる音がした。半蔵が拾い上げたそれは、兎の木鈴だった。

目の前には桜色の着物の市女に扮する霧が立っていた。相当な歳のはずだが、肌は生娘のように瑞々しく、髪の毛もつやつやと輝いている。

しかし、半蔵は、無表情の霧から何かを感じ取った。

「どうした、霧」

長い付き合いゆえに分かる。氷のように冷え切ったその瞳の奥が、震えている。いつも沈着冷静な霧が動揺をきたすほどの出来事――。思わず半蔵は身構える。

霧は目を大きく開いた。

「若、随分と忍びの顔になったものだ」

「俺は忍びじゃない。武士だ」

「そういうことにしておいてやる」

霧の顔から僅かな動揺すら消えたかと思えば、とんでもないことを告げた。

「本日の未明、織田信長殿が何者かに襲われた由」

「な、なんだと？　して、信長殿は」

「殺されたようだ」

にわかには信じられなかった。半蔵の主の家康すらも従える、雲の上のお方だ。あれほどのお方が襲われて死ぬなどとは到底信じられない。

しかし、霧の調べを疑うなど愚の骨頂だ。疑問を呑み込みながら、半蔵は頷いた。

「して、敵は誰だ。誰が信長殿を？」

「どうやら、明智殿であるとのこと」

明智──惟任光秀といえば、織田幕下でも一、二を争う大将だ。これが裏切ったとなれば。

盤面が途端に不利になった。いや、碁盤をすべてひっくり返されて、石が畳に散らばっているような状況といったほうが正しい。

半蔵は市の往来に目を輝かせる家康に駆け寄った。


家康たち一行は堺の宿所へと戻り、顔を突き合わせた。だが、これといって名案が出るではない。

「どうしたらよい……」

家康は扇子を掌に打ち据えながら、思案に沈んでいた。

家康を上座に置いた細長い卓には、家中の席次に従って堺に居合わせた家臣たちが居並んでいる。家康のすぐ近くには酒井忠次や石川与七郎といった家老格がおり、その横には旗本先手役の榊原小平太や、小平太と同格で若手の実力者である本多忠勝が席を占めている。その横に半蔵や守綱、守綱の郎党である軍兵衛が続き、下座にはたまた同道していた織田家臣が続いている。

今、家康に侍るのは四十名ほどだが、徳川家の重臣たちが勢揃いしている格好なのである。

信長を討ち取ったのが、明智光秀であるというのも痛い。元々光秀は畿内を締めていた織田家の重臣だった。これからさらに織田領内の掌握に当たるだろう。いや、あれほどの名将ならば、既に根回しをしている恐れすらある。外の大名が攻め上がってきたのとは違い、元々が身内であるからして、領内の動揺をすぐに収めることだろう。

つまり今、家康一行は、丸裸の状態で敵地の真ん中に取り残された格好になっている。

「半蔵、今、京はどうなっておる？」

家康の命に応じ、霧に集めさせた知らせを読み上げる。

「惟任により、京はほぼ押さえられておる由。二条城は焼け、信長殿の御嫡男、信忠殿もご自害との由にござる」

ああ、と下座から嘆息が上がった。見れば、先ほどまで笑顔で家康の饗応に当たっていた織田家臣が、人目をはばかることなく大粒の涙を流していた。

目を伏せながら半蔵は続ける。

「また、京への主要な街道は既に塞がれており、関所で厳しい詮議を受けると……」

報告を読み上げながら、半蔵は戦慄を覚えていた。

京は日本の道の起点であり、ここを押さえられてしまっては随意に動くことはできない。家康一行が三河に戻るには、京を通るのが素直な道筋である。

家康は扇子の先を額に押し付けた。

「これは、厳しい」

場が沈み込んだ。居並ぶ群臣たちが軒並み目を伏せている。知恵者の石川も腕を組んで口を真一文字に結んでいる。榊原なども目を泳がせながら黙しているばかりだった。半蔵も似たようなものだ。

そんな中、家康はぽつりと口にした。

「かくなる上は腹を切り、惟任に我が首を差し出す他あるまいな。わしの首を土産にそなたらの助命を願おうぞ」

群臣たちは立ち上がり、口々に家康を押し留める。されど確信のない言葉は空虚でしかない。その中身のなさには、誰よりも発した者が閉口している。

思わず、半蔵が切り出した。

「殿、今はまだ早うございまする」

「早い？」

「腹を切るのは、惟任から逃げきれぬと決まってからでよろしいのでは。今はまだ、あがくだけの時はありまする」

半蔵の諫言を、榊原や本多忠勝といった若手の将たちが後押しをしてくれた。家臣たちの気迫が家康に向かう。戸惑ったような顔をしていた家康であったが、やがて、すべてを呑むように深く息を吸い、腹の据わった表情を取り戻した。

潮目が変わった。

口火を切ったのは、守綱に並び座っていた軍兵衛だった。独り言を述べるかのように、天井に目をやり、顎に手を当てて。

「どこかに間道があればいいいんだがね」

その言葉に、下座に座っていた織田家臣が、堺から伊勢(いせ)へ抜ける間道がある旨を述べた。しかし、その顔は浮かない。

「何か問題でもあんのかい？」

軍兵衛が問うと、加太峠(かぶと)を通る急峻(きゅうしゅん)な道筋である上に、あの伊賀を通るゆえあまりに危険だと織田家臣は答えた。

あの、という言い方に、謂わんとすることがすべて詰め込まれていた。

上座の石川が、青い顔をする織田家臣を眺めながら、ふむ、と一息ついた。

「よいではないか。伊賀の筋を惟任が押さえたとは到底思えぬ。危ない道ではあるが、馬鹿正直に京から東海道に出るよりはましであろう。特にこの戦、一人とて欠けられぬ。となれば、千の敵に当たるよりは、百の敵に当たるほうが幾分か楽というもの。あとは――。方々、山道を歩いていただくこととなり申すが、よろしいな」

座から場違いな笑いが上がった。

かくして方針が決まった。

何としても生き残る。そのために、伊賀を越える。


半蔵は山道を走っていた。横には霧の姿もある。後ろには肩で息をする軍兵衛や守綱が続く。

「遅いぞ、お前ら！」

後ろの連中に声をかける。すると、玉のような汗を額に浮かべる守綱が文句を垂れた。

「我らが、遅いのでは、ない……」

ぜいぜいと息を切らせながら守綱に続く軍兵衛も、顎をぐいと拭いた。

「そうだよ。山道を、そんな、速さで、走られちゃ、追いつけるものも、追いつけねえよ」

既に大の男がへばりかかっている。

霧が足を止めた守綱たちに近寄り、二人を励ますように言い募る。

「そろそろだ。あともう少しの辛抱ゆえ、こらえてくれ」

「あともう少しとはいうけどよお」軍兵衛は犬のように舌を出した。「喉が渇いちまって」

「休むしかないか」

半蔵の言に、わずかばかり不機嫌な色を見せた霧は懐から包みを取り出した。一寸にも満たないような丸薬を軍兵衛に指でつまんで渡す。

「これを口にするといい。水渇丸（すいかつがん）という。喉の渇きが癒される」

「へえ、どれ……」

軍兵衛は素直に黒っぽい丸薬を口に含む。すると、ひい、と声を上げた。

「酸っぱい！　……でも、喉の渇きはなくなったな」

「だろう」

霧は鼻を鳴らした。

そんな二人の横で、守綱は顎に手をやって深い森を眺めている。

「本当にこの奥に人が住んでおるのか」

「疑うのか？」

霧の刺すような視線に、守綱はたじろぐ。

「いや、霧殿の言を疑うではない。されど……」

霧は森のざわめきに目をやった。

「忍びは人に非ざる何かだ。元来忍びとは、人の住めぬところにあえて住み、人を超えた力を得た者のことを言う。それがため、修行の進みすぎた忍びは人里では暮らせぬ。人知れぬ闇に身を溶かし、わずかな月明かりの下で生きるしかなくなる」

「そういうものなのか」

守綱は感心とも呆れともつかぬ声を上げた。

軍兵衛が顎にたまる汗を払った。

「それにしても、大丈夫か」

「何がだ」

「いや、本当に、百地なる男は我らに助力してくれるんだろうな」

「どうであろうな」霧はしれっと言ってのける。「正直、必ず我らに手を貸してくれるという証はない。されどもし助力を取り付けられればこれ以上のことはない」

「駄目で元々、ということか」

「ああ。しかし、割に合わぬことはないと思う」

半蔵は不安でいっぱいだった。

伊賀を越える——。こう決した時、虫の知らせはあったのだが、この手の予感はたいてい当たるのが相場だ。

徳川一行は、堺から伊賀の入り口である宇治田原まで一日で踏破した。その日の夜、宿所に決めた小城で〝軍議〟がもたれた。次の日の〝進軍〟の子細を決めるためのものだ。紙燭に照らされた家康は、卓の上に広げられた地図を掌で叩いた。

『ここから先が辛かろうな』

危険なことはなかった、とは言わない。しかし、ここまでの道筋は民心が落ち着いていたゆえ、何とか一人の欠けもなく抜けることができた。

だが、この先にはまつろわぬ者たちがいる。伊勢に抜けるまでの山道において通らねばならぬのは、忍びの者が跳梁跋扈する伊賀の山道である。

家康が半蔵を見据えた。

『そういえばそなた、本貫地は伊賀であったな』

足利将軍家、次いで松平家に仕えている服部家も、先代の頃は伊賀者だった。

『伊賀の国衆に渡りをつけ、通行に便宜を図ってもらえぬだろうか』

できるわけがない、というのが正直な感想だった。

一族の本貫地は確かに伊賀だが半蔵自身は三河の生まれだ。『先代が同郷であった誼で警固してはくれまいか』というのはあまりに虫が良すぎる。いつものように『できませぬ』と反論しようとしたものの、群臣の期待が籠もった視線を浴びてしまっては、首を縦に振るしかなくなっていた。事情を知る石川だけは、楽しげにふんと鼻を鳴らしてはいたが。

伊賀のことは霧からある程度聞いていた。つい最近まで国持大名がおらず、数十家の国衆たちの寄合によって物事が決しており、百地一族は服部家と並ぶ大きな忍びの国衆であったという。百地を味方につければ……。そうして半蔵たちは、本隊より早く宿所を発して伊賀の有力国衆である百地の屋敷に向かっている。

半蔵の不安はほかにもある。

「なあ霧」

「なんだ」

「平気なのか？　いや、もしかして服部家って、抜け忍の一族扱いなんじゃないのか」

実は、ずっと半蔵の脳裏にはその心配がこびりついていた。

何より、梟の存在が大きい。

梟の服部家への執着は抜け忍への粛清なのではないか、そう気づいたのは最近のことだ。忍びは結束が強い。それゆえに裏切りは絶対に許さない。里から逃げた者は地獄の果てまで追いかけて斬るが務め、それが忍びの道理だ。

が、霧は半蔵の言を一笑に付した。

「安心しろ。服部家は命を狙われてはおらぬ」

「そうだったか」

「ま、百地殿の屋敷へ行けば、すべてが分かるさ」

どういうことだ？　そう訊こうとしたときには、既に霧は駆け出していた。どうやら休息は終わりらしい。げえ、と声を上げる軍兵衛たちを尻目に半蔵も後を追う。

しばらく藪や繁みばかりの道なき道を駆けるうち、開けたところに出た。

水量のない小川が流れ、その両岸に小さな段々畑が並ぶ、冷え冷えとした谷あいの地であった。畑の奥に茅葺の大屋敷が見える。

「あれだ」

霧が顎をしゃくる。

屋敷に目を向けたその時、思わず半蔵は目を見張った。屋根の上に煙を逃すための小屋根があり、隙間からもうもうと立ち昇る煙の中に、怪しく光る双眸を見た。

「見つかってないか？」

半蔵が訊くと、霧はせせら笑う。

「忍びの屋敷だぞ？　我らの動きなどとっくに手に取るように分かっておるだろうよ」

霧を先頭にして屋敷へと近づいた。屋根からの刺すような視線を感じながら、半蔵は刀の鯉口を切っておく。

霧が屋敷の戸を開いた。

刹那、一つの影が霧に飛びかかった。その人影は、霧を押し倒し、首元に苦無の刃を押し当てた。が、霧も負けてはいない。敵が取り損なった左手に苦無を握り、敵の鼻先に突き付けていた。

馬乗りになっていた老人が、黄色く変じている長いひげを撫でて、からからと笑った。

「さすがは霧よ。衰えぬわな」

大男では決してない。皺だらけで節くれだった体は枯れ木を思わせる。袴の裾から覗くふくらはぎの筋肉の張りようや、全身から立ち上る風格のある気は、波濤(はとう)に耐え続ける老松を思わせた。

老人に差し出された手を握り立ち上がった霧は、冷たい声で応じた。

「百地様の腕が衰えておられるのではありますまいか」

「言いおるなあ。されど、否むことができぬのが痛いところぞ」

黒い陣羽織に伊賀袴姿の老人は、半蔵を一瞥し、おや、と口にした。

「霧、このお武家はもしや……」

「そのまさかにございます。服部半蔵です」

老人は懐かしげに笑い、半蔵の手を取った。

「そうか。これがあの保長の子であるか。ははは、そうであるか」破顔一笑した老人は続けた。「名乗り遅れた。わしは百地三太夫。伊賀の忍びの棟梁である。いや、正しくは、であった、というほうがよいであろうな」

曰くありげに目を伏せた百地は、一行を屋敷の中に招じ入れてくれた。

囲炉裏を囲む。燠がわずかに光っている。皆を座らせてから囲炉裏端に腰を下ろした百地は、火箸で炭を何度か掻き回し、火が大きくなったのを見届けると息をついた。

「さて、本来ならば積もる話もあるのだがのう。されど、そなたたちは昔話など望むまい。──大変なことになっておるようだな」

半蔵が驚いていると、百地は口角を少し上げた。

「そう不思議ではあるまい。わしは忍びであるぞ。下界のことなどいくらでも耳に入るわ。織田信長、並びにその息子の信忠が死んだそうであるな。よい気味ぞ」

思わず息が詰まった。しかし、百地は値踏みするようにこちらを見据えた。

「我らからすれば、信長は何度殺しても殺し足りぬ相手よ。半蔵殿も知っておろう？信長が我らにしでかしたことを」

もちろん知っている。

昨年のこと。信長が、伊賀を攻めた。一向に従おうとしない国衆──忍びを相手に戦を仕掛けたのだ。柵という柵は破られ、伊賀者の骸から流れた血で、清流を誇っていた川が真っ赤に染まったと聞いている。

しかし、引っかかるものがあった。

「分からないのです。忍びは下の者たちであっても、武士には見切れぬ流水の動きを修めておるのでしょう？　忍びを斬るには〝視え〟ねばならぬはず。だというのに、どうしてあのようなことに」

「それもこれも、流浪忍びのせいよ。織田の連中は、主家を失いどこにも属さぬ忍びを駆り出しおった。武士どもなど相手にもならなんだ。されど、流浪忍びとの戦いは凄惨を極め、そして」

百地は囲炉裏の灰に火箸を刺した。

伊賀の国衆は負け、忍びは四散した。かくして、伊賀の忍びは抵抗を諦めた——、かに見えた。

「そう簡単に屈するものか。わしは表の屋敷からここに移り、他の忍びと手を取った。やがては昔の伊賀の仕儀、すなわち我ら忍びによる寄合に戻すべく、策を練っているところよ」

ということは——。半蔵は訊いた。

「もしや、兵を挙げるおつもりなのですか」

「測りかねておる。この乱がどこまで大きなものになるのか見通せぬゆえな。徒に乱を起こし次の天下人の機嫌を損ねるのは得策ではない」

「では――」

「わしとしては、徳川殿の御身を安全にお送りすればよいと思うておる。さすれば、徳川殿は我らに報いてくださる。保長から話は聞いておる。徳川殿は代々非常に英明な主君であるとな」

　赤く光る炭がふいに割れた。

　見れば、守綱が怒気を顔に浮かべている。

　守綱が火の粉をまき散らす炭を睨みながら唸った。

「つまり……。服部家は、徳川に仕えておきながら、徳川の動向を伊賀に伝えていたということか。徳川への裏切りではないか」

　目には殺気がこもっている。半蔵からすれば寝耳に水だ。言葉に窮していたものの、百地が会話を引き取る。

「安心せえ。保長はあくまで三河の風聞を伝えたのみ。主君の秘密を明かすような真似はせなんだ。そもそも、伊賀の国衆(こくしゅ)が三河国主の秘密を知ったところで何ができる？」

「まあ、確かにな」

　守綱は不承不承ながら頷く。

「保長が死んでから、知らせは絶えた。保長の行ないが三河の家中にとって問題かどうかはわしには分からぬが、そこな半蔵は、それにすら手を染めておらぬ」

守綱も納得したのか、半蔵へと頷き、百地に向いた。

見計らったかのように、百地は続ける。

「いずれにしても、恩を売っておくには徳川殿はこれ以上なき相手。もし、我ら伊賀者を安堵してくださるのであらば、此度の逃避行、ぜひともご助力させていただこう」

おお。軍兵衛から声が上がったものの、百地の顔は浮かない。

「されど、そう話は簡単ではない。憎き信長のせいで伊賀は荒廃してしもうた。そのせいで、国衆だった者の中には落ちぶれて山賊となった者もある。わしといえども、その者どもに渡りをつけることはできぬ。我ら伊賀者で警固はできる。されど、襲われる恐れは常にある」

仕方のないことだ。半蔵は頷いた。

しかし、それでも百地の顔は晴れない。

どうなさったのです？　促すと、百地は口を開いた。

「実はな、先ほど、ある忍びがわしの許を訪ねてきたのだ」

「え？」

「信長が攻めてきたときに伊賀者でありながら信長方につき、多くの仲間を斬り殺した忍びでな。あの戦ののち、行方知れずになっていたのだが、最近になってひょっこり戻ってきおった。そして、こう言うてきた――。『徳川を斬らぬか』とな」

「な⁉」

「奴の言い分はこうぞ。『我らが徳川を伊賀にまで追い込んだ。わずかな供回りしか残っておらぬ。一気に首を挙げることも叶おう。助力せえ』との由」

「で、百地殿は……」

「とりあえず、今日の夜まで待てと濁し、いったん退かせた。――わしがこの話をする意味、分かるな？」

半蔵は頷いた。

こんな話をあえて徳川の手の者にする必要はない。中立の立場を取ろうとしているのだとしても、だ。つまりこの言は、百地が徳川方につくという明確な意思表示だった。

百地は火箸で熾火のついた炭を割った。

「わしらは、その者を斬ろうと考えておる。あの男は先の戦で多くの仲間を殺した。断じて許せぬ」

そこに、霧が割って入った。

「で、その話をなぜ今なさるのです？」

百地は笑った。そなたには敵わぬな、とでも言いたげに。

「一種の約定と思われよ。わしらとともにその忍びを滅ぼしてくれたのならば、徳川殿の御身の安全は請け合おうではないか」

「なるほど、悪いお方だ」

霧は呆れ半分に呟いた。

先ほどまで黙って囲炉裏を見ていた半蔵が口を開く。

「で、その敵は一体何者なのですか。名にし負う百地三太夫様が憂えるほどの相手とは……」

「うむ。そなたも知っておろう。梟ぞ」

「梟、ですと」

ここでその名前を聞くとは思ってもみなかった。

しかし――。半蔵は疑問でいっぱいだった。

そもそも、なぜ梟はこんなにも徳川に張り付いているのか？　まだ信じられぬとはいえ、あの男が伊賀者であるというのは呑まざるを得まい。そんな男が、亡父保長と暗闘を繰り広げ、松平――徳川を相手に戦っていたのだ。その意味が途端に分からなくなる。

半蔵は訊いた。

「梟という奴は、いったい何者なのですか」

「うむ……」

百地は目を泳がせた。だが、半蔵はその逃げ腰を許さなかった。

「包み隠さず、話していただきましょう」

しばしの逡巡の後、百地はようやく口を割った。

「うむ……。あれは、外の胤(たね)でな」

「そとのたね?」

「うむ。我ら伊賀者は恵まれた身体を持たねばならぬ。そこで、伊賀の女は時折山を出て、これはという男との間に子をなし、子供の手を引いて伊賀へと戻る。そうしてなした子を、外の胤と呼んでおる。梟もその一人であった」

百地は顎のひげを撫でた。

「あの男は、生まれながらに〝視え〟ておった。やがてはこの伊賀を率いていくべき男として腕を磨かせたのだ。しかし、母親が死んでから、奴は変わった。老衆の命を聞かず、大名から仕事を請け、伊賀の掟(おきて)に反するようになった。仲間であるゆえしばらくは何も言わなんだが、我らを裏切ったのはさすがに捨て置けぬ」

「百地殿。梟はずっと服部、そして徳川に仇(あだ)をなしてきました。これは、伊賀の意思なのですか」

「断じて違う」百地は首を振った。「伊賀に左様な考えはない。そなたの父と我らはとうの昔に手打ちをしておるわい。それに、伊賀に住む者にとって、徳川など脅威になりえず、利害もなかろう」

腑に落ちた。徳川と伊賀は境を接していない。もちろん、憎き織田の同盟相手であるという意識はあろうが、あえて緊張関係にない相手に謀略を仕掛けるほど、伊賀者も暇ではあるまい。

分からないことはいくらでも出てくる。しかし、今はその答え合わせをしている暇はない。半蔵は膝を叩いた。

「ご助力させていただく」

「おお、やってくれるか」

「梟は我らにとっても危険な男。斬らねばなりませぬ。伊賀の方々にもご助力いただけるのならば、これ以上なくありがたい」

「そうか、それは上々」

ほほ、と短く笑った百地は、ふいに半蔵の目を覗き込んだ。その顔に驚きの色をにじませ、立ち上がると半蔵の頬を両手で包んだ。

「む……。半蔵殿、そなた、やはり〝視え〟ておるな」

「分かるのですか」

「わしは忍びぞ。それくらいのことはな。ということは……。恐らく、体も組み変わっておるのではないか？　半蔵殿、最近、痩せたと感じることは」

「そういえば……」

身に覚えがある。ここのところ、初陣の頃から使っている鎧の胴がぶかぶかになっていることに気づいた。筋肉が落ちているのだろうか、と少し寂しくもあったが、その割、衰えを感じるどころか身が軽くなっているような気がして、不気味に思っていたところだった。

「では、最近、日の光を殊更に眩しく感じることは」

「あります」

堺でも感じたあれだ。

すると、百地は半蔵の顔を覗き込みながら、破顔した。

「半蔵殿、それは、そなたが忍びに近づいている証ぞ」

百地が言うには――。

忍びの修行の成果は日々の鍛錬とは無関係に、ある時突然に開花する。その引き金となるのが、〝視える〟ようになることだ。流水の動きを見切ることができるようになると、その運足を用いて動けるようになる。すると、常人とは異なる筋肉を使うようになり体格が変わる。目の使い方が変わるため、強い光が苦手になる……。この変化は当初緩やかに、やがては怒濤のごとくに迫ってくる。

「そなたはまだ、忍びになりきってはおらぬ。されど、忍びに近づいておる」

「そうだったのですか……」

「ときにそなた、哮喘の気はないか」

「持病ですが」

「そうか、やはり……。忍びの修行の中で、一番遅れるのが肺腑の鍛練なのだ。この哮喘は、忍びに変わる際に患う一時の病。忍びになりきれば治るぞ」

治る。その言に胸をなで下ろした半蔵であったが、他ならぬ百地が冷や水を浴びせかけてきた。

「その代わり、光の下では生きられなくなるがな。眩しくて昼間は動けなくなり、我らのように、闇から闇へ駆けるしかなくなる」

武士の功名はお天道様の下で稼ぐものだ。天下の大戦というのは、照る日差しのもとで正々堂々行なわれるものだ。日の下で生きられぬのなら、もはや武士として戦場に立つことは叶わなくなろう。

半蔵が黙りこくったのをしおに、守綱が話を引き取った。

「ご老人、とりあえず半蔵の件はどうでもよろしかろう。まずは、梟を討伐せねば話は進みませぬ」

「そうであったな」

己が忍びに近づいている、という宣告に身を焦がしながら、半蔵は守綱や百地たちの謀議を見やっていた。


百地の屋敷からほど近いところにその家はあった。

山の中腹、木々に押し隠されるようにして建っている茅葺の屋敷。屋根はすっかり苔(こけ)むして穴すら空いている。百地の手引きがなければ、ただの空き家だと思ったことだろう。

ここが梟の屋敷なのだという。

木陰から様子を窺っていると、屋敷を見据える守綱が口を開いた。

「本当にここにいるのか」

「たぶん」

「そもそも、あの百地なる老人を信じてよかったのか」

半蔵は霧を見やる。視線に気づいた霧は、こちらに向いて頷いた。信じてもよい、という返事だろう。

半蔵自身が半信半疑だ。おそらくのところ、百地とて同様であろう。梟の討伐は、互いに信がおけぬ者同士による、固めの盃のようなものだ。

「守綱、軍兵衛の二人は、百地殿たちが変なことをせぬように見張っていてくれ。もし何かあったら大声で呼んでくれ」

「承知」

帯から鞘ごと刀を抜いて肩で抱く守綱は、短く笑った。

「ま、我らでは、忍びは斬れぬ。適任というものだ」

忍びは、〝視え〟ねば斬れない。半蔵の気遣いは見抜かれてしまったらしい。半蔵は笑い返す。

「いや、戦は殿が一番難しい。頼むぞ」

「口がうまくなったものだ」

苦笑を隠せずにいる守綱を前に何も言えずにいると――。

日の届かぬ森に、一筋の閃光が走った。細かく波打つように飛ぶ赤い光は、半蔵の脇をすり抜けて梟の屋敷の屋根に刺さる。後を追いかけるようにいくつもの閃光が同じように吸い込まれていき、火が上がり始めた。

火矢。戦の始まりを告げる合図だった。

半蔵は物陰から飛び出した。後ろに霧が続く。さらには、百地の手の者と思しき忍びたちが次々に木影から姿を現した。

「霧、怠るなよ」

「無論！　誰に言っておるのだ」

霧の鋭い言葉が背中に刺さる。心なしか声が弾んでいる。

半蔵は屋敷の前に達した。行儀よく戸を開くようなことはしない。思い切り蹴破る。

しかし、反応はない。

思わず半蔵は振り返る。眉をひそめている霧の顔がそこにあった。

計画はこうだ。

百地の忍びが火矢を屋敷に打ち込む。そしていぶり出された梟を半蔵たちや百地の忍びが斬る、というものだ。

しかし、中から誰かが出てくる気配はない。

さすがにいぶかしく思っていると――。

突然、目の前が真っ白になった。

半蔵は反射的に口を塞ぎ、駆け出した。しかし、毒ではあるまい。半蔵は長い因縁ゆえに分かっていた。もしこの煙を焚いたのがあの男であるなら、必ずや己の武器で仕留めようとするはずだ、と。

やがて、いずこからか、短い悲鳴が上がり始めた。半蔵は刀を抜いて敵襲に備える。

煙を掻き分け、鉤爪が迫ってきた。

半蔵が躱すと、鉤爪の主は低い声を発した。

「久しいのう」

この男の象徴である梟の面は既に赤黒い血にまみれていた。忍び装束の上に獣皮をまとい、血染めの刀と鉤爪を晒している。

「梟……」

「そんな顔で睨むな。興が削げる」

「興、だと?」

「ああ。これはただの煙に非ず。〝神隠しの術〟というてな。今、ここはわしとそなただけの場となっておる。外から人が入ってくることは叶わぬ」

「幻術か」

「まあ、そのようなものと考えてもらって結構」

何がおかしいのか笑い続ける梟は、真っ白な霧の中をゆっくりと歩き始めた。鉤爪を収めて刀を構える。

「何のつもりだ?」

「決闘ぞ。どうだ、楽しい余興であろう」

「ふざけるな」

半蔵は一足飛びに梟に斬りかかる。しかし、もうそこに姿はない。

気づけば後ろを取られている。

刀を振るう。己の刀と梟の刀が火花を散らす。それからは怒濤の攻めだった。刃筋の立った一撃を繰り出し、体重の乗った拳を繰り出す。しかし、梟には通じない。すでに梟の流水の動きは見切っている。それでも当たらないということはすなわち――。

半蔵の心中に焦りが蓄積されていく。

梟は、先読みするように半蔵の一撃を捌いた。子供の遊びに合わせるかのように、余裕綽々に。

「そろそろ、こちらの番だな」

梟の連撃、それは剣の嵐だった。

術理の裏をかくように繰り出される太刀筋にいちいち翻弄される。そのくせ、刃筋は立ち、一撃一撃に捨てや見せ技はない。必死で躱しながら割って入る隙を探すものの、小さな楔(くさび)一つ打ち込むことができない。気づけば防戦一方に回らされている。

何とか蹴りを挟んで距離を置いた半蔵は、呼吸を整え、少し離れたところに自然体で立ち尽くす忍びの姿を見据えた。

強い。

いや、強すぎる。流水の動きは見切っているのだから、もはや武士と対するのと変わらない筈だ。武士相手ならば戦場では後れを取ったことのない服部半蔵が、ただこの男一人にかかりっきりだ。それどころか――。

鈍い痛みが頬に走る。手の甲で拭うと、かすれた血がついている。

「どうやら、力の差が出ておるようだな」

「かもしれないな。だが、ここで決着をつけるぞ。さすれば、百地殿が我らの仲間になってくれるのだ」

するると、梟が頓狂な声を上げた。

「何？　百地？　なるほど、百地三太夫は徳川についたのかえ。まったく、同郷の誼で甘い汁を吸わせてやろうと思うたのに、つれない爺であることよ」

梟は、懐から紙を取り出し鳥の形を成した。梟が手を放すと、それはひとりでにひらひらと宙を舞い始めた。

「あの爺がそちらにおるということは、遊んでもいられぬな」

言い終わるが早いか、生き物のように宙を舞っていた折り紙が、突如として燃えだした。そして火の鳥は一直線に煙幕の外に向かって飛んでいき――。

次の瞬間、真っ赤な光に包まれた。

暴風、そして衝撃が半蔵を襲う。抗うことはできず、半蔵は吹っ飛ばされた。背中に激痛が走る。何が起こったのか分からない。痺れる頭を振って立ち上がり、目の前に広がる光景を見回した。

　辺りは、炎獄であった。そこここに上がる巨大な火柱、半蔵たちを取り囲む火の壁。あたりの木々はほぼ爆散して跡を止（とど）めていない。地面を見れば、百地の忍びたちが幾人も倒れ、ピクリとも動かなかった。

　地獄のただなかで、傷一つなく、焦げもまるでない梟は腕を組んだ。

「我が秘儀、焔神（ほむらがみ）。とはいうても、さして芸はないがな。いざという時のため、陣地に爆薬を仕込み一気に爆発させるだけの術よ。されど、斯様な術でも修行の足りぬ雑魚を始末するには十分」

　爆発のおかげで煙は晴れている。

「霧はいるか」

「ああ」

　半蔵の後ろには、霧が控えていた。

「霧、皆は無事か」

「少し離れたところにいた徳川衆は無事だ。だが、百地の忍びどもは……」

「そうか」

　ここまでやられてしまっては、負けだ。

「ここは、逃げるが上策、だな」

　半蔵がそう口にすると、梟が嘴を挟んだ。

「わしが逃がすと思うてか？」

梟が一歩踏み出した、その時だった。

突如、空から何かが落ちてきた。それは梟の腕めがけて急降下し、鋭い爪で籠手(こて)を傷つけて刀を奪い取り、また飛び立った。――鷹だ。

五尺（約百五十二センチ）はあろうかという翼を羽ばたかせ、鷹は屋敷を見渡す小高い丘の上に立つ男の韘(ゆがけ)に降り立った。

目を向けた半蔵は思わず声を無くした。

遠くに立つ男は言い放った。

「斬れ！　今が機ぞ」

男の言葉に追い立てられるように、半蔵は刀を振るった。しかし、相手のほうがわずかに速い。梟の腕に浅手を与えるだけにとどまった。

梟は、腕を押さえながら、その面を半蔵に向けた。

「ほう、わしを傷つけた、か。見事であるな。横槍が入ったとはいえ、わしに傷を与えた者は何年振りであろうな」

「――半蔵、わしの仲間となれ」

梟は己の腕の傷をまじまじと見やっていた。が、予想だにしないことを口にした。

「なんだと？」

「もとより、そなたには私怨はない。わしの顔を見たは不埒なれど、もし徳川との縁を切り、我が配下となるのであれば、水に流せるほどの些事に過ぎぬ。――どうだ、仲間にならぬか」

あまりのことに、半蔵は混乱していた。

何も言えずにいる半蔵の代わりに、沈着冷静であるはずの霧が声を荒らげた。

「何を言うか！　お前は先代半蔵様を斬った！　若からすればお前は父上の仇であるぞ」

「仇討か。小娘、そなたもずいぶんと武士じみてきたことだな。忍びに仇討の理などない。それくらいのこと、そなたにもわかっておろうが」

霧は口をつぐんだ。

「どうだ？　悪い話では――」

手を差し出してくる梟に、半蔵は刀を振って応じた。

「次に会った時は、殺し合いだな」

「なるほど。次があると思うておるか」

肌を刺す殺気を振り払いながら、半蔵は叫んだ。

「皆、心して逃げろ！」

半蔵は他ならぬ己の言を裏切った。梟に斬りかかり、そのまま鍔迫り合いに入った。

お互いに額をぶつけ合うほどに顔を近づけて己の得物に圧を込める。

「捨て石となる気か」

梟は言った。

「さあて」

とぼけたものの、梟の言うとおりだった。

この男を釘付けにせねば、仲間は逃げられない。ならば、ここは何が何でも押し留めなくてはならない——。そう考えをまとめるうちに、半蔵は気づいた。

半蔵は強いて笑みを浮かべた。

「捨て石じゃない。俺がやろうとしているのは——殿（しんがり）だ。間違えるな」

「武士は己の命を投げ捨てるが道理ではないのか。なるほど、そなた、忍びの道理に染まっておる。上々上々」

「武士だって、いつでも命を投げ捨てるものじゃない。忍びだけが生間を志すわけじゃない」

「ほう」

今、半蔵は生きんとしている。武士だから、とか、忍びだから、といった何者かが強いている枠に囚われているわけではない。ここで死んではならぬともう一人の己が叫んでいる。そして、目の前の男を何が何でも釘付けにせねばならぬと決心している。

鍔迫り合いのさなか、絞り出すように半蔵は叫んだ。

「守りたいものがたくさんある。ただそれだけだ」

そう口にした時、半蔵は己を突き動かすものが何なのかを知った。共に戦を駆けた仲間たち、主君、そして己を認めてくれる者たち――。月並みなことこの上なかった。だが、これだけが半蔵の全てなのかもしれなかった。

「そうか。それはそれは」

見れば、既に仲間たちは退却を済ませていた。あとは己が退けばすべてが終わる。梟相手に背中を見せることの恐ろしさは誰よりも身に染みている。どう逃げるべきか。思案していると、大鷹が梟に襲い掛かった。

「逃げろ！」

鞢をつけた男が叫んだ。

梟は面倒そうに苦無を振るうものの、その先が鷹を掠めることはない。鷹は大きな翼をはためかせ、時には小刀のような爪で威嚇しながら梟の攻撃を躱している。

半蔵は踵を返し、炎獄を駆け抜けて森に入った。藪を掻き分け梟の殺気の圧から逃げていると一人の男が並走してきた。

「久しいな」

男は鞢を左手につけていた。腰には身の丈に不似合いな太刀を佩いている。不敵に笑うさまは、以前見えた時と変わらない。

「なぜお前がここにいる、本多正信」

「ご挨拶な男よ」

本多正信は、酷薄な面長の顔を思い切り歪めた。

この男は、三河国一向一揆で敵方についてからというもの、徳川から離れて本願寺に入っていたはずだ。姉川の戦いの折には、朝倉に協力して半蔵たちを苦しめた。そんな男が、なぜ今ここに――。

「話せば長くなる。そんなことより――」

後ろから、木々を縫うように梟が追ってくる。時折、棒手裏剣を打ってくる。それを躱しながら、本多は続ける。

「難儀だな。なんとか撒かねば」

「そんなことができるのか」

「できる」

自信満々に頷いた正信は、指笛を響かせた。すると、中空を舞っていた鷹が、木漏れ日を掻き分け急降下し梟の行く手を阻んだ。

「これで時は稼げる。そして――」

懐から直径三寸ほどの玉を取り出した。古紙が何枚も貼られた玉には導火線がついている。火打石で火をつけた本多はそれを地面に転がして駆け出した。しばらくすると大きな爆発音とともに木々が揺れ、潜んでいた鳥たちが一斉に飛び立ち、動物たちがざわめいた。

「あれは？」

「獣を引き寄せる験のある薬を混ぜている。爆発してすぐは音に怯えて逃げ出すが、すぐに近くにいる獣があそこを目指すようになる。人間にとって獣は恐るべき相手よ。忍びとて例外ではあるまい」

「そなた、腕を上げたな」

以前の本多はあまり戦場に強くないという印象があった。鷹も目くらまし程度のものであったし、獣を寄せる術なども使ってはいなかった。

するとと本多はにかりと笑った。

「くぐった修羅場の数だけ、武士は強くなる。そなたもそうであろう。余程戦に揉まれてきたものと見える」

「分かっているとは思うが、今も修羅場だ」

「さればこそ、わしは戻ってきたのだ」

本多は前を向いた。

半蔵もまた、道なき道を駆け続けた。

伊賀者の小屋である、〝呂の十一〟に達した。

伊賀者たちは、万が一の時のために物見台や武器庫、小さな砦などを共通で持っている。もし梟討伐が成功しても失敗しても落ち合うことになっていたのが、そうした小屋である〝呂の十一〟と呼ばれるところであった。大きな討伐の後の落ち合い処に選ばれただけあって、小屋というよりは小ぶりな屋敷というほうがしっくりくる。

真っ暗な部屋の中には、霧や守綱主従の姿が紙燭の光に照らされて浮かび上がっていた。しかし、多くの忍びの姿が欠けている。本来いるべきところに人がおらず、座が寒々しい。一番の上座に腰を掛けている百地も虚ろな目をして地図を睨んでいた。

半蔵が入ってきたのに気づくと、百地は咳を払った。

「ここにおる皆、よくぞ生きて帰った。そして、すまなんだ。まさか、あれほどの仕掛けを用意していようとは……」

「仕方ないと思われます」霧が執り成した。「あんな術、見たことも聞いたこともない。志能備の技にもない」

「そなたにそう言ってもらえると嬉しいぞ、志能備の生き残りよ」

口をつぐんだ霧を前に、百地は半蔵を見据えた。

「半蔵殿、よくぞあの時、退却を命じた。でなくば、我らは徒に死人を出しておるところであった。礼を申すぞ」

「いえ……。そんなことより百地殿、このままではまずい。殿のところに梟が向かう恐れがありまする。今すぐ戻らねば」

「安心せえ。家康公のもとには手練れを向かわせて警固しておる。いますぐどうなるというものでもない。そんなことより、我らは考えねばならぬ。梟を封じる術をな」

百地にも何の腹案もないのだろう。顎のひげを撫でながら、沈黙してしまった。

半蔵も黙らざるを得なかった。

今まで多くの戦に出てきた。死にかけたこともあったし、とんでもない強力武者と出会って命からがら逃げだしたことさえある。だが梟は、今まで出会った敵の中で、あまりに大きく、あまりに厄介な相手だと認めざるを得なかった。今まで奴に勝つべく修行してきたはずだったが、その距離は広がりこそすれ狭まりはしなかった。

ため息をつく。そのため息は、誰もが口を開こうともしない場の中で、むなしく響き渡った。

が、半蔵の横に立っていた男が、場の沈黙を破った。

「策はないが、その糸口は摑んでおる」

皆の顔が、声の主——本多に集まった。

すると、守綱が刀の柄に手をやって立ち上がった。

「そなたは本多！　なぜここにいる」

「確かあんたは本願寺にいたはずだ。なぜここに」

続けてきつい目を向ける軍兵衛が問うた。本多は、手短に来し方を述べた。

「もとは本願寺におったさ。されど、信長との戦に疲れた本願寺が戦から降りたのだ。仕方なく松永弾正(まつながだんじょう)の許についていたのだが、その仕官もうまくいかなんだ。そうしてしばらくは筒井(つつい)家に仕官しておった」

「そして今は殿の首を狙いに来たか？」

守綱の棘(とげ)のある言に、本多は首を振って応じた。

「左様なわけはあるまい。——わしは、筒井家の密使ぞ」

「筒井の？」

半蔵は小首を傾げた。筒井といえば、大和(やまと)の大名で、織田に帰属を決めた者の一人だ。立場としては徳川とよく似ているが、徳川に密使を遣わす謂われはない。

「筒井からはこう言われておる。〝我らは此度の変事につき、実際に兵を動かすことはない。それゆえ、我が家に何か不利なことあらば、徳川殿に執り成し願いたい〟とな」

　本多は続ける。

「筒井の殿の甥御(おいご)である定次(さだつぐ)殿のところに、市場殿が嫁いでおる。その市場殿の策よ」

思わず、半蔵は声を上げた。

市場殿。一向一揆の際の記憶が蘇る。しばらくは三河の寺に預けられていたと聞いていたが、信長の執り成しにより、筒井家への輿入れが決まったという話を耳にした気がする。本多はその縁を頼って筒井に仕官したのだろう。いや――。

「筒井からすれば、わし一人手放すことに何も煩いはない。が、市場殿は、徳川のことを案じておられた。それゆえ、わしは殺されるのも覚悟の上、こうして徳川の前に姿を現したのだ」

「……そうであったのか」

「ああ。半蔵、そなたには市場殿より言伝がある。〝命を捨ててはなりませぬ、諦めてはなりませぬ〟だそうだ」

以前、死のうとする市場殿を諫止したことがあった。今はどうやら立場があべこべのようだ。

ありがとうございまする、市場殿――。半蔵はかつてか細い縁を持った女人の顔を思い浮かべ、首を垂れた。

目の前の議論は半蔵の感傷とは関係なしに続いている。

軍兵衛が厳しい視線を本多にくれている。

「市場殿がそなたを遣わしたところまでは分かったが、何か手土産はあるんだろうな？　見たところ、あんた、兵を連れてきてないじゃないか。そんな者がやってきたところで、加勢にはならないだろう」

「分かっておる。ゆえ、そなたらが欲しいであろう知らせを持ってきたのだ」

「む？」

「聞きたいのではないのか、あの忍び、梟の秘密ぞ」

部屋の中にいる皆が、ほぼ同時に息を呑んだ。普段は顔色を変えることさえないあの霧でさえ、目を見開いて本多を睨んでいる。勿体つけるように本多は続けた。

「わしはあの男に恨みがある。そして、市場殿も徳川を後ろから掻き回す存在には胸を痛めておったようだ。そこで、わしは市場殿の命のもと、ずっと調べ回っておったのだ」

ようやくこの男の本音を聞けた気がした。口では市場殿のことを案じているが実際のところは梟憎しで凝り固まっている。

ならばこの男のことを信じてもよい、そう半蔵は心中で断じた。

百地が顔色を青く変じて声を上げた。

「まさか、そなた、あの話を知っておるのか」

すると、本多は鼻を鳴らした。

「そこにおられるのは百地殿とお見受けする。名にし負う忍びがこれほどに取り乱すとは……、話は真のようですな」

半蔵は割って入った。

「教えてくれ。いったいお前は何を知っているんだ」

「では、いい加減種明かしと行こうか。あの男が何を考え、徳川を敵に回しておるのか——」

本多はそうして、梟という男について語り始めた。半蔵はといえば、淡々と言葉を紡ぐ本多を、ただただ見やるばかりだった。

第八話

日の光届かず、鳥の羽音も聞こえぬ森の中を半蔵はひたすらに駆けていた。縦横無尽に伸びる枝と枝の隙間を見定めすり抜けていくと、葉先が服を破る。なりふりなど構ってはいられない。

横を走る霧が後ろを窺いながら声を発した。

「若、速すぎるぞ。守綱殿たちを置いてゆくつもりか」

「構わない」

半蔵は言い切った。

なおも霧が口を開く。

「たった二人で急いでも仕方あるまい！　足並みを揃えろ」

「そうはいかぬ。殿のもとには一つでも多く忍びの目が要る！」

半蔵の剣幕に押されたか、霧は黙りこくった。

体が軽い。背中に羽が生えたかのようだ。息が上がることもなければ、肺腑が痛むこともない。走れば走るだけ思考が明瞭になってくる。

忍びに近づいている。百地の言葉が頭の中でこだまする。

恐れを抱きながらも、今はこの変化を受け入れるしかなかった。主君の御身のほうが大事だ。

「しかし――」霧が口を挟んだ。「本多の言、俄かには信じられる話ではないが」

「百地殿もお認めになったことだ。もはや、疑いの余地はあるまい」

取り成すように口にした半蔵も、正直半信半疑だ。だが、本多の言葉は、これまでの梟の行動を矛盾なく説明できるだけに、無視することはできなかった。

しかし――。半蔵は心中で本多の言葉を反芻する。

『梟は、松平の胤だ』

どうしても、信じることができなかった。

◇

〝呂の十一〟。小屋の中、絶望の淵に打ちひしがれる者どもを見渡した本多は、ゆっくりと、言葉を選ぶように口を動かした。

「事の起こりは数十年前、半蔵の生まれる十六年ほど前。半蔵の父親である保長が足利将軍家へ仕官した時のことぞ」

　元は伊賀の忍び頭であった服部保長は、伊賀から都に出て、将軍に仕えた時期があったという。

　百地が言葉を重ねる。

「あの頃はもう、忍びもやりづろうなっておった。三好（みよし）の力は無視できぬものであったし、そもそも我ら伊賀者も長引く戦乱で困窮しておった。奴は足利家に仕えることによって、伊賀のお墨付きをもらおうと考えたのだろうな」

　百地を一瞥し頷いた本多は続けた。

「保長は一人だったわけではない。仲間を数多く引き連れて将軍家に仕官した。しばらくはそこにいたようだが、京で将軍に拝謁した三河の松平清康、すなわち家康公の祖父上と出会い、三河についていくこととなった。ここまでは半蔵、そなたも知っておろう」

　半蔵はこくりと頷いた。

　だが、と本多は言葉を置いた。

「果たして、これですべてであったのか、という話だ」

「どういう意味だ」

「この鞍替（くらが）えが果たして円満なものであったか？　ということぞ。もとより保長は将軍家と伊賀のつなぎであった。鞍替えして、三河国主なんぞと結びつく道理はない。もしも伊賀の意を受けて三河に乗り換えたのだとすれば、将軍家に代わりを送り込むべきだが、保長に左様な策を取った跡はない。ということは」

皆の視線が百地に集まった。しばらく顎のひげを撫でていた百地も、ため息をついて、胡坐に組んでいた膝に手を落とした。

「ご明察。いや、本多殿、であったかな。そなた、忍びにならぬか。一流となれようぞ」

「お断りいたす。わしは軍師であるゆえ」

軽口を躱された格好になった百地は顔からひょうげた雰囲気を消し、酷薄に眉を吊り上げた。

「そう。保長は我らを裏切ったのだ。ある日、わしの許に文が来てな。〝将軍家から離れて三河につく〟とあった。裏切りと取った我らは、忍びの法に照らし合わせ、保長に追っ手を放った」

半蔵は耳を疑った。

横を窺えば、霧も目を見開いている。どうやら寝耳に水の話であったようだ。

半蔵と霧を一瞥した百地は薄く笑った。

「そなたらが知らぬは当然のこと。一年程度でこの〝戦〟は終わった。双方ともに手痛い犠牲を払ってな。益なき争いをするよりは手を結び直したほうが得策――、そう考えるに至った。保長の追討など乗り気ではなかったしな」

「ということは、保長様の命に従い、三河の情勢を伊賀に伝えていた、志能備のお役目は」

「抜け忍をそのまま放逐しては見栄えがせぬでな。年に二度形ばかりの報告をさせることで、我らの体面を取り繕ったのだ。――ま、もっとも、そなたを遣いにしておったのは、故郷の京を見せてやりたかったのだろうがな」

「…………」

霧は黙りこくる。

一方、半蔵は戸惑っていた。知らぬところで因縁が絡まり、己にも影響を与えていることに。

本多が本題に移った。

「それとは別に、一つ見逃してしまいそうなほど小さな動きがある。服部保長が将軍家に仕えたまさにその時、共に仕えたくのいちがおった――」

百地が顔を上げた。

「なぜ、知っておる」

これまで見せていた好々爺（こうこうや）の仮面を引き剝がして現れた百地の表情は、森の中を彷徨(さまよ)い歩く虎狼のような妖気を放っていた。

　本多はせせら笑う。

「信長との戦の折、かなりの数の伊賀者が外に出ただろう。そこから漏れたと思っていただいて差支えはない」

「なるほど。あの戦は、伊賀者の魂をも奪ったか。忍びが絶えるわけぞ」

　肩を落とす百地を横目に、本多は続ける。

「将軍家に仕えるという保長と共に伊賀を出、松平に鞍替えする際に戻ったそのとき、くのいちの腹は大きくなっていたという」

「——ということはまさか」

　半蔵は思わず顔をしかめた。しかし、その想像は外れたらしい。

「最初、女は父親が誰であるかを言わなかった。大方は保長の子であろうと思ってはおったがな。しかし、男子が生まれ、さらには保長の追討をする段になったとき、ようやく女は白状した。この子が、松平清康公の子であるとな」

　清康は家康の祖父であるから、つまりその子は家康の叔父ということになる。

　本多は顎に手をやった。

「本来は抜け忍として追討されるはずであった保長を助けたのは、その落胤(らくいん)であろうな。この子の存在は今後、三河を変え、伊賀をも富貴にする野分(のわき)になると皮算用したのだ。国主の子となれば、どうとでも使うことはできようからな。そして、この野分を使うことを考えれば、三河におる保長の浮かぶ瀬もある」

　息をついた百地は、ゆっくりと頷いた。

「そなたの申す通りぞ。三河国主の子を担ぎ、松平を乗っ取ることもできよう。風向きが変われば、保長を使える場面もあった」

　とすれば、もし、清康の落胤を立てるということになったとき、亡父保長は家康を害することさえあったのだろうか。いくら問うてみても、心中の保長は眉一つ動かさずにこちらを見やっているばかりだった。

　本多は続ける。

「だが、百地殿たちの手打ちに反し、くのいちは一人、執拗に保長の命を狙い続けた。ほかの者からたしなめられても止めず、それどころか、伊賀を抜け駆けて保長を斬るとまで息巻いていたそうだ。そうしてある日、女は子を連れて飛び出した」

　数年ののち――。物語りでもするかのように本多は言葉を継いだ。

「子だけが戻った。皆が声を掛けても目もくれなかった子は、大事そうに抱えていた血染めの曲物を、百地殿を始めとした長老たちの前で開いた。そうして転がり出てきたのは、母親の首であったそうだ」

　話を聞いていた皆がたじろぐ。子供がいくつなのかはわからないが、年端もいかぬことは確かだ。あどけない子供と、母親の首の入った曲物――。

　百地は目をしばたたいて、

「あのくのいちは、結局は女であったのだろうよ。腕のいい忍びではあったが、保長に執着してしもうたのは、心に人の情が宿っておったからであろう」

　と、諦めるような口ぶりで首を振った。

「あの子が伊賀に戻りおったのは夏のことでな。首は塩漬けにしてあったようだが、傷みは免がれ得まい。されど、不思議なものでな。整い切ったその顔は、まるで損なわれておらなんだ」

　守綱が訊いた。

「一体何があったのですか」

「決まっておろうが。返り討ちぞ」百地はこともなげに言った。「保長は女を返り討ちにした。そして、一緒におった子は、情けにより命を助けられた格好のようだ。だが――」

「だが？」

「母親の首を愛おしげに撫で、わしを見上げるあの子は、さながら夜叉のようであったよ。底の見えぬ目でこちらを見据え、『あいつを斬る』と口にした、あの顔を忘れることができぬ」

本多は続けた。

「その後、その子は獣の皮をまとい、梟の面をつけるようになる。諸国を放浪し、様々な忍びの術を得、また修羅場を潜り抜けるうちに、最後には金で仕事を請け負う流浪忍びになっておった」

半蔵は膝を打った。

「それはもしや」

「ようやく気づいたか。そう。これが梟という男のすべてだ」

座が静まり返った。

これが真ならば、梟は徳川家ゆかりの男ということになる。そして、半蔵からすれば父親の仇であるが、梟にとって亡父保長は仇であったのだ。

幾重にも絡まった過去が手枷、足枷となって心を縛る。

しかし、体までは縛られてはいない。

半蔵は重い心に鞭をくれ、立ち上がった。

「行きましょうぞ。考えることは後でもできる。我らのやるべきことは決まりきっているはず」

主君の楯となる。それが家臣の務めだ。

「その通りだ」守綱も立ち上がる。「軍兵衛、行くぞ」

「だな」

神妙な顔で頷いて立ち上がる軍兵衛をよそに、半蔵は百地と目を合わせた。百地は木石の如くに半蔵を見据えている。

「百地殿。ご助力いただけないでしょうか。梟を斬った暁には我らにご加勢いただける手筈であったように記憶しておりまするが、そうはいかない様子です」

「の、ようだな。ここまでことが差し迫っておっては、な。よかろう。我ら伊賀者、これより徳川様のために働こう」

「ありがとう、ございまする」

半蔵は頭を下げた。

◇

さきほどの小屋でのやり取りを思い出すうちに、ふとある問いが頭の上に浮かんだ。

「梟の狙いは何だ？」

仇討ち？　だとすれば、保長を討ったときにすべてが終わったはずだ。それでもなお徳川家にちょっかいを出し続ける意味がどうしても分からずにいた。

霧が鼻を鳴らした。

「何を言うか。むしろ明白であろうが」

「へっ？」

「梟は清康公のお子。家康様とほぼ同じ立場だ。すなわち、家康様に何かあらば、御(お)家(いえ)を継ぐこともできぬではない。家中の掌握は必要になろうがな。つまり——」

「まさか……。梟は、国を掠め取るつもりだとでも言いたいのか」

口から転がり出た困惑とは裏腹に、得心がいく。三方ヶ原の戦いで家康を殺そうとしたのも、減敬を用いて信康公を陥れたのも、すべて一本の糸でつながる。徳川家を疲弊させ、その上で隙を作ろうと考えていたのだとしたら？　そして、その間隙をついて家康に成り代わるつもりだったとしたら？

「忍びの華は国盗り。どうやら梟は、根っからの忍びであったようだ」

「……急ごう」

半蔵の足は、自然に速くなっていた。

やがて、家康本隊への合流を果たした。

山間(やまあい)の小道を行く五十人に満たない隊伍は、藪の奥におるやもしれぬ敵に怯えながら一歩一歩踏みしめるように前進していた。その中には榊原の姿もある。

藪から現れた半蔵に気づくや、家康はほっと息をついた。

「おお、半蔵か。いかがであった。伊賀の者たちはどうすると……」

「伊賀の大総領、百地三太夫に逢うて参りました。百地殿だけではすべての者たちを抑え切ることはできぬ由。また、殿のお命を狙う者もおりまする」

「そうであるか」しばらく思案していた家康ではあったが、やがて、頷いた。「構わぬ。最初から易き道ではないことくらい弁えておった。命拾いしたならこれ幸いと思えばよい。しかし半蔵、よくぞ話をまとめてきてくれた。この危難を払うことができたならば、そなたには必ず報いるゆえ、楽しみにしておるとよいぞ」

「はっ」

半蔵が頭を上げると、素槍を携え家康の横に立つ石川与七郎と目が合った。

「殿にも困ったものだ。ただでさえ、今後は入用というに。ま、ここでやられてしまっては空手形となる。そうならぬように力を尽くせ」

石川は手をくいくいと動かした。顔を近づけると、石川は眉根を寄せた。

「そなた、何か隠しておることはないか？　さきほどから、保正らを放っておるのだが一向に戻ってこぬのだ」

あれは忍びだ。山賊に襲われるなどというヘマはすまい。ということは――。

「石川殿には、お話しせねばなりませぬな」

半蔵は洗いざらい話した。梟のこと、梟と徳川家、服部家との因縁を。そして、敵に回っているあの男の、でたらめなまでの強さを。

しばらく瞑目（めいもく）していた石川だったが、諦めたように口を開いた。

「そうであったか。まったく、困ったものであるな。そなたに責のあることではない。すべてはそなたの父であり、我が師であった服部保長の落ち度。であるからには、我らの手で尻拭いせねばならぬな」

「石川殿……」

「勘違いするな。ここで始末せねば、徳川の障りとなろう。それゆえのことぞ」

「は、はい……」

半蔵が頷いたその時だった。

突如として、雷のごとき轟音（ごうおん）が辺りに響いた。

空を見上げる。木々の間からわずかに木漏れ日が降り注いでいる。太刀を引き抜いて逆手に構えた半蔵は、日の光届かぬ森の奥に目を凝らす。耳を澄ます。そして、鼻を利かせる。しばらく気を張り詰めていると、半蔵の耳に断末魔の声が届いた。少し遅れ、硝煙に混じって血の臭いが漂ってくる。

前を見れば、崖の土砂が崩れて道を塞いでいた。

「しばらく留まりくだされ！」

半蔵は叫んだ。

一行が足を止めたのを確認すると、半蔵は辺りを見渡した。左手の小高い山から煙が上がっている。山肌が削れて岩が散乱している様から察するに、火薬を仕掛けて発破、土砂崩れを起こして道を塞いだのであろう。

「来る」

森の奥から、一陣の風が吹いてきた。白刃を翻し、地を這うように進み来るのは、修験者の格好をした忍びたち——甲州の三ッ者たちであった。

半蔵は叫ぶ。

「霧、そなたは隊伍を守れ！」

「若はどうする」

「斬る！」

半蔵は地面を蹴って、迫りくる影たちに対した。

「斬る」と言った。それとは裏腹に、半蔵の内には別の思いがむくむくと湧き上がっていた。

敵の動きはさながら流れる水が如し。常人に見切ることは叶わない。だが、半蔵には〝視え〟ている。敵の動きの僅かな切れ間に、忍びの呼吸ではない、人のそれが混じる。そこを、斬る。

神楽(かぐら)を舞うように敵の間をすり抜けると、半蔵に飛びかかった三ッ者たちはどうと地面に崩れ落ちた。

半蔵は息をつき、動く。〝視え〟ているからには、己にも同じことができる。常人には捉えられぬ流水の動きで敵を翻弄し、人の呼吸が現れたその時を狙い澄ます。かくして、半蔵の周りに三ッ者たちの骸が山をなした。

明らかに敵は動揺している。退きこそしないものの、斬りかかってこようともしない。わずかに手裏剣を打ってくるばかりだが、逐一刀で落とされるとあっては、三ッ者たちは遠巻きに立ち尽くすばかりであった。

と、三ッ者たちの後ろから、高い声が上がった。

「面白い。実に面白いぞ、半蔵」

そうして闇の中から現れたのは、血塗られた蓑に体を隠した梟であった。

半蔵は唸った。

「梟、俺と戦え」

「ほう？　ずいぶんと自信があるようだな。わしに抗う術(すべ)が見つかったのか？」

「そんなものはない。お前に敵う気はしない。それでも俺は——。お前をここで倒さねばならぬ」

「武士であるがため、か？」

「俺が、服部半蔵正成であるがゆえだ」

口にして初めて己の剝き出しの思いに気づく。だが、不思議としっくりくる。そうだ、俺は武士や忍びである前に、ただ一人の人であったのだ。ずっと開けずにいた扉がようやく動いたような心地がすると共に、ずっと心に巣食っていたもやが晴れて広い下界を見下ろすような思いがした。

しょったれでも、俺は、己の目に映る縁ある人々を守りたいのだ。半蔵は、そう気づいた。

それは、かつてみすみす死なせてしまった主君への贖い(あがな)だろうか。半蔵は心中で独りごちた。半蔵の脳裏に佇む、今もういない主君は、何も言わずに半蔵を見つめている。半蔵は承知していた。答えは外にはない。ただ、己にしか出せぬものだった。

察するものがあったらしい。また呵々と笑った梟は両腕を振って鉤爪を露わにした。

「お前であるがゆえ、か。なるほど、ならば退けぬわなあ。望み通り滅してやろう、服部半蔵!」

その時だった。

虚空から急降下する一つの影があった。きりもみしながら降りてくるそれは白刃を鳥のように翻す。

梟のほうが上手だった。迫りくる二つ刀を鉤爪で捌き切るや、そのまま軽くあしらうように投げやった。

半蔵の足許に落ちた紺色の装束の男は即座に立ち上がる。顔を隠していた頭巾が、勢いで落ちた。現れたのは、頬に幾筋もの赤い傷を浮かべている保正の顔であった。

小刀を逆手にした二刀流の構えを見せていた保正であったが、こらえ切れぬとばかりに膝をついた。

「だ、大丈夫か！」

だが、保正は半蔵を退けた。

「お前に、助けられる、道理は、ない……」

保正は手を口に当て、血を吐き出した。その時初めて、半蔵は気づいた。弟がまるで赤黒く汚れたぼろ雑巾のような姿になっていることに。

「お前……」

半蔵の言葉を遮り、保正は石川に向かって言上した。

「申し訳ございませぬ。我ら服部保正隊、ほぼ全滅いたしました。残っておるのは某のほかは数名といったところ……」

「そうか。ご苦労」

石川の横鬢（よこびん）から、つうと汗が流れる。

保正はよろめきながらも立ち上がり、二刀を構え直した。

梟は鉤爪を構える。

「なんぞ、まだやるか。子犬のようだな。せいぜい遊んでやろう。もっとも、力加減ができぬでな、もしかしたら、壊してしまうやもしれぬが許してくれよ」

「黙れ」

保正が足を踏み出さんとしたその時、半蔵は保正の延髄に手刀を加えた。今まで何十回となく試していて成功したためしはなかったが、今回ばかりは上手くいった。地面に倒れた保正を一瞥し、梟を睨んだ。

「ほう、兄弟愛か。武士は真に麗しいものぞ」

半蔵は応じた。

「こいつを抱えながらでは、お前には勝てない」

「なるほどな。賢明ぞ」

半蔵は懐から半寸ほどの丸薬を取り出すと口の中に放り込んだ。口中がひどく苦い。ここに来るまでに、逡巡は済ませている。えぐみを覚悟と一緒に飲み込んだ。

半蔵は太刀を正眼に構え、その刃先を敵に向ける。

敵は動かない。

どれほどの時が経ったであろう。三ッ者たちに動く気配はない。誰もが、半蔵と梟の激突を待っている。

木々の間から、一枚の木の葉が落ちた。

二人の間でしばし揺れ漂っている葉が梟の顔を隠したその時、半蔵は動いた。

舞っていた木の葉が二つに割れる。

半蔵は縦横無尽に刀を振るう。梟は躱す暇もないのか鉤爪で応じるばかりだったが、負けてはいない。隙を見せれば蹴りを放ってこちらの体勢を崩しにかかる。しかし、腰の入らぬ当身ごときで体勢を崩すほど、半蔵は生半可ではない。敵の持ちうる致命打、すなわち鉤爪や手裏剣といった刃物以外は躱しもせず、ひたすら受けた。

「ちいっ」

梟は面の奥で舌を打った。

戦える。半蔵の意識は確信に変わる。

丸薬は百地から貰った、忍びの才を覚醒させるものだ。

飲み込んだ瞬間から、何重にも巻かれていた目隠しを払われたような解放感に包まれていた。まるで、さなぎから蝶(ちょう)への変化を我が身を以(もっ)て味わっているかのようだ。

すべてが見える。今ならば、百里先の針が落ちる音が聞こえる。五百里先の血の匂いを嗅ぎ取ることができる。千里先の光景が見える。

動の膠着にも終わりがやってきた。

半蔵の腰の入った当身が、梟をのけぞらせた。

隙を見逃す半蔵ではなかった。気合の声をこらえ、一気に突きを放つ。最短距離を駆ける一閃は梟の胸に吸い込まれた。

「が、が、が……」

面の奥から、呻き(うめ)が漏れる。

太刀でえぐって引き抜くと、梟は音もなく斃れ(たお)た。左胸に空いた大穴からとめどなく血を流し、腕や足を痙攣(けいれん)させていたものの、やがて止まった。

「斬った……」

半蔵は呟く。手には血みどろの太刀が握られ、体は返り血に汚されている。

三ッ者たちが漣(さざなみ)のように騒ぎ始めた。

周囲を払うかのように石川が叫んだ。

「敵忍び、服部半蔵が討ち取ったり！」

仲間から次々に歓声が上がる。熱のこもった声が時雨(しぐれ)の如くに降り注ぐ中、半蔵は息をついてその場にへたり込んだ。

だが。

半蔵の耳に、おぞましい、地鳴りのような低い声が届いた。

「その油断、高くつくぞ」

「え？」

肩から背中にかけて流星の如くに激痛が走った。斬られた、と呟いたその時、灼けつくような感覚が全身を震わせる。混乱しながらもなんとかこらえた。

既に歓声は止み、張り詰めた無音のみが辺りに立ち込めていた。

「これで終わりと思うたのが、そなたの失敗であったな」

振り向くと、梟が立っていた。獣の皮をまとった無傷の梟は、あおむけに倒れる、蓑姿の梟を見下ろしていた。

到底信じられるものではない。だが、目の前にあるそれは、間違いなく――。

「偽者であったのか」

梟は、忍びでありながらあまりに目立ちすぎる特徴を有していた。面を着け、獣の皮や蓑などで身を覆っていたのは、いざという時のすり替えを行うための布石であったのか。

立っている梟は、半蔵の言葉を否んだ。

「否。そなたが斬ったのも、梟よ」

「どういう意味だ」

「そもそも、どうしてそなたは梟が一人と考えておるのだ？　こうは思わぬか？　幾度となく姿を現した梟は、一人でないとな」

「なんだと？」

「わしは保長を斬った後、徳川に揺さぶりをかけんがため、東は甲斐の武田や今川、西は京にまで手を伸ばしておった。独力でやるには骨が折れる。そこで、西はわしが取り持ち、東はそこな者に任せておった」

「なんだと……」

「そなたの父は教えなんだか？　これが忍びの秘法、分身の術の種よ。巷間(こうかん)では〝一人の人間が身を分かつ術〟と伝わっておるようだが、違う。数人で一人を演ずることで敵を惑わすのだ。――この術を使(つこ)うていつまでも忍びの術理を伝えるとんでもない連中もおるようだがな」

霧を一瞥した梟は呵々と笑った。

「もはや、この面もいるまいな」

梟は面を剝がし取った。そうして現れた顔に、徳川主従一同が唾を呑んだ。

家康が、震える声を発する。

「わしに瓜二(うりふた)つではないか」

「いや」石川は唸る。「少々向こうのほうが面構えはよいですし、年嵩(としかさ)でしょうが、確かに、家臣であっても見分けがつかぬやもしれませぬ」

石川の表現は言い得て妙だ。最近ずいぶんと太り始め、頬に肉がついてきた本物と比べれば、梟は少し頬もこけ、白いものが髪に混じり、目には如才なさが際立っている。恵比須顔の家康を悪人面にすれば梟になるといった塩梅だろうか。そして何より、『家臣であっても見分けがつかぬやもしれませぬ』という言葉はまさに本質をついている。ということは……。

「なるほど」石川の目が光る。「梟とやら、家康様のお命だけではなく、我らの命も狙っておろうな」

「ご明察。しかしなぜ分かる？　石川」

「わしの名を存じておったか。これは恐悦至極」石川はおどけてみせたものの、すぐに怜悧な表情を取り戻した。「なぜ？　決まっておろう。ここにおるのは家康様に特に認められた家臣。いわば股肱の者たちぞ。そなたが家康様に成りすますとすれば、我らの存在は邪魔となろう」

「見破っておったか」

「わしも、忍びに学んだものでな。忍びの理路は知っておる。しかし梟、そなたには政の道理がないな」

「何？」

「分からぬか？　ここにおる者は徳川家の中枢ぞ。殿のみが徳川家に非ず。我らが死ねば、早晩徳川は立ち行かなくなる。そうであろう？」

とんでもない言い分だが、一方で事実でもある。もし股肱の家臣がいなくなれば、周辺の大名に土地を切り取られ、かつての今川の如くになってしまうことだろう。徳川家は有力な国衆（くにしゅう）が家臣となって家康を支えている。もし股肱がいなくなれば、三河の足元は揺らぐ。

「分かっておる。だが、それでもそなたらには死んでもらう」

「無理のある策だと言うておるのに。お前は、三河を滅茶苦茶（めちゃくちゃ）にするつもりか」

梟は唇を醜悪に歪めた。家康と瓜二つでありながら底の見えぬ目を半蔵たちに向ける。

「その通りぞ」

「なんだと？」

「徳川の国盗り。わしの願いはそれだけよ。そののち、三河を治めるつもりなどない。……死した母上に、今わの際（きわ）に言われたのだ。〝あの男を殺してくれ、そして、あの男を奪った松平の首を挙げてくれ〟とな。その後のことなど、まるで考えてはおらぬ。滅（ほろ）ぼうが切り取られようが、知ったことではない。ただ、わしは家康として徳川家が滅ぶさまを上から眺めるばかりぞ。母上の代わりに、な」

半蔵の目に、梟の後ろに立つ一人の女の姿が映った。この世の無常を一身に受け、腕をもがれ、泥にまみれ、片目を潰され、怒りと悲しみをないまぜにした女だ。髪を風になびかせ、子と同じく底の見えぬ目をこちらに向けている。そして、吠えている。すべてを憎めと哭いている。

　何か言わんとする石川の肩に手を掛けた半蔵は、そのまま立ち上がった。背中に激痛が走る。しかし、何とか体は動く。

「半蔵、休んでおれ」

「いや。あんたでも、あれには勝てない。あんたは〝視え〟ぬのでしょう？　霧も他の忍びと戦うので精一杯。俺がやるしかない」

石川からひったくるようにして素槍を受け取った半蔵は、刃先を梟に向けた。

息をゆっくりと吐く。すると、不思議なほどに痛みが引いていく。体の内側に気を振り向ける。背中の傷はそこまで深手ではない。まだ体は動く。まだ戦える。

半蔵は流水の動きで迫る。と、その時だった。

光届かぬ森の奥から、一体の影が躍り出た。烏羽の外套をまとった梟だ。

目の前の男にだけ注意を払っていた半蔵は、反応が遅れた。

凍りかけた時の中で、半蔵は舌を打った。そうだ、梟は〝分身の術〟を使っているはずであった。複数人が一人の人間を演じることで敵を幻惑する術――。いつ梟は、己が二人であると言った？

「しまっ」

た、を言い終えんとしたとき、もう一つの影が走った。見れば、満身創痍の保正が、突如現れた新たな梟の一撃を苦無で受け止めていた。

半蔵は槍を取り直して、鳥羽の梟に繰り出す。即座に身を翻した敵は半蔵たちと距離を置いた。

保正は足をふらつかせながら、力なく笑う。

「これで貸しは一つ、だな……。いや、さっき助けてもらった分、貸し借りなしか……」

「そんな怪我で動くなど……」

半蔵は倒れそうになる保正の肩を抱く。保正は口角を上げた。

「あんたが時を稼いでくれたおかげで、多少は動けるようになった。敵の術を破ったのだ、感謝するのだな」

「もういい、喋るな」

「あとは、任せた……」

半蔵の腕から、保正の体がずり落ちた。まるで糸の切れた繰り人形のように体をよじらせて地面に転がる様は、取り返しのつかぬ何かを半蔵に告げる。

何も考えられずにいた。だが、敵の殺気にさらされ、半ば無意識に顔を上げた。

そこには、獣皮の梟と、鳥羽の梟が立っていた。

鳥羽のほうが、地面に転がる蓑の梟を指した。

「死んだのか」

「半蔵に斬られた。あ奴はよく戦っておったぞ」

「そうか」

鳥羽が肩を落としたように見えたのは気のせいだったろうか。鳥羽は面を外し、捨てた。

半蔵の体に稲妻が走った。

あいつが敵であるはずはない。自分を落ち着かせようとすればするほど、混乱のもやはうねり、その切れ間から見える現実に、少しずつ頭が追いついてきた。共に戦場を駆け、修羅場をくぐってきた。親などよりも、よほど長い時間を過ごしてきた相手だ。見間違うはずもなかった。

面の下から現れたのは、稲葉軍兵衛の顔だった。

「驚いたか」梟が家康似の顔を歪ませた。「軍兵衛はわしの子ぞ」

「あんたの、だと？」

「早くにできた子でな。徳川を内から壊すために、軍兵衛を送り込んだのよ。そして、本来の当主を戦で死んだように見せかけ、軍兵衛を渡辺家の郎党とした。徳川郎党の渡辺を己のものとすることで、徳川をも繰っておったのだ。わしの目論見通りにな。思い出してみろ、半蔵。軍兵衛の策に踊らされていたことをな」

言われてみれば。あの時も、あの時も、そしてあの時も……。思いあぐねるような出来事があったとき、事態を打ち破るのはいつだって軍兵衛だった。しかし、こうも印象がないのは、軍兵衛の言うことが粗削りで、話をまとめた人間に手柄を譲る格好になっていたからだ。だが、半蔵たちの舳先を定めてきたのは、いつだって軍兵衛だった。

「……ああ。俺が、お前たちをここまで誘った。今日この日の為にな」

「間違い、じゃないのか」

軍兵衛は目を伏せた。

槍を取り落としそうになる。

今まで信じていたものがすべて崩れ落ちた心地がした。そして、己が培ってきたものが嘘偽りでしかなかったということがこんなにも心を引き裂くとは思わなかった。

そして、一つの疑問も氷解した。なぜ、梟が己の顔を見られ、激昂していたにも拘らず半蔵を殺さずにいたのか、だ。半蔵ごときはいつでも斬ることができるという驕りもあったろうが、己の放った間者——軍兵衛を引き立て、かつ無防備に家康の内意を喋る半蔵は梟にとって代えがたい〝犬〟であったのだ。

半蔵は槍先の狙いを梟と軍兵衛の間でふらつかせた。

「梟、先ほど俺が斬ったのは、まさか、徳川に縁する者なのか」

軍兵衛が応じた。その声は今にも消え入りそうだった。

「いや。あれは徳川の種ではない。……覚えておらぬか。俺には弟がおっただろう。お前が斬ったのは、俺の弟、早丸だ」

子供の頃、なりの大きい軍兵衛について回っていた弟がいたが、いつの間にかいなくなっていた。戦の世、子供一人の行方など泡のようなものだった。何か事情があるのだろうと察して質せずにいたうちに忘却の彼方へと押しやられてしまっていた。

梟は表情を殺し、歌うように呟いた。

「半蔵、あまりに因縁の糸が絡まり合ってしもうたな。お前の父はわしの母を殺し、わしはお前の父を斃し、お前はわしの子である早丸を斬った。互いに憎しみばかり重ねてしもうた。もう終わりぞ。お前の死をもってな」

梟が翳をはらませながら半蔵に迫った。

半蔵は槍で応ずる。半蔵には〝視え〟ている。もはや梟であろうが後れは取らない。特に、一番の得意である槍だ。間合いの取り合いで負けることなどあり得ない。

「加勢せえ、軍兵衛！」

梟は叫ぶ。だが、軍兵衛は己の手を見たまま動かない。

「聞こえぬか、軍兵衛！」

その呼びかけで、ようやくまどろみから覚めたように目を瞬かせた軍兵衛が半蔵に迫った。

軍兵衛は鳥羽の外套から長巻を取り出した。軍兵衛といえば長巻だった。薙刀と太刀の間のような形をした武器は、まさに軍兵衛という男の立ち姿そのままだった。その長巻を光らせ翻し、軍兵衛は半蔵に迫った。

地を這うようにして下から切り払われた一撃は、素槍の茎を一撃で折った。

半蔵は石突側で長巻を打ち据えると、太刀を引き抜いて斬りかかった。

気持ちで負けるわけにはいかなかった。今にも張り裂けそうになる心の袋にありったけの勇を詰め込む。既に穴が空いていて、膨らみ切らない心の袋に、それでも無理やりに怒りや悲しみを放り込んだ。けれど、どうしても目の前の相手を憎み切ることができない。

太刀筋が乱れる。

隙を見逃す軍兵衛ではなかった。長巻を旋回させて太刀を捌き切り、返す刀で斬りつけてきた。避けることは叶わない。右肩から腹にかけて傷が走る。

「がっ」

半蔵は反撃を仕掛ける。しかし、軍兵衛には通じない。

思えば、この男には太刀筋をすべて見せている。一方の軍兵衛はこれまで隠していたのだろう、見たことのない剣閃を放ってくる。一太刀いなされるごとに一撃返され、必殺の斬撃を払われたかと思えば覚悟せぬところに切り返しを食らう。気づけば全身傷だらけになり、泥と血で汚れていた。

勝てぬ、か。いや──。俺が甘いのか。半蔵は苦々しく心中で独りごつ。

気づけば太刀が巻き上げられていた。手を離れて宙を舞った太刀は、やがて軍兵衛の遥か後ろの地面に刺さった。

小刀を抜こうとしたとき、右肩に鈍い痛みが走った。軍兵衛の刃先が半蔵の肩を捉えていた。

「──もう、右の手は使えねえぞ」

「ぐっ、ぐおお」

「忍びの秘術だ。ここに刃を差し入れられると、腕の関節が動かなくなる。これを抜かぬ限り、絶対に動かねえ」

ようやった、という梟の声が遠くに聞こえる。

半蔵には、軍兵衛の姿しか目に入らない。そして、軍兵衛の言葉しか耳に入らない。

呆れたように、軍兵衛は言った。

「お前、本当にしょったれだよなあ。せっかく強くなったってのに、最後の最後までそれかよ」

「なんだと……」

「俺が気づかないとでも思ったのかよ。打ち込む隙を作ってやったのに、ことごとく見逃しやがって」

その通りだった。見たことのない太刀筋などというのは言い訳に過ぎなかった。すべて、〝視え〟ていた。あえて隙を作ってみせる軍兵衛の肚の内もまた、悲しいほどに見て取れた。

「武士だったら、遠慮なく斬り伏せるところだぜ。お前、武士じゃなかったのか」

武士だったら、か。半蔵は笑った。

「俺は、忍びでも武士でもない」

「我儘（わがまま）な奴だ」

「昔からだろ」

目を合わせたその時、軍兵衛はわずかに口角を上げた。そして、一言、吐き捨てた。

「しょったれ半蔵、か。お前には敵う気がしねえや」

へっ、と鼻で笑った軍兵衛は、半蔵の肩に刺さっていた長巻を引き抜き梟に打ちかかった。

「軍兵衛、裏切るのか！」

「悪いが俺は、渡辺守綱の一の郎党、稲葉軍兵衛なもんでね」

「この痴れ犬が」

あばよ。軍兵衛の声が聞こえた気がした。

「待て軍兵衛」

半蔵は足を踏み出し、手を伸ばした。だが、指先は僅かに鳥羽に触れただけだった。

軍兵衛の繰り出した長巻の切っ先は、確かに梟の命の正中を捉えた。が、梟の放った苦無もまた、軍兵衛の左胸に深々と刺さった。

二匹の忍びは同時にその場に倒れた。

半蔵はただ、相討ちを目の前で眺めているばかりだった。

また、何もできなかった。あいつは『お前には敵う気がしねえや』と言っていた。けれどいつも最後はこうして呆然としているばかりだった。

守ると決めたはずのお人を救うことができなかった日のことを、何とはなしに思い出していた。

海風が頬を撫でた。傷に障るが、それでもこの場から離れることができずにいた。

それにつけても、と並んで座る守綱は虚ろに笑う。

「お前は戦の度に怪我をするな」

「放っておいてくれ」

晒で全身をぐるぐる巻きにした半蔵は、守綱を小突こうとしてやめた。体中に鈍い痛みが走ったがゆえだ。

石垣に座る半蔵は凪いだ海を眺めた。波一つ立たぬ穏やかな海。遠くには帆を張った商船の姿もある。穏やかに吹く風の行方は三河に続いている。ここは伊勢の海だ。船を使えば、徳川の領地まではすぐだ。

既に船の渡りはついている。

というのも、いつの間にか徳川の客将となっていた今川氏真が京の変事を察し、伊勢まで船で乗りつけてくれたからだ。港で家康一行を待ち構えていた氏真は、半蔵の顔を見るなりその公家のような化粧を施した顔をほころばせ、

「これでいつぞやの借りは返したぞ」

と嬉しげに相好を崩していた。

海を眺めながら、守綱はしみじみと口を開いた。

「伊賀者たちは約束を守ってくれたな」

梟が斃れた後、百地三太夫たちが警固してくれた。道中、山狩りにも遭ったが百地の顔を見るや山賊たちは算を乱して逃げていった。伊賀忍びの総領は健在のようであ

ったが、峠道のさなか、百地はぼやくようにこう口にした。

もう伊賀は終いぞ、と。

半蔵が到着するまで家康を警固していた忍びの悉くは梟に仕留められたらしい。彼らは伊賀の中でも格段の手練であった。この者たちの死は相当の痛手ぞ、と百地は苦々しい顔で呟いていた。

保長が脱した時より、伊賀は終わっておったのだ。まつろわぬ者など必要とされぬ時代なのかもしれぬ——。百地の嘆きは半蔵の耳の奥でこだまし続けている。

「それにしても」守綱は肩を力なく落とした。「わしが殊勲第一か。こんなに空しい褒賞があろうとはな」

此度の顚末は、あの場にいなかった者たちには伏せられることと決している。そのため、守綱にも何の説明もされていない。

守綱付の家臣である稲葉軍兵衛が間者であったことは皆を凍りつかせた。渡辺守綱といえば徳川家の中でも武勇で知られる忠義の将の一人だったからだ。

しかし、家康が機先を制した。

『敵忍びを斬ったる、稲葉軍兵衛なる男、見事であった。この者の忠、もし生きておったのならば殊勲第一である』

すべてを知りつつ、そう言い切った。

この場に居合わせたのは誰もが家康股肱だった。誰しもが主君の謂を飲み込み、すべての内実に蓋をした。

かくして、稲葉軍兵衛の内通は勲功へとすり替わり、死者があったことさえも表立っては語るを許さず、となった。この伊賀の逃避行の詳細は、百年の後には忘れ去られてしまうことだろう。いや、そもそも、梟という忍びがあって、徳川を滅ぼそうとしていたなどという事実すらも、寄せては返す歴史の波間に洗われ、なかったこととなってしまうのだろう。

半蔵は話を合わせた。友とはいえ、本当のことは言えない。己の肚の内にだけ溜めておればよいことがあるということを、半蔵はこれまでのことで学んでいる。

「軍兵衛はお前の郎党だったんだ。その功はお前のものだろう」

半蔵はぎょっとした。顔を上げた守綱が、顔を紅潮させ、歯を剝いてこちらを睨みつけていたからだ。

「郎党ではない。奴は、仲間だった」

半蔵は己の間違いに気づくとともに、守綱の心底を見てしまった。軍兵衛が裏切り者であり、家康がそれを隠蔽しようとしていることに守綱もまた勘付いている。それでも渡辺家の為、そして徳川家のために呑み込もうとしている。

「……すまぬ」

「いや」

曲がったことが嫌いな守綱のことだ。一生この重い荷を背負っていくのだろう。

守綱は石ころを拾い上げると海に向かって投げた。わずかな水しぶきが上がり、すぐに凪の海に戻る。

「寂しくなるな、これから」

「──ああ」

半蔵と守綱の間に、ひとり分の空白がある。ここにいつも収まっていたはずの男はもういない。

海風が吹き渡ってくる。

潮気のせいで、目が痛い。目頭を揉みながら、それでも海を眺めていた。

しばらく海風を浴びていると、二人のもとに小者が走ってきた。出航が近付いているらしい。急かすような声に応じて立ち上がった守綱であったが、なかなか一歩が踏み出せずにその場に立ち尽くしている。拳を強く握り、振り返った守綱は、今にも泣き出しそうなか細い声を上げた。

「きっとわしは一生、奴がおらぬことに慣れることができぬと思う」

半蔵の胸にもその言葉が刺さる。

しかし、それでも。

半蔵は自分に言い聞かせるように続ける。

「それでも、生きねばならぬ。軍兵衛の分も」

口にして初めて、亡父保長の『忍之極意ハ生間也』が己の中に息づいていることに気づく。少し気恥ずかしいものの、それでも喜びの方が勝っている。まるで理解できずにいた父親の思いをようやく知ることができた気がした。

守綱は口角を上げた。まるで表面が凍り付いているかのような、ぎこちない笑顔の作り方だった。

「そうだな。生きねばならぬ」

頷いた守綱はゆっくりと足を踏み出し、桟橋へ向かった。

しばらくの間、半蔵は一人、そこに残っていた。目が痛い。鼻水が出る。すべて海風のせいにして鼻の下をぐいと拭くと、ゆっくりと立ち上がって守綱の後を追った。

既に徳川家臣たちは船に乗っていた。甲板上から身を乗り出すように手を振る家康が、早く乗れ、そなたが最後だ、と声を上げている。主君に手を振って応じた半蔵の頭上で、けたたましい鷗の鳴き声が響いている。早く行けとばかりに急き立てるかのようだった。

空を見上げていると、いつの間にか後ろにいた霧が背中を押した。

「ほれ、このままでは乗り遅れるぞ」

「分かってる」

半蔵は頷いた。

港を出れば、岡崎城まではあと少しだ。賊に襲われる心配はもうない。徳川家の名だたる猛将たちが気の抜けた顔でいるのを見るのは、どうにも面白い。そんな家臣たちの中に正信の姿もある。梟に恨みがあって此度は味方になったのだが、家康が正信の本心を見誤って帰参を許したのであった。目をつけ続けねばなるまい。

思わず顔をほころばせていると、霧がぽつりと言った。

「結局、若は忍びの道を選ばなんだな」

「そうだな」

「思えば志能備は、そなたを忍びにしたかった。ただそれだけであった気がする」

「だから、勘当されていた俺を父上のところに引っ張っていったのか」

「恐らくは、そうなのであろう」

引っかかるものを感じた半蔵は、思わず振り向いた。

いつまでも老いることなく、娘のようにつややかな肌をした同世代のはずのくのいち。時の流れに取り残されたようですらある。

ふいに梟の言葉が蘇る。

『巷間では〝一人の人間が身を分かつ術〟と伝わっているようだが、違う。数人で一人を演ずることで敵を惑わすのだ。——この術を使うていつまでも忍びの術理を伝えるとんでもない連中もおるようだがな』

まさか。

半蔵は己が思いつきを述べんとする。けれど、霧はいつもの無表情で半蔵の口を塞いだ。

霧は薄く笑って見せた。氷のような無表情がほんの少しだけとろけるだけで、なんと綺麗な顔になるのだろう。半蔵は目の前の女の美しさに今までまるで気づいていなかったことに思い至った。

霧は、超然とした笑みを半蔵に向けた。

「安心しろ。志能備は憶えている。そなたと野を駆けたことも、先代の命でそなたの行く手を見張っていたことも。そなたと共に生きた日々も。そして、今こうして、そなたと見つめ合っていることも。そうして志能備は、いつまでも生きていくのだ。器を取り換え、永劫にな」

「そう、なのか」

服部家の書庫を漁ったことがある。

ある本に、志能備なる一族についての記述があった。時は飛鳥の御代、聖徳太子が志能備なる者たちを用い、敵対する豪族の動静を探っていたという。そんな異能の者たちは都が移ってもなお帝に従っていたようだが、応仁の乱と共に四散してしまった。それ以来、この家系は絶えたとされる、と結ばれていた。

きっと、問うても答えてはくれぬことだろう。このくのいちは、決して己の核心を口にはしない。風のように放浪れ、風のように消えるのみだ。

霧は少しだけ目を細めた。

「最後にもう一度訊く。本当に帰るのか。三河に」

「こちらの科白だ。霧、お前は本当に伊賀に残るのか」

霧は船が出るという段になって、突然こんな宣告を放ってきた。

『若、もう若は平地にはおられぬ。若の体はどんどん忍びになっていく。忍びの里に籠るか、あるいは屋根裏にでも潜まぬ限り、生きてはゆけぬ体になっていくぞ。志能備は梟の死をもって三河にいる意味を無くした。そして――。もはや忍びは、この時代にあってはならぬのであろう。ゆえ、伊賀に残り、ただただ朽ちるを待つのみぞ。若も一緒に来い』

忍びの時代の終わり。その言葉がしっくり来るのは、梟がもうこの世にいないゆえやもしれぬ、そう半蔵は心中で独りごちた。

忍びがおらぬようになっても、己の体は残る。

体の変調は誰よりも理解している。眩しい日差しに当たるとめまいがするようになった。これまでは感じることのなかった音の洪水に悩まされるようになった。誰よりも敏感になった鼻を塞ぐことが多くなった。味覚についても驚くほどに過敏になったし、ほんの少しものに触れただけでその正体を言い当てることができるようになった。霧の言う通り、平地ではあまりに辛すぎる。哮喘の症状はなくなったものの、より厄介な〝病〟を引き受けてしまった。

〝病〟に治療法はない。五感の刺激の少ない山の中に住み、仙人同然の生活をすれば発症することはない。

伊賀に残るか否か。霧の問いに、半蔵は首を横に振って応じた。

「俺は忍びじゃない。だから、伊賀の山には残らない」

「そうか。では、若は武士のつもりか?」

難しい質問だ。霧は最初から最後まで意地が悪い。

半蔵は心のままに答えた。

「俺は、武士でもない。いや、武士にも忍びにもなれなかったのかもしれない。だから、俺はしょったれだよ。死ぬまでな」

しょったれだからこそ見える景色がある。しょったれだからこそ立てる場所がある。今になって、どこにも属さないという立ち位置を、自分なりに許すことができたのかもしれない。

霧は半蔵の手を取った。温かな手が半蔵の指を包む。

「ならば、今生の別れだ、若。服部家には二代にわたり世話になった」

「ああ。元気でな、霧」

半蔵は踵を返して桟橋に足を踏み入れんとした。

その時、背中に柔らかい感触が走った。ふと振り返れば、霧が背中に顔を埋めていた。

「おい、霧」

声をかけると、霧は顔を上げた。

「さすがに若のことが不憫に思えてな」

「余計なお世話だ」

「――今日この日があったというだけで、志能備は生きていける」

霧の声音はかすかに震えていた。ようやくこの女人の本音に触れることができたような気がした。

半蔵にすがりついていた手をおもむろに放して距離を置いた霧は、兎の木鈴を空に向かって投げ上げた。その瞬間、鈴が弾けて閃光が漏れ、辺りが真っ白になった。ようやく目が慣れたころには、そこに霧の姿はなく、ただ、梅花の残香が漂っているばかりだった。

「もう行ったのか。せっかちな奴だ」

半蔵は空を見上げた。眩しくて何も見えないばかりか頭の奥で鐘が鳴り響くかのような痛みが襲い掛かってくる。死ぬまでこの〝病〟と付き合っていかなくてはならないのだろう。だが、この暖かなお天道様の下で生きていけるのならば、きっと死ぬまで笑っていられる。そんなことを思いながら、半蔵は骨張った手で日輪を覆い隠した。

解説

大矢博子

小説は新聞や週刊誌などとは異なり、刊行されたときに読んでもらわねば旬を逃すというものではない。むしろ時を選ばず、長く読み続けてもらうことが文庫の本分だ。したがって巻末解説であまり時事的なことを書くのははばかられるのだが——やっぱりこれは書いておきたい。

二〇二三年の大河ドラマ「どうする家康(いえやす)」のサブテキストに本書は最適だ、と。

徳川(とくがわ)家康の覇道を描く「どうする家康」は、家康の若き時代に特にスポットが当てられるらしい。そのため主演の松本潤さんをはじめ、側近の武将たちも若い俳優で多くが占められている。これまで大御所の時代劇俳優が務めることの多かった役柄なのではじめは違和感を覚える方もいるかもしれないが、でも考えてみてほしい。誰だって若い頃はあったのだ。そこから何を経て、あの家康、あの四天王になったのかという視点は実に興味深いではないか。

そしてキャストの中でもひときわ曲者(くせもの)感を放っているのが、山田孝之さん演じる服(はっ)部半蔵正成(とりはんぞうまさなり)である。そう、本書『しょったれ半蔵』の主人公だ。そして本書も、半蔵の若き日から物語が始まるのである。

服部半蔵正成。

講談や「忍者ハットリくん」などの漫画の影響か、伊賀忍者（忍び）と思われがちだが、伊賀の出だったのは初代の服部半蔵保長まで。二代目の正成は三河生まれの三河育ちで、徳川配下の武士として数々の戦で武功を立てている。

とは言うものの、ハットリだし？ 伊賀だし？ という印象は拭えない。ましてや初代が忍びとして活躍していた（かどうかは不明なのだが）とすればなおさらだ。そんな状況での二代目服部半蔵を主人公にしたのが本書である。

物語は正成の幼い頃に始まる。忍びの家の嫡男として生まれ、その訓練を受けて育った正成。ある日、父の保長は正成に「忍びに生まれたからには忍びとして生きねばならぬ」と、とある人物の暗殺を命じた。しかしそれを正成はどうしても受け入れられない。かねて忍びという「人を裏切ったり物を盗んだり騙したり」する役目を恥じていた正成は、そのまま家を逃げ出してしまう。そして「武士になりたい」という思いを胸に、国衆・渡辺守綱の家人となった。

そのまま武士として生きられると思っていたが、ある戦の最中に、父にして服部家頭領の保長が謎の忍びの攻撃を受け、正成の目の前で落命する。正成は否も応もなく服部家と服部半蔵の名を継ぐことになった。しかし若くして家出したため、忍びの修行は完成していない。家中も正成ではなく、弟を支持する者が多い。それなのに主君の家康は正成を忍びと信じて疑わず、いっそ無邪気なほどに忍びとしての任務を命じてくる。

俺は武士として生きたいのに！　――どうする正成？

というのが本書の導入部である。

読みどころは多いが、三つのポイントに絞って紹介しよう。まずはこれが、正成を主人公にしながらも徳川の覇道を描いた物語であるということ。

物語は一話ごとに、徳川が天下を取るまでのさまざまな戦や出来事が描かれる。第二話では三河一向一揆。一向衆の反乱を鎮めた家康はまず三河一国を完全に掌握した。第三話は掛川城攻め。徳川と今川・北条・武田の関係が綴られる。第四話は姉川の戦い。織田・徳川勢と浅井・朝倉勢の合戦で、活躍を見せた徳川軍は織田との連携をより強めることになる。

第五話で描かれるのは、武田に敗れた三方ヶ原の戦いだ。この章でのポイントは家康の嫡男・信康が登場すること。そして続く第六話で、謀反を疑われた信康とその母・築山殿が粛清される過程が描かれる。そしていよいよ第七話では、信長が本能寺で斃れたあとの伊賀越えが舞台。正成の物語もここでクライマックスを迎える。

つまり本書は、徳川が覇権をとるに至る過程が、段階を踏んで描かれているのである。それぞれの話には石川数正や本多正信、榊原康政、渡辺守綱、酒井忠次など徳川の重臣（この時点ではまだそこに達していない者もいるが）が次々と登場、今川や武田、織田などとの関係も任務を通して綴られる。しかも全員、妙にキャラが立っているのがいい。まだ地位を固めるところまで行かない、外にも内にも問題を抱えた徳川家中の懊悩がつぶさに描かれるのも新鮮だ。正成の生涯を追いながら、なるほど家康はこうしてのし上がっていったんだなというのがわかるのである。大河ドラマのサブテキストに最適、と書いた理由がお分かりいただけるだろう。

しかしながらやはり主人公は服部半蔵正成である。前述したように、武士でいたいのに忍びであることを求められる、そんなアイデンティティの揺らぎが本書のメインテーマであり、読みどころのふたつめだ。

自分の理想と周囲が自分に求める役割の乖離。それを正成がどのように乗り越えていくのか。その答えは〝出会い〟だ。各話で正成は任務の最中、さまざまな人と出会う。これが巧い。

たとえば今川氏真。偉大な父親・今川義元のあとを継いだがその力は父に遠く及ばず、今川家を滅ぼしてしまった。これは忍びとして一家を統率してきた父・保長と、そのもとを飛び出して修練も中途半端なままあとを継いでしまった正成と重なる。

あるいは、家康の妹・市場殿。政略結婚で嫁がされた家が一向一揆に参加した。兄と家の間で揺れ、その中で自らの矜持を守ろうとする。

若き榊原康政も登場する。彼は兄がいるにもかかわらず、家康の覚えめでたく家督を継いで旗本先手役となる。自分より家中に支持される弟を持つ正成と逆の立場であるとともに、異例の抜擢と期待を受けた自分に戸惑っているのは正成と同じだ。

そして家康の嫡男、信康。信長の娘を妻とし、滅んでしまった今川の出の母を持つ。岡崎城を任されるもそこには謀反の芽があり、その咎を一身に受けて死ぬのだ。この出来事の解釈はさまざまだが、本書で著者がどのような解釈を選んだか、ぜひ本編でお確かめいただきたい。そしてここから浮かび上がるのは、家康と信康の父子の関係である。

何より、家康である。一向衆と家中に挟まれ、織田と今川に挟まれ、あるいは織田と武田に挟まれ、時代の波の狭間を懸命に渡ろうとしている。

言ってしまえば、家康を含めて彼らはみな「しょったれ」（半端者）なのだ。そんなしょったれたちがそれぞれの立場で「役目」について考えていることにお気づきいただきたい。何かに板挟みになっていたり、何かを期待されたり、より良き未来を願ったりしたとき、自分に課せられた役目は何なのかを彼らは考え、選択するのである。

では正成の役目は何なのか。武士なのか忍びなのかわからないしょったれだからできること。あるいは、しょったれだからこそ気づける第三の道。これは正成がさまざまな出会いと経験を通して、「自分とは何なのか」を探し出す成長物語なのである。なりたい自分と求められる自分に差がある、と感じている人にぜひお読みいただきたい。

そして最後の読みどころは、少年漫画もかくやというエキサイティングな忍者バトルだ。宿敵にしてラスボスの異形（いぎょう）の忍び、めくるめく幻術に派手なアクション。友情と謀略。これはそのまま少年漫画誌でコミカライズ連載できるのでは（事実、単行本版の装画は幕末の忍者を描いた漫画「シノビノ」で知られる漫画家・大柿ロクロウ氏だった）と思うほどに映像的で迫力があって、ともすれば劇画的で――つまりはめちゃくちゃ楽しいのだ。燃えるのだ。

何より終盤にしかけられたサプライズと来たら思わず声が……おっと、そこまでにしておこう。

徳川の覇道だとか、正成のアイデンティティだとか、それらももちろん大事なのだけれど、とにかく読んでいる最中は忍者バトルに血湧き肉躍る、そんなアクションエンターテインメントなのである。

谷津矢車は二〇一三年に『洛中洛外画狂伝　狩野永徳』（学研）でデビュー以来、絵師や芸道をテーマにしたものから、戦国時代を描いたもの、近代のものまで幅広い作風で精力的に作品を送り出し続けている。ジャンルは多岐にわたるが、共通しているのはどこか捻(ひね)ったトリッキーな発想や構成だ。本書も史実と逸話とフィクションが絶妙な按配(あんばい)で融合され、おそらくここはほくそ笑みながら書いたんだろうなと思われるような仕掛けもある。だが谷津作品の中では、本書はかなり直球のエンターテインメントであり成長小説だ。そういう意味では、谷津ビギナー向けの作品と言えるだろう。

本書が気に入ったら『柳生剣法帖　ふたり十兵衛』（角川文庫）にも手を伸ばしていただきたい。本書の読者にとって嬉(うれ)しい再会が待っているぞ。

しょったれたちの足掻(あが)きと活躍が存分に詰まった、歴史エンターテインメントである。どうする読者、と問うまでもない。読むしかないでしょ！

（おおや・ひろこ／書評家）

※この作品はフィクションであり、登場する人物・団体・事件等は、すべて架空のものです。

小学館文庫
好評既刊

姉上は麗しの名医

馳月基矢

ISBN978-4-09-406761-3

老師範の代わりに、少年たちへ剣を指南している瓜生清太郎は稽古の後、小間物問屋の息子・直二から「最近、犬がたくさん死んでる。たぶん毒を食べさせられた」と耳にする。一方、定廻り同心の藤代彦馬がいま携わっているのは、医者が毒を誤飲した死亡事件。その経緯から不審を覚えた彦馬は、腕の立つ女医者の真澄に知恵を借りるべく、清太郎の家にやって来た。真澄は、清太郎自慢の姉なのだ。薬絡みの事件に、「わたしも力になりたい」と、周りの制止も聞かず、ひとりで探索に乗り出す真澄。しかし、行方不明になって……。あぶない相棒が江戸の町で大暴れする！

―――本書のプロフィール―――

本書は、二〇一八年二月に単行本として小学館より刊行された作品を加筆改稿して文庫化したものです。

小学館文庫

しょったれ半蔵

著者　谷津矢車

二〇二二年十二月十一日　初版第一刷発行

発行人　石川和男
発行所　株式会社　小学館
〒一〇一-八〇〇一
東京都千代田区一ツ橋二-三-一
電話　編集〇三-三二三〇-五九五九
販売〇三-五二八一-三五五五
印刷所――中央精版印刷株式会社

ISBN978-4-09-407210-5